이미루 소설집

이 작품을 제작할 수 있도록 도와주신 강원도와 토지문화관에 감사 드립니다.

크리스마스 파티

이 미 루

Chonnam National University PRESS

어느 청춘에 바치는 헌사

차례

| 이미루 소설집 |

크리스마스 파티

고려대학교에서 문학박사학위를 받았으며
현재 전남대학교 명예교수.
미국 피츠버그 대학과 영국 그라스고우 대학의
「문학과 신학·예술연구소」에서 문학과 종교의 관계를 연구하였고,
『시의 종교학』, 『문학과 종교연구 서설』 등의
저서와 역서를 가지고 있다.

어느 시간강사의 노트

새벽 버스를 타기 위하여 나는 이른 시간에 집을 나섰다. 사방은 밤의 정적에 싸여 있었고 집 앞의 골목길은 아직 어둡기까지 하였다. 아내가 김치를 넣고 끓여 준 뜨거운 죽을 뱃속에 퍼 넣어서 그런지 속은 따뜻하였으나, 삼월 초의 새벽공기는 그 매서운 겨울 냉기를 아직 떨쳐 버리지 못하고 있었다. 예상외로 버스 안에는 꽤 많은 사람들이 타고 있었다. 새벽 시간에 나간다고, 무슨 큰일이나 하러 나가는 사람처럼 아내 앞에서 목에 힘을 주던 일이 머리에 떠올라 입에 실소가 떠올랐다. 이렇게 많은 사람들이 일터로 나가고 있는 시간인데, 나만 홀로 그 시간에 일어나 마치 전쟁에라도 나가는 것처럼 잔뜩 긴장해 있던 스스로를 생각하니 계면쩍은 생각조차 들었다. 꽤 큰 바구니나 플라스틱 용기를 든 사오십 대의 아주머니들이 의외로 많았다. 청소도구 같은 것을 든 아주머니는 아마 사무실에 사람들이 출근하기 전 청소를 마쳐야 되는 분들일 것이다. 아직 잠에서 덜 깬 얼굴을 한 사람들도 있었으나 그 아주머니들의 눈은 벌써 긴장으로 팽팽해 보였다. 버스가 청량리 근처의 경동시장 앞을 지날 때 나는 순간적으로 온몸에 긴장이 엄습해 오는 것을 느꼈다. 시장 앞의 길가에 벌써 여러 사람들이 나와, 큰 드럼통 속이나 작은 양철통 속에 나무 조각들을 집어넣고, 새벽 추위를 이겨내려는 듯, 불을 피워놓고 있었기 때문이다. 아침 일찍 일하러 나간다는 나의 오만(?)은 자취도 없이 사라지고, 이른 새벽에 길 위에 저렇게 불을 피우면서라도 그 날의 양식을 얻기 위하여 하루를 시작해야하는 생존의 엄숙성 같은 것이 작은 전율과 함께 내 몸과 마음을 휩쓸었다. 나의 몸은 잠시 예기치 못한 놀라움으로 경직되기까지 하였다. 그러나 시장 앞에 멈추어 섰던 버스는 다시 출발하였고 나는 버스의 흔들림과 새로 차에 오른 승객들이 길에서 묻혀 들어 온 찬바람 사이의 번잡 속에서 어느 덧 다시 몸이 풀렸다. 사람들은 단지 살아가기 위하여 세상에 못할 일이 없는 것이었다. 석사학위를 받고 지방대학에 시간 강사 자리를 얻어 강의를 위해 서울에서 새벽 이른 시간에 버스를 타는 일쯤은 사실 고생 축에도 들지 않는 일로 느껴졌다. 양철통이나 아니면 그냥 길바닥에라도 불을 피우지 않으면 견딜 수 없는 추위 속에서 일해야 하는 사람들에 비하면, 적어도 강의하는 동안은 찬바람이 들지 않는 실내에서 일할 수 있는 자신이야말로 누구에겐가 열 번이라도 감사를 드려야 하는 호강스런 사람인 것처럼 느껴졌다. 저렇게 한 데서 고생하는 사람들을 생각해서라도 엄살 부리지 말고 열심히 준비해서 열심히, 더욱 열심히 가르쳐야 한다는 생각이 자꾸 사무치게 가슴을 파고들었다.

대학을 졸업했을 때 나는 벌써 서른둘이었다. 세살이 된 딸까지 있는 엄연한 가장이었다. 그러나 나는 과감히 대학원 진학을 결심하였고, 서울살이를 시작하기 위하여 먼저 홀로 서울로 올라갔다. 졸업과 동시에 중등학교 2급 정교사 자격증을 받았으나 내 꿈은 가르치는 일 보다는 더 배우는 데에 있었다. 그러나 우선 먹고 사는 일이 먼저였으므로 나는 중등교사 자격증으로 공단에 있는 야간 고등학교에 임시교사로 취직하였다. 한 학기 쯤 가르치는 것을 두고 본 뒤에 정식교사로 임용하든지 사표를 받을 지를 결정하겠다는 것이었다. 나는 그것만으로도 족하였다. 지방대학에서 취득한 교사자격증은 서울에서 크게 환영받지 못하고 있다는 것을 나는 이미 알고 있었기 때문에, 임시로라도 나를 채용해 준 학교에 나는 감사하였다. 칠십년 대 후반의 초입에 나는 한 달에 육 만원을 받는 교사가 된 것이다. 나는 학교 근처에 하숙을 정하고 오후 다섯 시부터는 학교에 출근하여 학생들을 가르쳤고, 아침이면 일찍 일어나 하숙집 주인이 싸주는 도시락과 두꺼운 전공서적들을 빽빽하게 꽂아 넣은 무거운 가방을 들고, 공단에서부터 성북구까지 거의 한 시간이 넘게 걸리는 버스를 타고 강의를 들으러 대학원에 나갔다. 강의의 첫 시간부터 교수들은 엄청난 양의 참고도서 목록과 함께 필독서들을 소개하였고, 그 책들의 내용들을 짧게짧게 소개하는 과정에서 학생들이 앞으로 이해하고 추구해야 할 정신의 높이를 암시하였으며, 나는 그것만으로도 벌써, 숨이 차고 기가 죽는 기분이었다.

학문으로서의 인문학이 보여주는 목표는 그때까지의 인류의 역사 속에서 동서양의 수많은 현자와 석학들이 자신의 목숨까지 기꺼이 걸고 그 시대의 강자들과 싸우면서 조금씩 축적해 온 까마득한 높이를 가지고 있었다. 나는 학문의 선배들이 쌓아 올린 그 학문의 높이에 감탄하고 감사하면서도 어떻게, 언제 저 높이에 오를 지가 큰 걱정이었다. 내가 전공으로 선택한 영문학사는 멀리 중세의 영웅들의 이야기로부터 시작하고 있었고, 문학 비평사는 그리스 시대의 플라톤의 '시인추방론'으로부터 시작하고 있었다. 희곡은 벌써 기독교의 순교자들이 등장하는 서구의 역사 시대보다 훨씬 앞서 원시 부족들의 들뜬 축제 속에서 그 기원을 헤집어 내며 시작되고 있었다. 까마득하게 멀고 높았으나 나는 그 어지러운 높이와 아득한 옛날의 인간들의 꿈과 야망이 마음에 들었다. 공부하기에는 약간 늦은 나이였고 기억력도 동기생들에 비하여 약간은 쇠퇴하였으나 나의 정신만은 동기생들 못지않게 또렷하고 생기로 충만하였다. 나는 학부시절에도 나보다 훨씬 어린 나이의 학생들과 잘 어울렸고 체육시간에도 그들에 뒤지지 않는 체력으로 운동장에서 뛰었다. 축구를 할 때면 앞에서 공을 몰고 가는 나를 따라올 수 없어 뒤에서 내 몸을 두 손으로 껴안는 학생들도 있을 지경이었다. 밤에 자는 시간을 조금 줄이면 많은 것을 외워야 되는 중간고사나 기말 시험에서 어린 학생들에게 별로 밀리지 않았다. 학부의 1학년 때를 제외하고는 나머지 삼년 동안 나는 계속 전액 장학금을 받았다. 교수들이 나에게 대학원 진학을 생각해 보라고 한 것은 모두 이러한 결과에 근거를 둔 것이었다. 다행히 나는 내가 다닌 지방 대학에서는 처음으로 서울의 소위 일류대학의 대학원 입학시험을 통과하였다.

그러나 서울의 학생들은 지방의 학생들보다 우수하였다. 다행인 것은 나보다 세 네 살 아래이지만 나와 비슷한 또래의 학생들이 여럿 섞여있다는 것이었다. 그러한 사실은, 아직은 내가 완전히 늦은 것이 아니라는 실증을 보여주는 것이었고 나는 늦었다는 데서 오는 초조감이나 다른 사람들보다 과정을 빨리 마쳐야 한다는 중압감에서 조금은 벗어날 수 있었다. 그러나 그러한 사실이 내가 공부를 덜

하거나 조금은 게을러도 된다는 것의 보증이 되는 것은 아니었다. 읽어야 할 책들은 항상 눈앞에 쌓여 있었고, 매 시간 내어주는 과제물은 한 시도 빈틈을 허락하지 않았다. 더구나 석사학위논문을 쓸 자격을 얻기 위해서는 제2외국어 시험에서부터 전공과목들의 종합시험을 통과해야 하는 어려운 관문이 도사리고 있었는데, 도대체 70점이라는 커트라인은 얼마나 까마득한지 그것을 생각하는 것만으로도 머리가 아플 지경이었다. 더구나 영문학 쪽 교수들은 당시 점수가 짜기로 학교 내에 악명이 자자한 분들이어서 학생들은 시험을 치르기 전부터 이미 전의를 상실하고 있을 지경이었다. 우선 중세부터 20세기의 현대문학에 이르는 광범한 시험범위가 학생들의 기를 처음부터 꺾어 놓고 있었다. 많은 수의 선배들이 종합시험의 재수나 삼수, 사수생들이어서, 대학원 도서실에 토요일이나 일요일까지 쉬지 못하고 나와 낑낑거리고 앉아있는 학생들은 거의 영문과 학생들이라는 소문이 나있을 지경이었다. 그러나 지나고 보면 그것들도 모두 추억의 일부로 남는 것일까. 일요일에도 도시락을 두세 개씩 싸들고 나와 책과 씨름하던 선배들도 어느새 몇 학기가 지나고 나면 그 어렵다는 시험을 통과해서 논문 쓸 자격을 얻어 나갔고, 그러한 사실은 나에게도 그대로 적용되었다. 그러나 그사이, 나는 한 번도 영화구경이나 여름휴가 같은 호사를 누리지 못하였고, 그렇게 예쁜 우리 딸과도 마음 놓고 놀아 줄 틈조차 없었다.

내가 유일하게, 공부 외에 계속 할 수 있었던 것은 매주 일요일 오전 한 시간 정도, 교회의 주일 예배에 참석하는 일이었다. 그것조차도 가끔은 과제물에 밀려 빼먹는 날도 있었으나 그런 경우를 제외한 다른 일요일에는 빠짐없이 예배에 참석하였다. 왜냐하면 그 시절

신은, 내가 세상에서 의지할 수 있었던 유일한 존재였기 때문이다. 나의 형제나 자매들은 모두 부모로부터 물려받은 재산 없이 혼자의 힘으로 살아내느라 누구를 돌볼 틈이 전혀 없었기 때문이었다. 우리의 육안으로 세상에서는 보이지 않는 그 분을 내가 왜 그렇게 신뢰하고 의지하였는지 설명하기 어려우나, 당시 신은, 어렵고 힘든 나의 모든 순간에서 유일한 위로자이고 격려자였다. 나는 버스를 타고 가다가 앞의 손잡이에 머리를 기댄 채로 그를 부를 때도 있었고, 길을 걷다가, 잠자리에 드는 어느 순간 잠시 그를 불렀다. 그런 순간들이 길지는 않겠지만, 나에게는 그지없이 간절한, 그에게 나의 모든 것을 던지는, 집중의 순간이었다. 그렇다고 내가 그 분을 불러 이것저것 중언부언 나에게 필요한 것을 달라고, 도와달라고 말한 적은 별로 없다. 나는 그저 지쳐있는 순간 그의 이름을 부르고 싶었을 뿐이었고, 그의 이름을 부르고 나면 웬일인지 나를 짓누르던 모든 문제가 모두 해결되어 버린 것 같은 시원한 느낌 속에 빠져들곤 하였다. 몸에서 새로운 힘이 솟아나는 것 같았고 아무 것도 내가 감당하지 못할 것은 없을 것 같은 생각이 들곤 하였다. 그때 아내와 딸은 내가 모든 책임을 지고 돌보아야 할 존재였지 의지의 대상은 아니었다. 나이가 훨씬 더 든 후에 어느 날 나는 내가 그들에게 많이 의지하고 있다는 것을 깨닫고 깜짝 놀란 적이 있다. 세월은 그렇게 많은 것을 바꾸어 놓는 신비를 연출하는 것이다.

계속 읽어야 할 책의 분량이나 과제물들이 학기 내내 나를 힘들게 했던 것이 사실이지만, 그러나 한 학기, 두 학기 시간이 지나면서, 배우면 배울수록 나를 더 힘들게 하는 것이 있었다. 그것은 강의 중에 의무적으로 배우고 시험을 치르고 잊어버려도 좋거나, 잊어버릴 수 있는 성질의 것이 아니었다. 그것은 그 시대의 생각과 사상의 추이와 긴밀하게 연결된 것이었다. 나도 그 시대를 사는 인간 중의 한 사람이었기 때문에 그 생각의 추세를 외면하는 일은 불가능 하였다. 그것은 19세기 말에 시작된 모더니즘과 1960년대에 서양에서 시작된 포스트모더니즘의 정신이었다. 두 사조 모두 그 시대의 진부한 전통과 속물성에 대하여 반감을 가졌던 지식인들의 양심과 새로운 감수성에서 시작된 것이었다. 나 스스로도 그들의 생각에 전적으로 공감하는 부분이 많은 것은 사실이었으나, 그들 사고의 핵심인 신에 대한 회의와 부정의 문제에 대해서만은 온전히 공감할 수가 없었다. 물론 서양의 역사에서 신의 이름으로 행하여진 수많은 악행들이 있었다는 것은 부정할 수 없는 사실이었다. 어느 시대나 자기들만이 신을 알 수 있고 그래서 자기들만이 신의 뜻을 알 수 있다는 믿음을 가진 종교의 지도자들이 있었다. 이 놀라운 환상은 그들로 하여금 그들이 생각하는 신의 뜻에 맞지 않는 사람들을 고쳐주어야 한다는 생각을 갖게 하였고 그래서 그들을 투옥하고 고문하며 그들의 영혼을 구원한다는 명목으로 그들을 죽였다. 중세의 서양 종교의 역사는 바로 이러한 학살과 살인, 핍박, 마녀사냥, 구교도나 신교도의 이름을 가진 파벌간의 가차 없고 무자비한 싸움의 기록이기도 하였다. 어떻게 신의 이름으로 그렇게 끝없는 잔혹행위가 행해질 수 있었을까. 그들은 신을 잊어버린 채, 신에 대한 예배의 형식에 관한 사소한 문제들을 가지고 자신들끼리 편을 갈라 죽기 아니면 살기로 다투었다.

서양의 곳곳에 흩어져 있는 순교자의 기념비, 종교의 증오를 보여주는 유적들, 성자의 추종자들이 휘두른 쇠망치에 의해 손상된 시골의 성당들 같은 종교의 잔인성의 증거들은, 선과 정의 그리고 사랑의 상징이면서 동시에 전지전능한 신에 대한 회의와 부정을 정당화하기에 충분한 자료들이었다. 세상은 갈수록 선한 자보다 악한 자가 더 많은 것을 획득하고 있는 현실을 보여주고 있으며, 선한 자들은 점차 역사의 뒷 구석으로, 삶의 뒷전으로 밀려나는 경향을 보이고 있었다. 그래서 니체는 19세기 후반에 이미 신의 죽음을 선포하였다. 나는 니체의 신의 부정을 전적인 신의 죽음의 선포로 이해하기보다, 그 시점까지 인간이 가지고 있던 신의 부성적(父性的)성격에 대한 부정으로 받아들이려 하였다. 인간은 자신이 원하는 것을, 마치 일상의 생활에서 모든 문제를 최종적으로 해결해 주는 아버지에게 가지고 가듯 신에게 가지고 갔으나, 이제 그런 부성적 신은 세상에 존재하지 않는다는 것을 어느 순간 깨닫게 되었고, 이러한 실망의 연장선상에서 니체가 신의 죽음을 선포하였다고 이해한 것이었다. 그러나 삶의 구체적 순간에서 인간에게 위로와 사랑을 베푸는 모성적 신은, 마치 대지가 흙 속에서 인간의 모든 과오와 악행에도 불구하고 끝없이 풀잎과 식물들을 싹 틔우고 모든 동물들이 생식하며 번창할 수 있도록 돕듯이, 연약한 인간들을 항상 돕고 있다고 나는 생각하였다. 그러나 20세기 후반에 출현한 포스트모더니즘은 신에 대한 회의와 선언적 부정을 넘어서서 아예 신에게 귀속되어 있는 모든 가치를 송두리째 무너뜨리는 세밀하고 정교한 이론으로 무장하고, 그 동안 신을 중심으로 형성되어 온 인간의 삶의 모든 소중한 이념과 가치들의 뿌리를 뒤흔드는 엄청난 공격을 감행하고 있는 것이었다.

포스트모더니스트들이 보여주는 이러한 정교한 신에 대한 부정적

이론들은 20세기의 모든 걸출한 문학작품들을 관통하는 '핵심어'였다. 나는 이러한 이론들을 파괴해버릴 명쾌한 이론을 기대하고 여러 가지 책들을 뒤적여 보았으나 그런 이론은 보이지 않았다. 그렇다고 포스트모더니즘이 신 없는 세계에 대하여 어떤 대안을 제시하고 있는 것도 아니었다. 지금까지 인간이 믿고 의지해 온 중심 가치를 무너뜨린 뒤에 그들은 폐허를 버려둔 채 그냥 궁리만 하고 있었다. 신의 말씀은 이제 확고부동한 진리로서가 아니고 때와 장소에 따라 그리고 누가 어떻게 말하느냐에 따라 달라지는 상대적이고 가변적인 것으로 추락해 있었다. 나는 학기가 지나면 지날수록 책을 읽으면 읽을수록, 신에 대하여 내가 이전에 가졌던 의심 없는 확고한 믿음을 조금씩 잃어가고 있다는 상실감에 마음이 조마조마 하고 겁조차 나기 시작하였다. 물론 이러한 생각은 확실한 인문학적 증거에 기초하여 학문의 높이를 쌓아가야 할 인문학 학자 지망의 대학원생에게는 치명적인 약점이었다. 어떤 때는 기도조차 제대로 안 되는 때도 있었다. 가끔 나는 책을 읽던 도서관에서 나와 어두운 밤하늘에 총총히 떠있는 별들을 쳐다보며 한숨을 쉬거나 확실치 않은 깊은 상념에 잠기곤 하였다. 파스칼이 신에 대한 확신의 증거로 받아들였다는 광막한 우주의 신비는 이미 포스트모더니스트들이 다 걷어가 버리고 남아있지 않은 것 같았다.

그러나 이성적 언어의 체계인 이론서들을 벗어나면 어느 덧 나는 나의 감정의 세계 속에서 그 동안 내가 친근하게 만났던 신을 부를 수 있었다. 설사 절실함의 강도가 조금은 약화되었다 할지라도 그의 이름은 변함없이 나에게 지극한 위로였다. 그것은 말로는 설명하기 어려운 내면의 까다로운 절차를 뛰어넘는, 정신의 도약이나 비상 같은 것이었다. 나는 이러한 도약이나 비상이 가능한 나의 정신과 영혼에 대하여 깊은 감사를 느꼈다. 그런 도약이 불가능하였다면 나는 아마 공부를 중도에 그만 두었을지도 몰랐다. 최신의 문예사조의 경향의 힘은 그만큼 강력하였고 나는 그 앞에서 강펀치를 맞고 여러 번 비틀거렸다. 그러나 내가 다시 신에로의 도약의 힘을 나의 내면 깊은 곳으로부터 끌어올릴 수 있었던 것은, 내가 이 세상에서 오직 신 밖에 믿을 곳이 없었기 때문이었을 것이다. 친구도 교수도 그리고 그렇게 내가 하고 싶어서 하는 나의 공부 그 자체도 내 고통의 심연에서 나를 구해 줄 수는 없었던 것이다. 서양의 어느 교수가 '신에 대한 믿음은 우리의 마지막 안식처이다. 마침내 신 외에 믿을 것은 아무것도 없는 것이다.'라고 쓴 글을 읽었을 때 나는 그에게 전적으로 동의하였고, 뛸 듯이 기쁘기조차 하였다. 나와 생각이 같은 동료를 학문이 깊은 서양의 교수들 속에서 찾아냈다는 감격이 나를 흥분시키기까지 하였던 것이다. 그 교수가 계속해서 '신에 대한 믿음은 당연히 불안정하고 불확실하고 막연한 것이지만, 그럼에도 불구하고 신은 인간의 과거와 미래 앞에 펼쳐있는 어처구니없이 "황폐하고 슬픈 시간"으로 부터의 위대한 구원이며, 인간의 다른 인간에 대한 구제받지 못할 잔인성의 역사에 대한 유일한 위로'라고 쓴 글을 읽으면서 나는 그 교수를 깊이 껴안고 싶은 강렬한 공감과 막연하지만 오래 변하지 않을 것 같은 우정을 느꼈다.

그러나 다음 순간 나는 대학원의 강의실과 포스트모던적 이론서 그리고 작품들 속으로 돌아가야 하였고, 그것들 속에서 나는 다시 신에 대한 회의와 부정 그리고 환멸 속으로 빠져들곤 하였다. 그것은 나에게 무척 힘든 일이었고, 그 시기의 나는 신과 세속 사이를 시계추처럼 왕복해야 하는 나의 정신과 영혼의 용광로 속에서 뜨겁고 뜨겁게 고뇌하며 삶을 견디어 내고 있었다. 결국 이 견딤의 과정이 나의 석사논문의 주제가 되었고 나는 그 대학원의 석사과정이 개설된 이래 최고의 평균 점수를 받고, 그 해 9월 그렇게 힘들었던 영문학 석사학위를 획득하였다.

나의 지도 교수는 어느 날 그와의 면담시간에 내가 조금 내비친 세상과 신에 대한 나의 깊은 회의의 흔적을 그냥 흘려보내지 않고 마음에 두었다가 내가 논문의 주제를 놓고 그와 상의하러 갔을 때, 그가 그 동안 그의 마음 속에서 궁굴리고 다듬어 온 생각과 함께 그 주제를 추천하였고 나는 불에 대인 듯 놀랐지만 지도 교수의 예리한 통찰력에 감동하면서 그의 제안을 수락하였던 것이다.

너무나 긴 시간동안 홀로 고민하면서 도서관의 서가 사이를 눈에 불을 켜고 서성거리던 흔적을 되찾아 쫓는 일이 나의 논문 쓰기의 과정이 되었고, 다른 생각을 전혀 해 볼 틈이 없는 광포한 집중 속에서 나의 논문은 완성되었다. 마치 나의 정신과 영혼이, 신앙과 불신이 동시에 섞여있는 용광로 속에서 뜨겁게 단련되는 과정을 거쳐 새로운 자아로 태어난 것처럼, 나의 논문도 그것을 쓰는 과정을 통하여 수없이 나를 단련시키고 감동시켰다. 나는 내가 쓴 글을 읽으면서 여러 번 울었고, 울음을 통하여 순화된 나의 정신은 새로운 생각으로 나를 인도하곤 하였다. 지도 교수는 훗날 나의 석사논문이 주었던 감동이 나의 박사 학위 논문을 넘어서는 것이었다고 언급한 적이 있을 지경이었다. 어쩌면 나의 학문은 그 석사 학위 논문의 바탕 위에서 출발하고 그 연장선상에서 새로운 생각들을 덧붙이고 확장해가는 과정의 축적이라고 말해 볼 수 있을 것이었다.

외국문학의 석사과정과 박사과정이 설치된 지 얼마 되지 않았고, 박사학위는커녕 석사학위를 받은 사람도 손으로 꼽을 수 있을 정도로 적었기 때문에, 나는 모교에서 여섯 시간을 얻어 시간강사를 시작한 뒤, 일 년 후부터는, 지방대학의 시간강사 자리를 얻어 새벽 버스를 타고 D시로 내려가곤 하였다. 버스 속에서 나는 지난 몇 년 동안 모교에서의 시간강사 기간을 되돌아보곤 하였다. 1학년 학생들의 교양영어를 가르치는 것이 우리가 강의시간에 하는 주된 일이었는데, 교수들이 여러 책에서 엄선하여 뽑아 놓은 교재의 내용들이 너무도 훌륭해서 가르치는 우리 자신들이 오히려 가르치면서 거꾸로 교육을 받는 느낌이 들 지경이었다. 우리가 하는 일은 어려운 단어들을 설명해주고, 복잡한 구문들의 구조를 알기 쉽게 설명하거나 그 구조의 문법적 관계들을 분석하여 그 구문과 유사한 구문을 만났을 때 당황하지 않고 그 문장을 이해할 수 있도록 돕는 것이었다. 그리고 교재의 내용과 관련하여 어려운 부분들에 대하여 설명을 덧붙이거나 그 내용과 유사하거나 전혀 상반되는 내용들을 보충하여 가르침으로써 교재의 내용에 대한 이해를 확장시켜 주는 일이 우리들의 임무였다. 교재의 내용이 알차고 상당한 수준의 사고를 요구하는 것들이어서 시간강사들은 강의에 들어가기 전에 상당한 준비를 하여야 했다. 나는 공부삼아 열심히 도움이 될 만한 참고서적들을 조사하고 충분히 학생들이 교재의 내용을 이해하는 데 도움이 될 만한 자료들을 노트하여 강의실에 가지고 들어갔다. 수업이 지루하지 않도록 중간 중간에 집어넣을 에피소드들도 나는 사전에 이런 저런 책을 뒤적여 준비하였고 학생들이 틀림없이 의문을 가지리라고 생각되는 부분에 대한 대비도 게을리 하지 않았다. 수업을 진행하면서 알게 된 일이지만 내가 미리 예습 하면서 의문을 가지거나 궁금했던 부분이 항상 바로 학생들이 질문을 던지거나 보충설명을 요구하는 부분이었다. 내 강의는 학생들의 흥미를 불러일으키는 것 같았고 그래서 내 강의시간은 적절한 긴장 속에, 다른 일에 한 눈을 파는 학생 없이 밀도 있게 진행되곤 하였다. 좋은 대학이었기 때문에 학생들의 수준은 상당히 높았다. 나는 처음 한두 시간이 지난 뒤에는 순서에 따라 번역하는 일을 학생들에게 맡겼고 나는 보충설명과 어려운 구문의 더 자세한 다른 예문의 보기 설명들을 맡았다. 교재의 내용과 관련하여 내가 준비해 간 노트를 학생들에게 소개하는 일도 물론 내가 할 일이었다.

학생들은 자기가 번역을 맡은 부분에 대하여 내가 설명할 것이 없을 만큼 항상 세밀하게 준비하여 왔기 때문에 우리는 더 많은 시간을 교재의 내용과 관련된 부분에 활용할 수 있었고, 그런 시간은 그야말로 제한 없이 학생들과 나의 교양을 넓히는데 유용하게 사용되었다. 어느 시간엔가는 내가 번역시키는 순서를 잘못 알고 어느 학생의 순서를 빼먹고 넘어간 적이 있는 데, 내가 강의 시간에 하는 학생들의 번역은 점수화 하지 않겠다고 선언했었기 때문에, 여느 학생 같으면 자기가 번역해야 하는 수고를 덜게 되어 오히려 잘 되었다고 그냥 넘어갈 법도 한데, 그 학생은 일부러 손을 들어 자기 차례인데 왜 자기를 빼고 넘어가느냐고 항의하였다. 알고 보니 항상 교실의 뒤쪽에 앉아 강의를 듣던 학생이었는데, 그 날은 앞에서 세 번째 줄쯤으로 자리를 옮겨 와 앉아 있었다. 항상 뒤쪽에 앉는다는 것은 그 학생이 수줍음을 타거나 수업에 별로 관심이 없다는 증거가 되는 일이었는데, 그 날 그 학생은 자신이 번역할 차례가 되자 일부러 앞쪽으로 자리를 옮겨 앉은 것이었다. 그는 여학생이어서 나는 약간 놀랐고, 그 학생을 빼먹고 넘어갈 뻔한 것에 대하여 그 학생에게 사과하였으며, 그 학생은 자기가 맡은 부분을 아주 유창하게 번역해 내었다. 이 사건은 그 반의 학습 분위기를 고조시켜 주었고 그만큼 그 반의 수업은 더욱 진지해졌다. 나는 내 강의에, 수줍은 여학생이 자리를 옮겨 앉아 발표하려고 할 만큼, 학생들이 관심과 긴장을 가져주는 것이 고마웠다. 나중에 나는 그 학생이 영문학과에서 시를 가르치는 교수의 딸이라는 것을 알게 되었는데, 그 교수는 어느 날 교내 캠퍼스에서 서로 인사하며 스쳐 지나가는 순간 일부러 내 이름을 불러, '자네 여학생들한테 인기가 좋다던데―' 라며 내 어깨를 툭 쳐주었다.

한번은 학기 중에 지도 교수였던 분의 연구실에 인사 차 들린 일이 있었는데, 그날 이야기 도중 선생님은, 자신의 딸이 서 아무개 강사에게서 영어 강의를 듣고 있는데, 아주 훌륭한 교수라고 감동을 했다더라면서 그 강사를 칭찬하였다. 나는 내심 그 강사가 부러웠다. 나도 잘 아는, 나보다 더 나이가 많은 베테랑 강사였다. 그런데 그 학기가 끝나고 방학 중에 선생님과 점심이나 할까하고 선생님의 연구실에 들렀는데, 그 곳에 내가 지난 학기에 가르쳤던 여학생이 와 있었다. 그 학생은 내가 들어오는 것을 보자 반갑게 인사를 하였는데, 선생님은 자신의 막내딸이라고 소개하였다. 그러자 그 여학생은 지난 학기에 선생님 강의 참 재미있게 들었다고 말하였고, 그 말로 인하여 선생님의 딸이 나의 이름을 잘못 알고 있었다는 사실이 곧 밝혀졌다. 그 학생은 나를 서 아무개 강사로 알고 있었던 것이다. 시간표가 바뀌었으나 담당교수의 이름은 바뀌어 있지 않아 생긴 일이었다. 그 일로 선생님이 나를 더 흐뭇하게 생각하게 된 것은 말할 것도 없었다.

낙제가 되는 60점에 단 일점이 모자라 F학점을 받게 된 학생이 집에까지 찾아와 읍소하며 선처를 부탁했으나 그것을 들어주지 못했던 때의 안타까움은 학교를 옮긴 뒤에도 오랫동안 마음에 남아 두고두고 그 학생에게 미안하고 안타까운 심정을 갖게 하였다. 내가 좀 더 나이가 들었더라면 어찌 했을까를 생각해 보았지만 대답은 마찬가지이어서 그 뒤로 나는 가능하면 59점은 매기지 않으려고 의식적으로 노력하였다. 시골 출신인 그 학생의 소박한 눈동자가 아직도 나의 뇌리에 남아 있다.

70년대 말과 80년대 초는 그야말로 혼란스러운 정치의 계절이었다. 정부에서 대학에 휴교를 강요하진 않았지만 대학과 정부 사이의 관계는 극도의 긴장 속에 팽팽하게 대립되어 있어서 학생들의 정치 관련 집회는 연일 캠퍼스의 어느 곳에서건 계속되고 있었다. 전투경찰이나 군인들이 자주 캠퍼스에 방독면을 쓰고 나타났고 강의실 복도에 그 지독한 최루탄을 던져 넣곤 하였다. 학생들이 학교에 나오는 한 이런 일은 자주 발생하였고, 우리는 쓰린 눈을 비비거나, 최루탄 가스로 인하여 저절로 목에서 나오는 바튼 기침을 하며 수업을 진행하였다. 분위기가 이러하였으므로 강의는 더러 시국과 관련하여 민주나 정의 그리고 그 시대의 지성인이 취해야 할 태도 등으로 번져 나갔다. 학생들에게 당장 데모하러 나가라고 말하지는 못하였으나 우리는 그들과 공유한 시대에 대한 불만을 가지고 있었으므로 우리의 이야기는 자주 위험하게 참여와 질서 사이의 경계선 사이를 넘나들었고, 때로는 눈과 코에서 쏟아지는 눈물과 콧물이 범벅이 되어 아무 말도 하지 못한 채 책상 아래로 시선을 떨어뜨리고 앉아 금방 터져 나올 것 같은 울분을 서로의 눈짓으로 자제시키며 분을 삭이고 있을 때도 있었다. 가끔은 한 학급에서 몇 명씩 무더기로 자리를 비울 때가 있었는데, 그럴 때는 거의 틀림없이 그 전날의 데모에서 그들이 경찰차에 실려 갔다는 소식을 듣곤 하였다. 총학생회나 단과대학 학생회의 간부들은 자주 결석을 하곤 하였다. 그러나 그들이 다음 시간에 출석하여 들려주는 이야기는 모두 그들이 외면하고 넘어갈 수 없는 그 시대의 아픔과 분노에 관한 것들이었다. 그들의 어깨를 두드려주는 일 외에 내가 그들을 위해 해 줄 수 있는 일은 아무 것도 없었다. 내가 그들에게 유일하게 해 줄 수 있는 말은, 정의를 위해 싸우려면 무식해져서는 안 된다는 말 정도였는데, 훗날 생각해 보면 그 말은 데모는 하되 공부도 열심히 하라는 모순되는 말이었다. 하지만 그 말 말고 우리가, 파출소를 수도 없이 들락거리는 그들에게, 할 수 있는 말이 또 무엇이 있었단 말인가. 그들이 강의실에서 배운 자유와 정의 그리고 진리를 위하여 자기 몸을 돌보지 않고 거리로 나서는 것을 우리는 모르지 않았지만 같이 나가서 거리의 행렬에 동참할 수도 없었다. 우리는 그들의 분노에 공감하면서 동시에 기존 질서의 한 축을 이루는 학교의 선생님들이었던 것이다. 학생들은 우리의 모순된 행동을 잘 알고 있으면서도 강의실에서는 조용히 우리의 강의를 경청해 주었고, 데모는 하되 공부도 열심히 하라는 우리의 모순된 말에도 '네'라고 너그러운 대답을 해주곤 하였다. 우리는 그들에게 때로는 미안하였고 그래서 구내식당에서 그들과 우연히 마주치면 가벼운 주머니나마 즐겁게 털곤 하였다.

간접적으로 신의 말씀의 권위를 부정하는 20세기 후반의 사고 흐름의 조류 속에서 책을 읽고 공부하는 동안 나는 항상 당혹스러웠다고 앞에서 말하였다. 그러나 깊이 생각해 보면 이러한 주장들은 실은 신의 존재 자체에 대한 부정이라기보다는 신에 의해 표상되고 있는 '절대적 진리'나 '절대적 선'에 대한 거부의 선언이었다. '신은 죽었다'는 선언도 사실은 종교적인 신의 죽음을 의미하는 신학적 주장은 아니었다. 니체의 유명한 이 선언 속에서 신은 사실 환유적으로 사용되었을 뿐이었던 것이다. 이 선언 속에서의 신은 이성적으로 사고된 '절대적 진리,' '절대적 선,' '절대적 실재,' '절대적 이성' 등 모든 사물의 절대적 근원이나 절대적 척도에 대한 환유였다. 인간은 신에게 지상에서의 절대적 진리나 절대적 선의 실현을 요구한다. 그러나 그런 절대적인 것들이란 이성적 사고가 만들어 낸 추상적 개념일 뿐, 정신적 실질로서의 신은 아닌, 실질 없는 기표 곧 실재하지 않는 추상적 개념에 불과할 뿐이었다. 인간들은 인간 삶의 실질 속에 존재하지 않는 이 추상적 개념의 구체적 현실화를, 마치 자신들의 모든 요구를 들어 주는 아버지에게 청원하듯 신에게 청원하였고, 신이 그것을 들어주지 않는다고 이 부성적 신의 죽음을 선포해 버린 것이다. 그러나 인간이 신의 죽음을 선포한다고 해서 신이 죽는 것은 아니다. 인류의 탄생 이전에도 신은 존재하였고, 인간들이 사는 지구뿐 아니라 파스칼이 말한 광막한 우주 속에도 신은 계속 존재하고 있는 것이다. 나는 모든 생명을 세상에 있게 하고 그것을 싹틔우고 관리하며, 서로 다른 생명들이, 그 다름에도 불구하고 서로 어울려 세상과 우주를 지금처럼 존재하게 하는 모성적 신에 의지하여 내 석사학위논문을 완성하였었다. 이 모성적 신의 성격의 핵심은 바로 모든 생명 있는 것들이 서로 반발하면서도 동시에 서로 어울려 살게 하는 '사랑' 이었다. 사랑은 깊은 의미에서 서로 상반되는 것들의 융합, 서로 다름으로 분열되고 다투며 갈등하다가 마침내 다시 만나는 서로 짝 지워져야 할 무수한 존재들의 영원한 재결합을 의미하는 것이었다. 어떤 신학자는 '신을 모르는 자라도 사랑을 행하면 그는 신 안에 거하고 있는 것'이라고까지 말하였다. 삶 속에서 다른 존재들을 포용하고 받아들이는 화합의 몸짓을 하는 것이 바로 사랑이며, 이 사랑을 실천하면 기존의 제도적 종교가 가르치는 의미의 신을 모른다 해도, 그가 실천하는 그 사랑 속에 바로 신이 존재하게 된다는 것이다. 결국 내가 스스로 견딜 수 없는, 신에 대한 믿음과 회의 사이의 갈등 속에서, 스스로를 구하기 위하여 궁리와 궁리 끝에 발견하게 된 모성적 신의 요체인 사랑은, 나의 학위논문을 성공적으로 마무리 하도록 도와주었을 뿐 아니라 나의 영혼을 신에 대한 회의로부터 구해 주었다. 세상에서 선의 위에 군림하고 있는 악의 존재 때문에 신에 대한 회의를 품게 되었으나, 마침내 나는 악의 존재에도 불구하고 신의 존재를 믿을 수 있는 더 큰 신앙을 갖게 된 것이었다. 이러한 나의 개인적 신앙의 원동력은 억만의 악의 존재에도 불구하고 꺼지지 않고 존재하는 만물들 사이의 사랑의 존재였고, 특히 서로 각기 다른 뚜렷한 개성들인 인간들 사이의 사랑의 존재에 대한 확신이었다.

그러나 이러한 나의 확신은 오직 정의와 진리를 위하여 곤봉과 최루탄 그리고 총칼 앞에 감히 자신의 모든 것을 희생하고자 하는 선의의 학생들의 퇴학과 휴학, 강제징집, 죄 없는 도피 행각들을 목격하며 조금씩 무너졌다. 넓은 의미에서 보면 그들은 바른 행위, 바른 가치라고 선생님들과 부모들로부터 배운 것들이 실존의 삶 속에서 행해지지 않고 있는 것에 대하여 항의하고 있을 뿐이었다. 인간은 아무리 삶이 고달프고 어렵더라도 모두 공평하게 그 고통을 감당해야 한다면 설사 그 고통으로 인하여 죽게 된다 할지라도 크게 불행한 느낌은 갖지 않는다. 그러나 아무리 적은 고통이라도 그 고통 속에서 차별을 느낄 때 인간은 견딜 수 없는 분노와 불행을 느끼는 것이다. 세상은 너무도 불공평 하였다. 가진 자들은 항상 더 많이 가져갔다. 그리고 그것은 권력이나 돈이나 마찬가지였다. 정당한 절차를 요구했을 때 돌아오는 것은 탄압의 폭력이었다. 힘으로, 나라의 주인인 국민들이 오랫동안 쌓아 올린 공정의 제단을 허물지 말아달라고 학생들은 외쳤다. 그렇게 할 때 비로소 정부와 국민, 정권을 가진 자와 정권의 통치를 받는 자, 기성세대와 배우는 학생 사이의 정상적인 관계가 회복되고, 서로 국가를 위하여 화합할 수 있는 기본적 바탕이 마련되는 것이다. 그리고 이 화합의 정신이야말로 곧 사랑의 정신의 핵심인 것이다. 그러나 아무리 학생들이 자신들의 공부를 제쳐두고 눈물과 콧물을 쏟아가며 최루탄과 총칼 앞에 온 몸과 정성을 다해 외쳐도 힘을 가진 자들은 꿈쩍도 하지 않았다. 그래서 그들은 유치장에 갇힌 친구들 몫까지, 죄 없이 숨을 곳을 찾아 허겁지겁 도피중인 친구들 몫까지 제 몸에 합하여 목청껏 민주적인 절차를, 그리고 궁극적으로는 힘 있는 자와 없는 자, 높은 사람과 낮은 사람, 강한 자와 약한 자의 화합, 곧 사랑을 죽을힘을 다하여 요구하고 있는 것이었다. 그러나 대학에서의 휴강과 시위사태의 원인을 제공하고 있는 자들은 귀를 막은 듯 자신들의 권력의지에 따라 한 발 한 발 앞으로 나아가고 있을 뿐이었다. 결국 학생들의 사랑의 요구는 거듭 거듭 거부되고 묵살되며, 사랑의 마음들은 계속 상처를 받고 고통 속에 빠져 있었다. 누군가가, 사랑하는 일은 상처받는 일이며, 상처가 없는 유일한 곳은 지옥 뿐 이라고 말했다. 하지만, 스스로 사랑의 행위를 하고 있는 줄조차 모르는 순수한 사랑의 행위가 계속 상처받는 일의 연속이라면 누가 그 사랑의 행위를 지속적으로 할 수 있을까. 나라를 사랑하는 일이 이렇게 길고 긴 상처일 수밖에 없다면, 누가, 어찌 감히 나라와 국민을 오래오래 진정으로 사랑할 수 있단 말인가. 사랑은 사랑하는 대상을, 예상되는 곤궁과 악의 피해로부터 지켜주는 행위이다. 그러나 국가가 처할 불행한 사태와, 국가의 주인인 국민이 겪게 될 내일의 더 큰 고통으로부터 국가와 국민을 지키고 사랑하는 일이 이렇게 견디기 어려운 고통의 연속일 뿐이라면 어찌할 것인가. 신도 죽어버린 것 같은 세상에서 인간의 마지막 희망인 사랑마저 끝없는 고통으로 끝나고 만다면, 인간의 희망은 어디에서 찾을 것인가.

바로 엊그제 강의실 앞에서 인사를 나누었던 학생이, 바로 엊그제 늦잠 자느라, 버스를 놓쳐서 지각했다고 뒷머리를 긁적거리며 미안해하던 학생이, 어려운 가정형편에도 굴하지 않고, 신문 배달, 월부 책장수, 초등학생 과외까지 닥치는 대로 뛰어가며 공부하던 학생이, 어느 날 갑자기 강의실에서 사라지는 풍경을 지켜보면서 나는 사랑의 효능에 대하여, 아니 사랑의 무능에 대하여 개탄하고 원망하고 슬퍼하였다.

어느 날 아침, 아홉시부터 시작되는 첫 시간에 일 번부터 차례대로 출석을 부르는데, 어느 남학생의 이름을 부르는 순간, 그 학생이 평소에 하던 유별나게 큰 우렁우렁한 목소리의 대답 대신 교실의 한 구석에서 갑자기 '흑'하고 흐느끼는 여학생의 애써 참는 울음소리를 들었을 때, 교실 안은 갑자기 예기치 못한 숙연한 침묵 속에 빠졌다. 나는 출석을 부르다 말고 그 여학생 쪽으로 눈을 돌렸는데, 그 여학생 대신 옆에 있던 다른 학생이 '그 애 어제 잡혀 갔어요.'라고 낮은 목소리로 대답하였다. 그 순간 나는 나도 모르게 온 힘을 다해 주먹으로 교탁을 내리쳤으며 그 충격으로 어느 학생이 과실에서 끓여 온 커피 잔이 탁자에서 떨어져 박살이 났다. 나는 스스로의 감정을 다스리지 못한 자신이 어처구니없기도 했지만, 그러한 나의 행위는 어쩌면 오랫동안 내 속에 쌓여 온 시대에 대한 불만과 그러한 시대 앞에서 아무 것도 제대로 하지 못하고 있는 나 자신에 대한 자괴감의 표출이었을 것이다. 키가 유난히 커서 별명이 장다리였던 그 학생은 약간 싱거운 데가 없는 것은 아니었으나 잘 웃었고, 1학년 과대표로서 과에서 생기는 모든 일에서 다른 학생들이 귀찮아하는 잔심부름을 화내는 일 없이 치러내던 학생이었다. 학생들이 모두 놀라 나를 쳐다보았고, 나는 고개를 숙이고 울고 있는 여학생을 쳐다보다 그만 나도 모르게 눈물을 보이고 말았다. 나는 학생들로부터 돌아서 칠판 쪽을 향한 채, 울분과 눈물을 삼키느라 멍청히 서 있었다. 몇 명의 학생들이 오열하는 소리가 뒤에서 들려왔다. 나는 돌아서지 못한 채 학생들에게 말하였다. '우리 이 시간을 잊지 말자. 몇 분간만 우리 그냥 가만히 있자.' 잠시 후 나는 감정을 자제하고 강의를 시작하였다. 학생들의 숨소리조차 들리지 않는 깊은 침묵 속에 나의 목소리만 공허하게 허공을 울리고 있는 것 같았다. 참으로 긴 수업시간이었다.

시간 강사들이 쉬는 시간에 만나는 외래 강사 휴게실에서 우리는 학생들의 시위에 관한 이야기는 거의 하지 않았다. 매일 몇 사람씩 강의실에서 볼 수 없게 된 학생들은 우리들의 마음을 무겁게 짓눌렀고 그들을 위해서 아무 것도 해줄 수 없는 데서 오는 무력감이 휴게실의 분위기를 깊이 가라앉게 만들고 있었다. 다른 학교에서 가끔 들려왔던 학생들의 분신 자살사건 소식이 있는 날은 모두 강의할 기운을 잃었고 서로 눈길을 피했으며, 강의가 끝나자마자 쫓기는 사람처럼 가방을 챙겨들고 바쁘게 휴게실을 빠져 나갔다. 뒷날 어떤 학생은 이러한 시간 강사들의 뒷모습이 몹시 쓸쓸해 보였다고 편지에 써 보냈다. 쓸쓸했다기보다 사실 우리는 그저 사방이 꽉 막힌 막막한 기분이었다. 어쩌다 늦은 오후 시간에 강의가 끝나는 강사들끼리, 누가 가자고 굳이 말한 것이 아닌데도 저절로 어울려 저녁 겸 술을 마시러 가는 날이 있기도 했으나, 술판에서도 우리는 별로 서로 말이 없었고, 그런 분위기가 견딜 수 없게 되면 가끔 지나간 옛날 유행가를 불러주는 할머니가 있는 목로주점으로 자리를 옮기기도 하였다. 할머니의 구성진 옛 노래로 우리의 슬픈 마음이 조금은 풀어지면 우리는 그제야 말을 되찾은 듯, 박사과정에서의 어려움이나 다음 학기의 등록금걱정, 특별히 까다로운 모모 교수에 대한 비난 섞인 성토로 열을 올리기도 하였다.

종합시험을 통과하면 마치 그것으로 모든 힘든 일이 끝난 것 같았지만, 그 시험을 통과하고 나면 곧 몇 년이 걸릴지 아무도 예측하기 어려운 학위논문 작성기간이 탐욕스럽게 큰 입을 벌리고 학생들의 건강과 돈, 엄살을 허락하지 않는 고통과 기약 없는 시간을 삼키려고 눈앞에 기다리고 서 있었다. 영문학과의 박사학위논문 통과를 위한 기간은 인문대학의 다른 학과에 비하여 항상 유난히 길었고, 그래서 이 기간을 제대로 견디지 못하고 중도에 하차하는 학생의 소문이, 남의 일 같지 않게, 시간 강사를 하며 박사과정을 이수 중에 있는 학생들의 간담을 서늘하게 하곤 하였다. 지도 교수에게 써가지고 간 논문의 초고는, 교수의 눈에 항상 너무 길거나 아니면 짧았고, 논의의 전개는 불분명하고 짜임새가 없었으며, 무엇을 이야기하려고 하는지 종잡을 수 없을 때가 많았다. 지도 교수는 한 부분도 그냥 넘어가지 않고 낱낱이 지적하며, 교육의 매를 들었다. 물론 말로 휘두르는 매였지만 그 매가 주는 통증은 초등학교 시절 담임선생님이 손바닥이나 종아리에 내리치던 매보다 훨씬 심하였고 그 후유증은 몇 배 더 오랜 기간 동안 지속되었다. 지적 받은 부분을 어찌 고치고 다듬을까 걱정하는 동안, 학생들을 가르치기 위한 교재준비를 병행하지 않을 수 없기 때문에, 논문쓰기와 가르치는 일의 양쪽에서 대학원 학생들은 모두 스트레스를 받고 지쳐, 그만 때려치우고 싶은 때가 한두 번이 아니었다. '나는 왜 이렇게 원서를 읽는 일이 더딘가. 왜 잘 모르는 단어는 계속 튀어나오고, 이 책의 저자는 왜 쉬운 말을 이렇게 어렵게 돌려서 나를 고생시키는가. 내 사고의 폭은 왜 이렇게 좁거나 터무니없이 넓어서 꼭 필요한 만큼의 크기에 머물지 못하는가.' 고치고 또 고쳐 쓴 원고를 지도 교수에게 들고 갈 때마다, 지난번에 지적 받은 상처의 아픔 때문에 다리는 항상 후들후들 떨렸다. 오늘은 또 무슨 잘못으로 야단을 맞을까 걱정하며, 도무지 자신이 서지 않는 논문초고를 들고 지도 교수의 연구실을 들락거릴 때의 초조감은 그 과정을 겪어보지 못한 사람은 아마 아무도 짐작을 할 수 없을 것이다.

그리고 그러던 어느 날, 갑자기 무엇인가에 가려 잘 보이지 않던 새로운 세계가, 지도 교수가 꼼꼼히 읽어보라던 책의 어느 한 페이지, 어느 한 단락을 읽는 동안, 아니면 지도 교수의 지나가며 하는 어느 한 마디의 언급에 의해, 갑자기 눈앞에 횃불처럼 들이 닥칠 때의 환희도 짐작할 수 없을 것이다. 나의 지도 교수는 특별히 까다로운 것으로 정평이 나 있었고 본인은 그것을 조금도 고칠 생각이 없었다. 그러나 그 고약한 과정을 무슨 힘으로라도 버티며 견디어내면, 어디에 내놓아도 크게 부끄러울 것이 없는 잘난 논문이 된다는, 이제는 이런 저런 대학의 교수로 앉아있는 선배들의 보증이 그래도 한 가닥 위로가 된다고 할까. 그러나 그것은 논문을 다 쓰고 났을 때의 일일 뿐, 논문집필 과정의 나에게는 그 말이 크게 실감으로 다가오지 않았다. 나보다 앞서 나와 같은 지도 교수의 매질을 통과해 나간 교수들이 크게 부러울 뿐 아니라, 어느 순간에는 위대해 보이기까지 하였다.

그러나 역시 내 앞에서도 세월은 더디게나마 흘러갔고, 나는 그 긴 고통과 인내의 터널을 거의 통과해 가고 있었다. 지금 내 앞에 닥친 또 하나의 중요한 일은 지금 하고 있는, D시에 있는 대학의 시간 강사의 일을 멋지고 충실하게 잘 해내어 훗날 대학에 자리를 얻는데 도움이 되는 경력으로 쌓아 가는 일이었다. 그래도 그 동안 나는 다행히, 아파서 누운 적도 없고, 가끔 밤늦은 시간까지 책상 앞에 앉아 있어도, 다음 날이면 거뜬히 강의시간에 맞추어 일어날 수 있었다. 그리고 지금은 이른 새벽에 일어나, 아직 찬바람이 몰아치고 매서운 추위가 머뭇거리고 있는 새벽의 시장통에 사람들이 피워놓은 모닥불을 버스의 창밖으로 보며 힘든 공부 앞에 약해지려는 마음을 스스로 다잡아 각성시키고 있다. 버스는 곧 강남의 고속터미널에 도착할 것이고 나는 버스를 갈아타고 곧장 D시로 달려갈 것이다.

달리는 고속버스 속에서 나는 아마 오늘 가르치게 될 교재를 펴들고 어디 준비가 제대로 안된 미진한 구석은 없는지 다시 살펴볼 것이며, 그 사이 어쩌면 오 분이나 십 분쯤, 나폴레옹이 전쟁터의 대포 밑에서 잤다는 그 짧고 달콤한 잠을 즐길 수 있을 것이다. 한 시간 내내 다른 곳에 눈을 팔지 않고, 그 진지한 눈들을 깜빡이며 내 강의를 들어줄 학생들이 나를 기다리고 있는 곳으로 갈 수 있다는 것은 얼마나 행복한 일인가. 물론 가족들과 일용할 양식을 위하여 일주일에 열 시간 이상을 가르쳐야 하지만 그것이 무어 대수인가. 아직은 가족 모두 아픈 데 없이 건강하고 밥 굶는 일은 없었으니까, 이 모든 것을 배려하며 나와 내 가족을 사랑해 주는 신에게 감사하고 또 감사할 일 아닌가.

성규 형

'성규형-' 하고 나는 외로울 때 그의 이름을 속으로 부른다. 그러면 그의 해맑은 얼굴과 무엇이든 다치지 않게 다 꿰뚫어 볼 수 있을 것 같은 영명한 눈이 떠오른다. 그 눈은 약간 장난스럽기도 하지만 내가 하는 말이면 모든 걸 다 이해하고 받아줄 것 같은 다정함도 동시에 지니고 빛난다. 아, 그가 네 명의 누이동생과 한 명의 남동생이 어머니와 함께 사는 우리 집과 이웃한 자기 집에 오는 날은, 왜 그렇게 청아하고 밝고 따뜻해 보였을까. 그가 오는 날은 비가 오는 날도 눈이 오는 날도 모두 맑은, 맑음이었다. 자기 둘째 누이동생과 비슷한 나이였던 나와 이야기 할 때 약간 미소를 머금은 듯한 그의 눈은 별로 크지 않았지만 시원하게 반짝이고 있었고 그의 입에서 나오는 이야기가 진실임을 보증해 주고 있었다. 그와 이야기를 하면 모든 일이 다 술술 풀리는 것 같았고 그래서 열세 살에서 열네 살로 넘어가고 있던 나는 내 안에서 생긴 모든 문제를 솔직하게 다 털어놓고 있었고 그러면 그는 그 사려 깊은 눈을 깜빡이며 내 마음 속에서 매듭이 되어 풀리지 않는 문제들을 요술처럼 하나 둘 풀어버리곤 하였다.

그때 나는 무슨 문제들을 그렇게 많이 가지고 있었을까. 내 기억은 지금 아무 것도 찾아내지 못한다. 그러나 나는 그때 그 형을 만나기만 하면 달변가가 되어 무슨 문제들을 계속 꺼내어 이야기 하였고 그는 주의 깊게 들으면서 척척 그 문제들을 풀어내었다. 그가 오면 그의 누이들보다 내가 그와 이야기하는 시간이 더 많은 것 같았고 그도 그걸 알고 있는 것 같았지만 전혀 개의치 않았다.

그의 어머니의 성격은 깐깐하였다. 어떤 일이든 따뜻한 눈으로 보고 부드럽게 풀어갈 줄을 몰랐다. 그 근처에 사는 아주머니들 중 공부도 가장 많이 하고 아는 것도 제일 많다고들 하는데, 그녀와 마주치면 항상 무슨 트집을 잡히지 않을까, 또 무슨 옛날 실수를 기억해내어 야단을 맞지는 않을까, 항상 경계를 하게 되곤 하였다. 어떤 일이건 긍정적으로 보고 특별한 잘못이 없는 한 누구에게나 부드러운 우리 어머니와는 대조적인 성격이어서 그러한 우리 어머니를 그녀는 항상 약간은 삐딱한 시선으로 보고 있는 것 같았다. 그렇다고 그녀와 우리의 어머니가 서로 다투며 살았다는 것은 아니다. 우리 어머니가 그녀의 그런 성격을 전혀 상관하지 않으시고 다른 사람들에게처럼 따뜻하게 대해서 그런지 그녀가 시비 걸 일이 거의 없었기 때문이다. 그러나 그녀는 다른 사람들 앞에서는 우리 어머니를 한 번도 좋게 말한 적이 없었으며 약간은 불만인 표정을 짓곤 하였다. 그것은 어린 우리들의 눈에 환히 잘 보였다. 그와 그의 누이들도 그런 것을 다 알고 있었으나 우리 어머니를 모두 좋아하였다. 그 집 어머니가 안 계실 때 그 애들이 우리 집에 오면 배고프다고 말하지 않아도 우리 어머니가 금세 불러 밥을 차려 주었으며, 자기들 엄마에게 야단을 맞은 날이면 피난 오는 것처럼 우리 집에 와서 몇 시간 씩 꾸물거리거나 우리랑 놀다가곤 하였다. 어머니는 그런 때를 눈치로 잘 아셨기 때문에 그런 때는 아무 말 없이 과일이나 사탕을 내다주거나 그런 것도 없으면 고구마나 누룽지를 슬며시 그 애들 앞에 놔주곤 하였다. 우리들은 잘 어울려 놀았고 싸우는 일이 거의 없었다. 그 형이 나를 귀여워해 주었던 것은 아마 다 이러한 일과 관련되어 있었을 것이다.

그러나 나의 모든 문제를 가끔 와서 한꺼번에 싹 해결해주고 가는 그 형은 지금 생각해보면 그때 겨우 열일곱이나 열여덟이었을 것이다. 그런데 그는 나에게 학교에서 우리를 가르치는 모든 선생님을 합한 것보다 훨씬 많은 걸 알고 있는 것 같았고, 특히 나의 문제에 관한 한, 다른 누구보다도 그 핵심을 훤히 들여다 볼 줄 아는 박사였던 것이다. 그렇다고 그가 자신의 집에 자주 오는 것은 아니었다. 두 달에 한 번, 세 달에 한 번 정도. 와서 머무는 시간도 별로 길지 않았다. 길어야 한 나절 보통은 점심 조금 지나서 와서 저녁 먹을 시간 쯤 떠나곤 했다. 식구들과 식사하는 것을 별로 본 적이 없다. 아마 식사는 다른 곳에서 하고 오는 듯 했다. 집에 올 때 그는 항상 빈손으로 오지 않고 자신의 어머니와 동생들을 위하여 꼭 작은 선물이라도 들고 왔다. 그것이 무엇인지 나는 잘 보지 못하였으나 무슨 꾸러미를 항상 들고 와서 어머니에게 드리는 것 같았다. 아주 먼 훗날 나는 그것이 그때 그가 근무하던 미군 부대에서 가지고 나온 닭튀김 같은 음식이었다는 것을 알았다. 자존심이 강한 그녀의 어머니는 그것들이 미군들이 먹고 남은 것 중에서 가져온 것이라는 사실 때문에, 그것들이 조금도 상하거나 먹다 남은 찌꺼기 음식이 아니었음에도 불구하고 자기 아이들만 먹였지 아무에게도 그런 사실을 말하지 못하게 하였던 것이다.

꽤 오랜 세월이 지난 후 들은 바에 의하면, 가정형편이 어려웠던 그는 간신히 중학교를 졸업하자 고등학교에 진학할 엄두도 내지 못하고 친척집을 이곳저곳 기웃거리다, 그를 아끼고 사랑하여 일 년여 동안 같이 기거한 적이 있던 선배 형의 소개로 오산에 있는 미군 부대에 취직하였다고 했다. 중학교 때 같은 방을 썼던 그 형이 그의 영민함을 알아보고 「소야 영문법」 책을 사다주며 영어공부를 차근차근 시켰고, 이 책을 열 번 이상 독파한 중학생은 형이 보던 두툼한 「영어구문론」을 틈틈이 어깨 너머로 훔쳐보면서 고등학교 상급반 정도의 영어 실력을 쌓았다. 그 밑천으로 미군 부대에서는 가장 뛰어난 하우스 보이로, 비행기 조종사들인 미군 장교들로부터 귀여움을 독차지 하였다고 한다. 먹을 것은 도처에 지천으로 깔려있었고 가끔 장교들이 주머니에 넣어주는 팁과 월급을 차곡차곡 모으면서 그는 홀로 고등학교 편입과 대학진학을 꿈꾸고 있었다. 어떤 중령급의 나이든 장교는 영리하고 잘생긴 그를 양자로 삼겠다고 진지하게 접근해 오기도 했다. 그도 평소에 그 장교를 좋아해서 마음이 크게 동하였으나 어머니와 그 일을 상의하러 갔다가 어머니가 자기와 동생들을 버리고 미국으로 혼자 호강하러 가려한다고 울고불고 법석을 피우는 바람에 며칠을 고민한 끝에 그만 그 호의를 정중하게 거절하였다고 한다.

그는 마음이 몹시 허전하고 큰 행운을 놓친 것 같아 한동안 우울증에 빠졌었고, 술도 그 무렵 처음 입에 대었다고 말하였다. 정말 어린 마음이 얼마나 쓰리고 아팠을까. 그의 어머니는 6.25때 의사였던 남편이 병사하자 겨우 열한 살 정도인 어린 그를 붙들고 이제부터 네가 장남이니 우리 가정을 책임지고 보살펴야 한다고 틈만 나면 다짐을 시키곤 하였다고 한다. 보통의 상식으로는 이해가 되기도 하고 전혀 이해가 안 되기도 하는 부분이다. 너무 마음이 아픈 것은 어머니의 이런 거듭된 다짐은 그의 착한 마음의 작은 세포 속에까지 세밀히 침투되어 젊은 그의 삶에서 중요한 일에 계속 브레이크를 걸며 장애요소로 작용하였다는 것이다. 그는 무슨 일을 시작하기 전 어머니에게 항상 먼저 의논하였고 어머니가 이의를 제기하거나 반대하면 자신의 마음을 접곤 하였다. 미군 조종사의 양자로서의 미국행이 좌절된 다음 그는 곧 그동안 모은 돈을 가지고 고향의 인문계 고등학교 2학년으로 편입하였다. 편입시험에서 그는 영어와 수학에서 높은 점수를 받았기 때문에 그의 학력을 의심하는 교사는 아무도 없었다. 그가 고등학교 1학년 과정을 수료하지 않은 채로 2학년에 편입한 것은 자신의 동급생들이 2학년에 다니고 있었기 때문이었다. 학력을 위조한 증명서를 돈만 조금 주면 만들어주는 사람들이 있었으며 그런 일은 그 당시로서는 그렇게 드문 일이 아니었다. 서울에서 야간 학교를 다니던 사촌형의 소개로 그런 방법을 소개받은 그는 별 죄악감 없이 돈을 건네주었고 그 사촌형은 어디선가 그의 이름으로 된 고등학교 1학년 수료 증명서와 학업성적증명서를 구해다 주었다. 그는 편입시험에서 그동안 틈틈이 공부하여 쌓은 실력을 보여주면 되는 것이려니 생각하고 서류를 제출하였고 거뜬히 시험을 통과하였으므로 그렇게 해도 괜찮은 일이구나 생각하고 그 일을 잊고 있었다. 그런데 일 학기 중간고사가 끝나고 얼마 후 그는 교장실로 급히 호출 되었다. 갑자기 교장은 그 앞에 그가 제출했던 위조서류를 내

놓았다. 중간고사 성적이 좋았던 것이 화근이었다. 그의 성적은 학급수석이 아니고 학년 수석이었던 것이다. 그의 경력을 잘 알고 있던 같은 반의 동급생이 질투 때문에 열을 받아 그가 지난 일 년 동안 고등학교 1학년 과정을 다니지 않고 미군 부대에 다녔었다고 교장선생님 앞으로 투서질을 한 것이었다.

교장은 놀랐으나 담임교사에게도 알리지 않은 채로 문제를 조용히 해결하기 위하여 그를 직접 교장실로 부른 것이었다. 교장은 그에게 자초지종을 물었고 그는 숨김없이 사실대로 고백하였다. 그런데 그간의 자신의 사정을 소상하게 이야기하는 가운데 자신도 알 수 없이 얼마나 눈물이 쏟아지던지, 이야기는 중간에 여러 번 중단되었다고 한다. 야단을 치는 대신 교장선생님은 자신의 손수건을 꺼내서 그의 눈물을 닦아주며 위로하고, 그의 마음의 상처를 달래 주었으나 그의 거짓이 드러난 이상, 교사의 양심으로 그를 용납할 수는 없다면서 그 앞에 자퇴증명서를 내놓았다. 퇴학을 시키면 다른 학교로 전학할 수 없으니 자퇴하는 형식으로 학교를 떠나라는 것이었다. 자퇴서를 받은 그 교장 선생님은 그가 편입을 위하여 제출했던 위조수료증명서를 포함한 모든 서류를 그에게 돌려주었다. 위조서류를 만드는데 적지 않은 돈이 든다는 것을 교장은 알고 있었던 것이다. 교장선생은 몹시 그의 사정을 동정하면서 일이 잘 풀리기를 바란다는 말도 덧붙였다. 교장실 문을 닫고 밖으로 나오면서 그는 다시 한 번 울컥 치밀어오는 눈물을 억지로 참았다.

나는 이제 아이가 아니다. 어른이다. 눈물쯤은 참을 줄 알아야 한다. 아무리 당시에 그러한 일이 큰 죄악감 없이 행해지고 있었다고는 하나 그는 분명 위조서류를 만드는 사기행위를 했던 것이었다. 세상은 정말 비정하며, 자기 자신 외에 의지할 곳은 아무데도 없다는 생각이 너무도 슬펐던 어린 시절의 추억과 함께 다시 한 번 그의 가슴을 쳤다. 6.25 전쟁이 끝난 후, 살던 집이 폭격에 타버려 식구들이 같이 기거할 곳이 없어, 큰 집, 작은 집 등 친척 집으로 하나씩 둘씩 나누어 헤어지던 생각이 떠올랐다. 그가 의탁했던 큰 집에서 부엌일을 도맡아 했던 작은 고모가 점심이나 저녁밥을 자주 안 주던 생각도 떠올랐다. 지서 순경과 눈이 맞아 연애를 하던 그녀는 뒤주의 쌀을 팔아 그 애인에게 삶아 줄 닭을 사거나 선물을 하곤 했는데, 축이 난 쌀을 메우기 위하여 할머니나 큰아버지 몰래 자주 그에게 점심이나 저녁밥을 주지 않곤 하였다. 마음이 고왔던 그는 차마 어른들에게 고자질을 하지 못하였고 부엌의 찬장 뒤에 숨겨둔 누룽지를 몰래 먹거나 삶아놓은 고구마 등을 누나가 없는 사이에 꺼내먹곤 하였다. 그러다가 큰 아버지의 눈에 띄어 사내 녀석이 도둑괭이가 되었다고, 집안이 떠나가도록 호되게 야단을 맞은 적도 있었다. 얼마 후 사정을 짐작하게 된 할머니는, 자기 몫으로 집에서 주는 떡이나 삶은 감자를 손수건에 싸서 감춰 두었다가 손주가 노는 논두렁이나 골목에서 가만히 그를 불러내어 그것들을 손에 쥐어주곤 하였다. 그는 그렇게 해주는 할머니가 고맙기는 하였으나 고마움보다는 자존심이 상하고 너무 창피해서, 할머니가 무엇을 손수건에 싸들고 다가오면 할머니를 피하거나 밀치기도 하였고 어떤 때는 혼자 마구 도망치기도 하였다. 할머니는 울면서 따라 오셨고 그것이 또 창피해서 그는 멀리 할머니가 보이면 나무 뒤나 골목 뒤로 몰래 숨기도 하였다.

밤에 잠자리에 누워 되돌아 생각해보면, 얼마나 자신이 못되어 보이고 슬프던지 한쪽으로 돌아누워 울기도 많이 했다고 한다. 같은 교회를 다니면서 그러한 그의 사정을 잘 알게 된 선배 형이 어느 날, 보따리를 싸서 자기가 살던 하숙집으로 들어오라고 하였고, 한 달 뒤에는 그 형이 자기 부모에게 사정을 설명하고 집에서 받은 하숙비로 자취방을 얻어 그 돈으로 두 사람이 자취를 시작하였다. 같이 살면서 그의 영민함과 성실하고 착한 심성을 알아 본 그 선배 형은 그에게 공부도 잘 가르쳐주었을 뿐 아니라 삶에 대하여 자신이 체득한 것을 넌지시 일러주거나, 국가나 민족의 장래에 대한 고민 뿐 아니라 그의 앞날에 대해서도 자기 일처럼 고민해 주었다. 그에게는 그 형이 수원의 농과대학에 합격하여 고향을 떠나기까지 함께 한 중학교 시절 2년이 인생에서 가장 행복하고 즐거웠던 시간이었다. 풍족하진 않았지만 풍로에 숯불을 피워 밥을 짓고 생선을 굽고 반찬을 만들어 나누어 먹던 오붓한 시간들을 그는 너무나 사랑하였던 것이다.

다음 해 봄, 그 선배 형은 수원으로 떠났다. 그 형이 그가 일 년간 살 수 있도록 미리 돈을 주고 간 자취방에 살면서 그는 숱하게 굶기도 했지만 무엇보다 견딜 수 없었던 것은 그가 빡빡 깍은 까까머리를 하고 돌아다녀야하는 일이었다. 더 이상 학생이 아니라 모자를 쓸 수도 없어서 이발소에서 깍은 까까머리로 일터를 찾아 돌아다니곤 했는데, 그처럼 까까머리로 다니는 아이들은 그 당시 대부분 부랑아나 구두닦이 아니면 소년원 등에서 갓 출소한 아이들 뿐 이었다. 겨울에는 스키 탈 때 선수들이 쓰는 모자 같은 것을 쓰면 괜찮았으나 한 여름의 까까머리는 뜨겁기도 하고 몹시 창피하기도 하였다. 그래서 그는 그 여름 어디서 밀짚모자를 하나 구해 여름이 끝날 때까지 쓰고 다니기도 하였다. 후에 생각해보면 조소를 금할 수 없기도 하고 그렇게 창피해할 필요도 없는 일 같았으나, 그 당시로서의 그에겐 너무나 견디기 어려운 천형 같은 고통이었다. 그렇다고 어린 나이에 형들처럼 '스포츠머리'로 깎고 다닐 수도 없었다. 우선 이발 비용이 더 비쌌고 그렇게 해서는 아직 안 될 것 같았다. 다른 사람을 괜히 속이는 것 같이 생각되었기 때문이다. 그때의 그 끔찍한 느낌을 그는 두고두고 아픈 추억으로 기억해내곤 하였다.

저녁에 자취방에 들어가면 몰려오는 서늘한 외로움, 그는 어머니나 동생들을 찾아 가고 싶었지만 이런 곤궁한 모습으로 그들 앞에 나타나는 것은 그의 자존심이 허락하지 않았다. 어쩌다 돈이 조금 생길 때만 그는 먹을 것들을 사가지고 옷을 깨끗이 빨아 입고 집에 가곤 했는데, 어머니나 동생들은 그러한 그를 보고 그가 괜찮게 지내는 줄로 착각하고 혼자만 잘 지낸다고 오해를 하는 것 같았다. 그래서 그가 집에 다녀가는 일도 점차 줄일 수밖에 없었다. 나중에는 동생들이 보고 싶으면 버스를 타고가 집근처를 멀리서 돌다가 다시 돌아오곤 하였다. 그가 집에 갈 때 사들고 간 먹을 것들 때문에 그가 돌아온 뒤 몇 끼를 굶어야 한다는 걸 가족들은 전혀 눈치 채지 못하고 있었던 것이다. 그때 집근처를 혼자 맴돌다 방으로 돌아왔을 때의 처절한 외로움이, 위조서류를 들고 학교의 교문 앞을 나서는 그를 다시 휘어잡았다. 그러나 그는 다시 몸을 곧추세우고 마음을 다잡았다. 교장선생님이 위조서류를 없애거나 압수하지 않고 되돌려 준 뜻은 분명히 다른 학교에 가서 그 서류를 다시 사용해서 기회를 잡으라는 뜻일 터였다. 그는 그날 밤 잠을 못 이루고 몸을 수없이 뒤척이며, 생각을 이리 뒤집고 저리 뒤집으며 이제 앞으로 어떻게 해야 할지를 궁리하고 또 궁리하였다. 길은 이제 딱 하나였다. 또 다시 거짓말을 할 수는 없고, 이 서류들을 들고 가 처음부터 솔직하게 이야기하고 도움을 청해 보는 수밖에 없었다.

그는 다음 날 아침 일찍 일어나자마자 냉수마찰을 하고 이발소에 다녀왔다. 머릿속은 계속 그가 점 찍어둔 자기 같은 학생들이 더러 다니고 있다는 학교에서 담당교사를 만나 해야 할 이야기를 몇 번이고 반복해서 조리 있고 설득력 있게 수 없이 정리하고 있었다. 점심 후 사람의 신경이 약간 느슨해질 무렵, 그는 그 학교의 교무실로 용감하게 전진하였고 담당교사를 만나 미리 연습한 내용을 진솔하게 이야기 하였다. 그 교사는 긴 영어문장이 프린트 된 시험지를 내어주면서 번역해보라고 시간을 주었는데, 처음에는 겁을 먹었지만 읽어보니 별로 힘든 문제가 아니어서 그는 아마 그 교사가 예상한 시간보다 빨리 답안을 제출하였던 것 같았다. 답안지를 받아 잠시 읽어보던 그 교사는 놀란 눈으로 그를 다시 쳐다보았고 혼자 고개를 몇 번 끄덕이더니, 내일부터 당장 일기분만 수업료를 내고 학교에 등록하라고 힘주어 말하였다. 다음 날, 아침 일찍 교무실에 들어간 그를 그가 데리고 어느 2학년 교실로 들어갔고 그 곳은 그가 담임을 하고 있는 반의 교실이었다. 그 날부터 그는 마음의 경계심을 아주 풀지는 못했지만 대강 안심하고 학교를 다니기 시작했는데, 영어 시간에 선생님이 던지는 어려운 질문에 한두 번 맞는 대답을 하자 아이들이 그를 뒤돌아보았고, 다음 날부터 아이들이 그를 쳐다보는 눈빛은 훨씬 부드러워졌다. 정기교육을 제대로 받은 둔재들 뿐 아니라, 몇 기분의 수업료를 미리 내고 보결로 들어와 학교에 다니는 학생들의 가장 큰 약점이 영어인 것은 옛날이나 지금이나 마찬가지이다. 아이들은 영어 잘하는 학생을 우러러 보았고 그는 곧 영어로 그 학급의 아이들의 마음을 사로잡게 되었다. 기말고사에서 그는 학급에서 영어뿐 아니라 모든 과목 평균 최고 득점자로 등극하였고, 그에 대한 담임선생님과 학생들의 신뢰는 오히려 그에게 부담이 될 지경이 되었다. 어느 날 담임선생님은 그를 교무실로 불러 조용히 그의 가정형편을 언급하면서 고등학교 졸업 검정고시를 권유하였다.

그 생각을 그때까지는 아직 해본 적이 없었던 터라 그는 대답을 유보하였고, 집에 돌아와 한 가지씩 자기 조건을 따지면서 그렇게 할 수 있을까를 검증하는 과정에서, 미군부대에 다니면서 저축한 얼마 안 되는 돈으로는 다음 학기와 그 다음 일 년을 수입 없이 다니기는 좀 힘들겠다는 판단을 했으며, 이왕 선생님의 권유를 받았으니 되던 안되던 한 번 시작해보자는 결단을 내렸다. 담임선생님은 자기 일처럼 기뻐하며 잘 생각했다고 격려하였고, 다음 날엔 그를 따로 불러 검정고시 준비에 필요한 책들을 손수 챙겨주었다. 그는 감동하였고 그 선생님 앞에서 자기도 모르게 눈물을 보이기까지 하였다. 곧 여름방학이 시작되었고 그는 모기장 속에 틀어박혀 밤이 깊어가는 줄 모르고 책에 매달렸다. 선생님이 준비해 준 책을 한 번 쭉 훑는 동안 보름이 지나갔고 나머지 보름 동안은 영어나 수학에 집중하면서 처음 읽었을 때 낯설었던 부분이나 쉽지 않았던 부분들을 차분하게 살펴나갔다. 더위란 참 무엇에 열중하는 자에게는 적수가 되지 못하였다. 공부가 그의 계획대로 진행되면서 여름방학은 순식간에 지나갔고 학교 공부와 검정고시 준비에 몰두하는 사이 가을은 눈 깜짝할 사이에 지나가 버렸으며 그 해에 치르는 검정고시 날짜가 금방 다가왔다. 그렇게 안심하고 평안한 상태에서 공부하기는 그때까지의 그의 평생에서 그때가 처음이었다. 그는 스스로 자기의 실력이 쑥쑥 늘어나는 걸 느낄 수 있었으며, 시험 날 그는 자기도 알 수 없는 자신감을 가지고 시험장에 들어갔다.

문제들은 놀랍게도 예상문제들보다 쉬웠다. 그는 시간마다 문제를 다 풀고 나서도 걱정이 되어 처음부터 다시 꼼꼼히 답안을 검토해보곤 하였다. 문제가 이렇게 쉬워 보일 때 합격하지 못한다면 그는 자기에게 신이 준 기회를 놓치는 죄를 범하는 것이라는 생각조차 들었기 때문이다. 결과는 전 과목 합격이었고 그것도 아주 우수한 성적으로였다. 담임선생님은 너무 기분이 좋아 교무실에 인사하러 간 그를 모든 선생님들에게 소개하며 크게 격려해 주었다. 이제 다음 문제는 바로 대학시험이었다. 그러나 그는 돈이 없어서 대학진학을 포기하고 그 당시만 해도 일류대학에 들어갈 실력이 되어야 합격할 수 있다는 사관학교에 지망하기로 담임선생님과 상의하였다. 그는 수학점수도 꽤 높은 편이었는데 담임선생은 그것을 알고 깜짝 놀라는 것 같았고 그렇다면 수학 잘하는 학생에게 유리하다는 해군사관학교시험에 응시해보는 것이 좋겠다고 적극 그 학교를 추천하였다. 사관학교 원서는 학교에서 구해 주었다.

필기시험 날짜가 되기까지 그는 수학시험 준비에 특히 집중하였는데, 공부하는 가운에 그는 역시 수학이 꽤 힘들다는 것을 실감하였다. 그러나 막상 시험 문제를 받았을 때 그는 깜짝 놀라고 말았다. 그가 시험 전에 구해서 풀어 본 어려운 문제 중에서 두 문제나 유사한 문제가 출제되어 있었기 때문이다. 그는 너무 감사한 생각이 들었다. 어렸을 때는 너무 재미있어서 혼자 열심히 다녔고 같이 자취하던 형과도 주일이면 빠짐없이 교회에 다녔는데, 중학교를 졸업한 이후에는 너무 사는 일이 바빠서 사실 제대로 주일을 지키지도 못하였는데, 아직 신은 그를 버리지 않은 것이었다. 감사, 감사를 마음으로 반복하면서 치른 시험은 만족스러웠고 필기시험을 통과한 그는 그 까다롭다는 신체검사도 아무 말썽 없이 무사히 통과하였다. '그래 내가 숱하게 굶었지만 그래도 하느님은 나 모르게 내 건강을 살펴 주신거야.' 그는 너무도 감사하여 최종합격 통지서를 받았을 때는 교장선생님 앞이었음에도 불구하고 자신도 모르게 '하느님, 감사합니다' 하는 말이 저절로 나왔다. 교장은 그게 자신에게 하는 진실한 감사의 표시로 알았던지 그의 등을 두드리며 다시 축하를 해주었다. 그가 해군사관학교까지 합격을 하자 담임선생님이나 같은 반 친구들 뿐 아니라 학교 전체가 난리가 났다. 소위 삼류고등학교 중의 하나인 이 학교에서 2학년 학생이 그 짧은 시간에 검정고시와, 사관학교 중에서 가장 들어가기 어렵다는 해군사관학교에까지 합격했다는 것은 그야말로 뉴스였고 학교로서도 큰 자랑거리였다. 교문 앞에 큰 글씨로 "이성규 검정고시 해군사관학교 동시 합격"이라고 쓰고 양쪽 끝에 붉은 글씨로 '축'이라고 쓴 큰 플레카드가 걸렸고 그는 금방 그 학교의 스타가 되었다.

해군사관학교의 생활은 육체적으로는 약간 힘들었지만, 엄격한 규칙생활에도 불구하고 그에겐 행복한 시간이었다. 그 동안 살면서 겪은 수모와 고통이 이제 모두 사라지고 새로운 인생이 시작되는 것 같았다. 미군 부대에 다니면서 저절로 익힌 영어회화 실력이 발군이어서 외국에서 온 손님들이 학생들과 토론이나 좌담회를 할 때면 그는 항상 초청되어 사회를 보거나, 그들이 묻는 학교에 대한 질문들에 가장 조리 있게, 그들이 알아들을 수 있는 영어로 대답할 수 있었다. 학교 교장 선생님의 그에 대한 신임은 유별났다. 온 생도가 모인 가운데 훈시를 하다가 갑자기 그를 단상으로 불러 올려, 공개적으로, 그가 외국 손님들 앞에서 학교의 명예를 높인 공로에 대하여 치하를 한 적이 있을 정도였다. 그는 체육 종목 중에서, 생도가 자유롭게 선택할 수 있는 구기 종목에서 미군 부대에서 자주 구경한 야구를 선택하였는데, 스스로 놀랄 정도로 빨리 기술을 습득했고, 한 학기가 지나면서 괜찮은 투수가 될 소질이 있다는 교관의 판정을 받았으며, 3학년이 되었을 때는 그의 피칭이 상당히 정확하다는 이유로 당당히 학교의 야구 대표 팀 투수 중의 한 명으로 선발되었다. 그의 몸은 말라깽이는 아니지만 살이 별로 붙지 않아 자신의 던지는 볼의 구위에 자신이 없었는데, 연습하는 과정을 통하여 서서히 향상되었고, 감독은 그가 절묘하게 두뇌 피칭을 한다는 것을 간파하였다. 그는 상당히 자주 팀이 위기에 처하였을 때 구원투수로 등판하기 시작했고 더러는 상황에 따라, 또는 투수 로테이션에 따라, 선발로 세워지기도 하였다. 그의 커브볼은 보통 타자가 정확히 맞추기 힘들다는 것이 정평이었다.

3학년 가을 그가 마지막으로 출전한 삼군 사관학교 체육대회에서 그는 7회 말 1:0으로 뒤진 주자 만루의 상황에서 구원투수로 등장하였다. 공군사관학교의 4번 최강타자를 맞은 그는 투 스트라익 쓰리 볼, 배팅 찬스까지 끌고 간 뒤에 세 개의 아슬아슬한 큰 파울볼을 준 다음 절묘한 커브로 그를 삼진으로 강판시켰다. 경기장은 해군사관학교 생도들의 환호로 떠나갈 듯하였고, 그곳에 참석했던 해군참모총장까지 모자를 던지며 흥분할 지경이었다. 기가 꺾인 공사 팀은 8회, 9회 연속 그의 두뇌 피칭에 갈피를 잡지 못하였고 그 사이 기가 살아난 해사 팀은 8회와 9회에 각기 용감한 슬라이딩을 감행하며 한 점씩을 뽑아 기사회생으로 경기를 승리로 이끌었다. 그날 그는 해사 생도들의 영웅이었다. 그는 선수들의 손에 들려 경기장을 세 바퀴나 돌았다. 생도들은 계속해서 '이 성규, 이 성규'를 외쳤으며 그는 그날 저녁 식사시간에 해군 사관학교 교장이 특별히 보낸 고급 포도주 한 병을 선물로 받기도 하였다. 그리고 그날 저녁 축하 파티장에서 이화여대 영문학과에 재학 중이던 교장의 딸을 소개 받았으며 그로부터 며칠 후 그는 세상에 나와서 처음으로 그녀로부터 러브레터를 받게 된다.

그 편지는 그의 가슴을 몹시 두근거리게 하고 마음을 설레게 하였으나 그는 답장을 보내지 못하였다. 왜냐하면 자신의 처지가 사관학교의 교장 딸의 신분과는 잘 어울리지 않을 뿐 아니라, 그녀의 그에 대한 감정이 운동장에서 흔히 생기는 그 날의 인기선수에 대한 공동의 대중 심리에 기인한 것이라고 생각하였기 때문이다. 그러나 일주일쯤이 지나자 그녀로부터 다시 편지가 왔다. 혹시 자신의 편지를 못받았는지에 대하여 묻고, 만일 받고도 답장을 안하는 것이라면 그것은 편지를 쓴 사람의 성의에 대한 결례이므로 인사치례의 짧은 답장이라도 꼭 보내야 한다는 것이었다. 편지를 읽은 즉시 그는 그녀의 말대로 자신의 생각을 그대로 담은 짧은 답장을 썼다. 그러나 하루 이틀 미루다가 힘든 훈련을 받느라 고달팠던지 그 편지를 부치는 것을 까맣게 잊고 말았다. 그러던 어느 날 그는 내무반에서 갑자기 어느 여성으로부터 전화가 왔다는 뜻밖의 통보를 받았다. 전화는 그녀로부터였고, 그녀는 다른 아무 이야기도 없이, 돌아오는 일요일 오후에 사관학교 정문 앞에서 만나자고 말하고는 일방적으로 전화를 끊어 버렸다. 그는 그 쪽의 전화번호를 몰랐기 때문에 할 수 없이 그 날 외출복을 입고 정문에서 기다리는 수밖에 없었다. 하늘 색 원피스를 입고 차에서 내리는 그녀는 너무나 화사하고 아름다웠으며, 그는 자신의 의견을 말할 틈도 없이 차에 태워져 바닷가 근처에 어느 찻집으로 끌려갔다. 그들의 데이트는 그렇게 시작되었다.

그가 부치지 못했던 편지를 보여주자 그녀는 피식 웃더니, '생각대로네요'라고 말하곤 그만이었다. 편지 문제를 그녀는 다시 묻지 않았고 그녀의 학교생활에 대한 따분함과 지루함, 깍쟁이 서울 아이들에 대한 얄미움과 분노 그러나 영문학을 공부하는 과정에서 생기는 뜻밖의 즐거움들에 관하여 작가나 시인, 작품들의 이름을 거명하며 쉴 새 없이 이야기 하였다. 그녀는 특히 시인들을 흠모하는 것 같았고 워즈워즈나 셸리, 키이츠의 인상적인 시구들을 외워 보이기도 하였다. 그도 사관학교 1학년 때 영어를 가르치던 여자 교관에게서 그들의 이름을 들은 적이 있고 잠시라도 그들의 시집을 학교 도서관에서 빌려 읽어 보았던 적이 있었기 때문에, 그들은 "하늘의 무지개를 보면 내 가슴은 뛰노나" 라든지 "겨울이 오면 어찌 봄이 멀 것인가"같은 시구들을 같이 읊조리며 뜻밖의 공감의 시간을 보냈다.

그날 헤어질 무렵 그녀가 그의 손바닥에 볼펜으로 적어 준 엘리엇이라는 영국시인의 "April is the cruellest month"라는 시구는 얼른 무슨 말인지 알 수 없었다. 그녀가 숙제로 내준 셈이었지만 그의 마음에 쉽게 지워지지 않는 묘한 느낌을 불러일으키면서 다음에 그녀를 만날 때까지 수없이 되뇌지 않을 수 없었다. 사월은 꽃이 피고 신나고 아름다운 달인데 왜 시인은 가장 잔인한 달이라고 하였을까? 분명히 이것은 비꼬아 한 말, 그래 역설이었다. 수많은 꽃이 만발하고, 겨울 내내 기다리던 달인데, 막상 그가 맞은 사월은 영 신나지도 아름답지도 않았던 것이 아닐까? 이 시인은 혹시 사월에 실연을 한

건 아닐까, 아니면 사는 일이 팍팍했던지. 그는 충분히 공감 할 수 있을 것 같았다. 그리고 마침 그 봄에 그에게 다가오게 될 사월은 어떤 느낌을 그에게 안겨줄 지 몹시 궁금하기도 하였다. 그때까지의 자신의 삶 동안 대부분의 사월은 그렇게 아름답거나 즐거웠던 것 같지가 않았다. 항상 어머니와 동생들의 생활걱정을 할 수 밖에 없었고 돈이 조금이라도 모이면 들뜬 마음으로 우체국으로 달려가곤 하였다. 그래, 우체국으로 달려 갈 때는 기분이 참 좋았다. 하지만 그 돈을 보내고 나면 그는 당장 주말에 외출할 돈이 궁해지곤 하였다.

그렇게 시작된 그들의 데이트는 자주는 아니었지만 그가 사관학교를 졸업할 때까지 몇 번 더 이어졌고, 만나지 못할 때는 주로 그녀가 자신이 배우고 있는 책이나 자기가 읽은 시와 관련하여 항상 여러 장의 두툼한 장문의 편지를 보내곤 하였다. 주말에 외출비가 없이 우두커니 앉아 있곤 했던 그에게 그녀의 편지들은 큰 위로가 되었고, 그녀가 소개해준 책들은 주중에 학교 도서관에 가서 꼭 찾아보았으며 없을 때는 신간도서 구입 요청서에 정확히 저자와 그 책의 이름을 적어 구입을 신청하였다. 새 책이 구입되는 것을 기다리는 재미는 그녀의 편지를 기다리는 것만큼 긴장되기도 하면서, 그 긴장 때문에, 그 책을 드디어 받아 읽게 되었을 때의 감격이나 기쁨은 각별하였다. 그는 학교의 내무반에 누워 잠들기 전 그녀의 생기 넘치는 얼굴을 떠올렸고 가끔 그녀가 보고 싶다는 생각도 하게 되었다. 그러나 그는 그러한 그리움이 자신에겐 사치라는 생각을 항상 떨쳐버릴 수가 없었다. 그의 어머니와 동생들의 어려운 생활이 동시에 떠올랐고 그는 그것을 잊으려고 머리를 흔들곤 했다. 그러나 그것은 잠시일 뿐 그의 마음을 더 끈끈하게 사로잡고 있는 것은 그래도 자신의 가족이었다. 그는 빨리 졸업하고 임관하여 월급을 받아 집에 보내게 될 수 있기를 바랐다. 그런 생각이 들수록 그는 더욱 열심히 학교의 육체훈련과 수업에 집중하려 하였고, 그의 생도로서의 능력은 다른 생도들의 인정을 받기에 충분하였다.

그녀로부터의 이십여 통의 편지와 일곱 번쯤의 데이트 뒤에 그는 좋은 성적으로 사관학교를 졸업하였고, 해병대 장교를 지망하여 해병소위가 되었다. 졸업식 날 진해로 그의 어머니가 맏이 여동생과 함께 졸업식을 보러 먼 길을 왔고, 꽃다발을 들고 그의 졸업을 축하하러 온 그녀와는 자연스럽게 만나게 되었다. 그의 어머니는 그러나 그녀를 자기 맏아들의 친구로서는 상관없다고 하면서도 더 가까운 사람으로서는 마땅해하지 않았다. 그는 그냥 친구라고만 말했을 뿐 더 이상의 이야기는 하지 않았다. 그 자신도 사실은 별로 자신이 없었기 때문이기도 하였다. 그의 어머니는 그녀의 점심초대를 정중하게 거절하였고, 잔뜩 기대에 부풀어 있던 그녀는 아쉬운 마음을 감추지 못한 채 꽃다발만 그에게 안겨주고 가버렸다. 그의 여동생이 어머니를 쿡 찌르며 눈치도 없다고 나무랐지만 어머니는 아랑곳하지 않았다. 어머니는 그녀에 대하여는 일언반구도 없이 아들에게 점심 먹을 식당으로의 안내를 부탁하였고, 그는 묵묵하게 어머니의 말을 따랐다.

다음 날 점심 무렵, 그녀로부터 전화가 왔고, 그녀는 '어제 좀 섭섭했지만 괜찮아. 우리 계속 만나는 거지?'라고 용감하게 말하였으며, 미안한 마음에 그는 그날 점심을 사겠다고 우겼다. 아직 대학 졸업 전인 그녀는 그 전처럼 편지도 하고 만나고 싶을 때는 불쑥 그가 근무하는 부대로 찾아오기도 하였다. 그녀는 볼수록 괜찮은 여자였다. 이대 영문과 출신 특유의(?) 약간의 오만함과 새침한 모습을 제외하면 제법 대범하고 활달하며 감수성도 풍부하였다. 불쌍한 사람들을 길에서 만나면 안타까워 핸드백에서 조금이라도 돈을 꺼내어 주고 싶어 하였고 꽃을 보면 항상 걸음을 멈추고 한참씩 바라보거나 몇 송이를 사서 그에게 불쑥 내밀기도 하였다. 바다의 낙조를 보면서는 가끔 돌아서서 눈물을 찍어내기도 하고 그럴 때면 창피한지 그가 그녀의 얼굴을 잘 보지 못하도록 그의 곁에 바짝 붙어버리기도 하였다.

그녀는 졸업 논문 준비이야기를 많이 하였는데, 그녀가 택한 시인은 그녀가 좋아하면서도 공부하는데 어려움이 많은 것 같았다. 20세기의 가장 어려운 영국 시인 중의 한 사람이라는데, 왜 어려우면 다른 작가나 시인으로 바꾸지 않느냐고 물으면, '자기가 그 시인의 시를 안 읽어 보아서 그런다'며, 어려워도 한 번 빠지면 그의 매력에서 벗어나기 어렵다고 알듯 모를듯 한 말을 하기도 하였다. 그가 어려운 이유는 여러 가지 있지만 그 중의 가장 중요한 것은, 그가 낭만주의 시대와는 너무 다르게 복잡해져버린 인간과 세계의 문명을 예민한 감수성으로 포착하여 표현하려 하기 때문이라고 말하였다. 그 다음의 중요한 이유 한 가지는 그가 영문학 사상 모든 작가나 시인 중 공부를 가장 많이 한 사람이라, 아는 게 너무 많기 때문이라고도 설명하였다. 후에 조사해보니 그는 정말 하버드 대학원을 졸업하였고 파리의 솔본느 대학과 영국의 옥스퍼드 대학에서까지 공부한 공부벌레였다. 캠브리지 대학에서 교수로 초빙하였으나 거절하였고 언젠가 노벨문학상까지 받았다. '그래, 이사람 시, 쉽지는 않겠구나.' 그는 가끔 힘들어 하는 그녀를 위로하거나 달래주기도 했는데, 그가 혼자 책방에 가서 사서 읽은 그의 번역시의 그럴싸한 구절이나, 그녀가 잘 모를 것 같은 그의 생애의 어떤 부분을 그가 외우거나 상기해주면 그녀는 무척 신기해하며 기뻐해주거나 뒤에서 와락 달려들어 그를 안아주곤 하였다.

그가 좋아했던 구절은 예를 들면 "J. 알프레드 프루프록의 연가"에 나오는 "그의 등을 유리창에 비벼대는 노란 안개/ 그의 주둥이를 유리창에 비벼대는 노란 연기"라는 구절이나, 그의 대표작인 「황무지」 속에 나오는 "허망한 도시/ 겨울 새벽의 갈색 안개 속에서/ 나는 수많은 사람들이 런던교 위를 걸어가는 것을 보았다." 같은 구절. 그런 구절들은 무슨 큰 의미가 포함된 구절들은 아닌 것 같았으나, 따라 읊조리고 있으면 그 구절의 음악 때문인지 괜히 깊은 노래를 들었을 때처럼 기분이 흡족하였다. "음악, 너무 깊이 들어서/ 전혀 들리지 않는 음악" 같은, 그의 장시인 "네 개의 사중주"에 나오는 구절도 좋았다. 그 시인의 이름은 T. S. 엘리엇이었다. 그는, 엘리엇의 첫 번째 아내가, 그가 하바드 대학원생일 때 잠시 미국에 교환교수로 와서 그를 가르친 적이 있던 유명한 수학자이자 철학자인 버트란트 러셀 경과, 그가 건강상의 문제로 스위스로 요양을 가있던 동안 정사를 벌렸었다는 사실을 그녀에게 알려주었는데, 그녀는 정말 깜짝 놀란 것 같았다. "우리 논문 같이 쓸까?"라고 그녀는 말하였고, 그때 그는 그녀에게 크게 인정받은 것 같아 기분이 좋았으며, 그녀와 정말 깊은 친구가 된 것 같았다.

그녀가 '혼자' 쓴 졸업논문이 통과되고 대학을 졸업하게 되었을 때 그는 사실 그녀의 졸업식에 축하해주러 가고 싶었지만, 그녀의 아버지를 만날 일이 두려워 갈 엄두를 내지 못하고 있었다. 그에 관한 한 눈치가 백단인 그녀가 이걸 모를 리 없었고, 그녀의 부모를 그날 무슨 핑계로 빼돌렸는지 그녀의 부모는 그날 졸업식장에 모습을 보이지 않았다. 남자와 사랑에 빠지면 그날부터 여자는 불효녀가 된다고 했던가. 그날 그녀는 졸업식이 끝나자마자 친구들조차 따돌리고 그를 데리고 택시로 신촌을 빠져나와 서울역에서 인천행 버스를 탔던 것이다. 오후 내내 그들은 인천 월미도에서 음식을 먹거나 차를 마시거나 바닷가를 거닐며 사진도 찍고 노래도 부르며 세상의 모든 것을 다 가진 사람들처럼 행복하였다. 그러나 그의 마음속엔 오후 내내 그녀의 아버지에 대한 생각을 떨쳐 버릴 수 없었고, 토요일이니까 어디 호텔에서 같이 지내고 가자는 철없는 그녀를 달래어 아홉시 전에 아무 탈 없이 그녀의 신촌 하숙집에 데려다 주었다. 그날 이후 그는 그녀의 자신에 대한 감정이 장난이 아님을 확인하였고 그의 가슴은 점점 무거워갔다. 왜냐하면 그의 사관학교 졸업식 이후 그녀의 어머니는 가끔 보내는 편지에 항상 그녀와의 더 깊은 관계를 확실하게 경계하고 있었으며, 그 자신도 아직 확실한 자기 집도 없는 집안 형편에 그녀를 더 깊은 관계로 끌어들인다는 것은 죄악이라고 생각되었기 때문이다.

그러나 그러한 이성적 사고와는 상관없이 그는 주말이면 그녀와 자연스럽게 만났고 언제 시간이 가는 줄도 모르고 하루가 지나가버리곤 하였다. 그러느라고 그는 집이 멀다는 핑계로 한 달에 한 번 정도 밖에 어머니가 있는 집에 들르지 못하였다. 집이 먼 것도 사실이었다. 그의 근무지는 영남의 해안지역이었고 어머니가 있는 고향은 호남지방에 있었던 것이다. 그러나 그의 어머니는 둔한 분이 아니었다. 어느 토요일 저녁 무렵 어머니는 작정을 하고 예고도 없이 그의 하숙집으로 쳐들어왔고, 저녁을 마치고 그를 하숙집에 데려다 준다고 택시를 타고 그와 같이 왔던 그녀는 문 앞에서 기다리고 있던 그의 어머니와 꼼짝없이 대면하게 되었던 것이다.

그의 하숙방에서 어머니는 그날 전혀 빈 말 없이 자신의 그녀에 대한 생각을 분명하게 표현하였다. 첫째 자신의 집안이 그녀의 집에 비하여 현저하게 기운다. 그 반대의 경우라면 몰라도, 남자의 집이 기우는 상태로의 결혼은 절대 불행하다. 둘째 그녀의 학벌이나 성격이 자신이 시어머니로서 감당하기에는 너무 벅차다. 결국 둘 다 불행해 질 것이 명약관화하다. 그러니 우리 아들과의 교제를 그만두는 것이 좋겠다는 것이었다. 그녀의 반격도 확실하였다. 자신은 결혼하면 부모와 같이 살지 않을 것이며 남편과 같이 벌어서 독립하여 살 것이니 첫 번째 어머니의 반대조건은 큰 문제가 안 된다. 두 번째로, 결혼하면 자신은 남편과 같이 살기 위하여 결혼하는 것이지 어머니와 살기 위하여 결혼하는 것이 아니다. 어머니와 같이 사는 것이 아니니 걱정하실 필요가 없다. 그러나 자식된 도리로서 어머니의 생활비는 보내드릴 것이며 평균의 며느리들이 하는 예의범절은 가능한 한 모두 지키겠다고 당당하게 말하였다. 어머니는 그녀의 말이 끝나는 순간 핸드백을 들고 벌떡 일어났다. '나하고 한 집에 같이 살고 싶지 않으면 결혼 못한다. 이 소위는 내가 낳아 키운 자식이고 맏아들이다. 당연히 혼자가 된 어머니를 모시고 동생들도 같이 살며 건사하여야 한다. 성규 너는 어머니와 이 여자아이 중 하나를 선택해라.' 말을 마친 어머니는 방문을 나섰고 그는 엉거주춤 어머니를 따라 일어섰다. 어머니는 '나오지 마라. 혼자서도 갈 수 있다.'고 단호하게 말하고는 밖으로 휑 나가버렸다.

그는 너무도 싸늘한 어머니의 말의 기세에 눌려 감히 어머니를 따라 나설 수 없었고, 그렇다고 방으로 들어가 그녀에게 무슨 말을 해야 할지 몰라서 문간에 손을 기대고 한동안 혼자 서 있었다. 어머니는 철저하게 유교의 도덕기준과 자신의 평안을 위하여 자기주장을 분명히 천명하고 있었고, 그녀는 그 또래의 대학교육을 받은 여자가 보통으로 가지고 있는 결혼관을 당당하게 말하고 있었다. 그의 생각은 양쪽 모두를 지지하고 있었다. 그러나 두 사람 모두, 아들이며 애인인, 자신의 입장은 전혀 고려하지 않고 있다는 것도 분명하였다. 그는 잠시 허탈감에 휩싸여 주저앉고 싶은 느낌이었다. 그 대신 그는 그녀를 하숙방에 둔 채로 근처의 목로주점으로 걸어갔다. 주모가 그를 알아보고 반겨하며 앉기를 권하였고 그는 한 되의 막걸리를 시켜 단숨에 주전자 채로 들이켰다. 주모는 '어머머' 하며 놀랐으나 그의 단호한 기세 때문이었는지 감히 말리지를 못하였다. 조금 앉아있으려니 머리가 빙빙 돌기 시작했고 정신이 희미해지면서 가슴이 마구 뛰기 시작했다. 그는 술에 약했었다. 평소에는 대포 한 잔이 그의 최대 주량이었던 것이다.

이튿날 눈을 떴을 때 그곳은 자기 하숙방이었고 자리끼와 함께 책상위에 써놓고 간 그녀의 메모가 눈에 들어왔다. '혼자 술 마시게 해서 미안해요. 그러나 생각 좀 해봐야겠어요.' '그래, 나도 생각 좀 해봐야겠구나.' 그러나 그녀를 마음 속으로부터 밀어내는 일은 쉬운 일이 아니었다. 때로는 호소하는 모습으로, 때로는 토라진 얼굴로, 때로는 영일만의 황혼 앞에 넋을 잃고 서 있던 모습으로 그녀는 꿈속에 나타났다. 그녀를 만나던 토요일 저녁이면 가슴이 쓰리다 못해 아파왔고, 술에 억망으로 취한 채로 그녀와 만나던 다방이나 영화관

심지어는 음식점 근처를 어슬렁거리는 스스로를 발견하고 놀라곤 하였다. 그러나 수없이 파지를 내고 쓰고 또 쓴 편지는 한 번도 보내지 못했다. 그녀가 먼저 항복하고 손들고 오기를 바랐던 것인가? 아니면 어머니에게 쏠리는 맏이로서의 책임감이 그의 감정을 억제했던 것일까. 그는 독한 술에 취해 여러 번 창자가 치밀어 오르는 것 같은 토악질을 하면서도 끝내 그녀에게 연락을 하지 않았다. 오기였을까. 아니었다.

사실 그는 가족에 매어 꼼짝할 수 없는 자기 자신에게 머리 끝까지 화가 나 있었다. 그녀가 보낸 두 번의 편지는 읽지도 않고 쓰레기통에 버렸다. '찾아오면 발에 쥐가 나나? 편지는 무슨!' 그러나 그녀는 찾아오지 않았고 그 일 뒤로 한동안 그녀로부터도 어머니로부터도 전혀 연락이 없었다.

흐르는 시간은 참 불가사의한 일을 만들어 내기도 한다. 그렇게 간절하게 보고 싶던 그녀도 그 무참했던 시간이 지나는 동안 서서히 그의 기억에서 퇴색되어 갔다. 가끔 창으로 누가 갑자기 옆구리를 찌른 듯 그녀에 대한 그리움이 그를 쓰러트릴 것처럼 그의 가슴을 덮쳐 왔지만 그는 용케 어떻게든 그것을 견뎌내었다. 못이겨낼 상처란 없는 것이다. 그도 긴 시간 동안 불면의 시간을 보내면서 자신도 확연히 설명할 수 없는 감정의 흐름에 따라 서서히 그녀로부터 그리고 동시에 어머니로 부터도 마음이 조금씩 멀어져 가는 것을 느꼈다. 그녀도 어머니도 별로 보고 싶다는 생각이 들지 않았다. 술도 마시지 않았다. 차라리 부대에서 자신의 지휘 하에 있는 사병들과 있는 시간이 훨씬 편하였다.

그러나 그는 자신이 군대체질이 아니라는 것을 오래전부터 느끼고 있었다. 일방적인 명령체계, 이의가 있을 수 없는 상관에 대한 무조건적 복종, 술 잘 마시고 계집질 잘하는 사람이 부러움의 대상이 되는 엉뚱한 집합체, 일반적인 힘에 대한 존경, 지성은 항상 조금 거추장스럽게 느껴지거나 때로 조롱의 대상이 되기도 하는 사회, 자기 생각이 있는 놈은 왕따 당하거나 서서히 가장자리로 밀려나는 사회, 이런 사회는 본래 자유스런 그의 진정한 내면의 기질에 맞지 않았다. 가끔 그는 점차 바보가 되어가는 느낌이었고, 자신의 개성이니 정체성이니 주체성이니 하는 것은 점차 낯설게 느껴져 가고 있었다.

'그래 여기를 떠나는 거야.'

그의 뇌리에 그를 진실로 사랑해주었던 미 공군 중령의 얼굴이 떠올랐다. 그는 자신을 그의 양자로 삼으려고 본국에 자신의 자식이 있었음에도 불구하고 공식 서류 절차까지 밟았던 사람이었다. 어머니와의 관계에서 항상 억지로 숨기려 하였거나 아니면 마음속에서 애써 부정해왔던 서먹함도 점차 뚜렷하게 그와 어머니의 사이에 끼어들기 시작하였다. 아버지가 돌아가신 후부터 그는 수없는 다짐을 통하여 그의 어깨 위에 어머니가 얹어주는 짐이 너무 무겁고 부담스러웠다. 어머니의 요구는 일방적이었고 자신의 형편이 아닌 그의 형편에 대한 고려나 배려는 사실 거의 없었다. 우리 자식은 항상 잘하고 있고 사내가 응당 그래야 한다는 것이 어머니의 그에 대한 일관된 생각이었다. 그러나 항상 잘할 수 있는 환경 속에 있던 것이 아니었으며 울고 싶을 때도 너무 많았다. 그러나 어머니 앞에서 약한 모습을 보여서는 안 된다는 것을 그는 알고 있었다. 그것은 언제부터인가 어머니 앞에서의 그의 자존심으로 변하여 있었다. 아무리 고생스러워도 무서워서 죽을 지경이어도 그는 어머니 앞에서 그런 티를 낼 수 없게 되어버렸던 것이다. 그래서 그는 어머니의 집에 가도 오래 머물지 못하였으며 무슨 중요한 일이라도 항상 있는 것처럼, 가지고 간 돈이나 선물만 어머니에게 전달하고는 일이 있다는 핑계로 집을 나서곤 하였던 것이다. 어머니 앞에서 동생들 앞에서 그는 진정한 휴식을 얻을 수 없었던 것이다.

소식 없는 그녀에 대한 원망이나 야속함은 어쩌면 어머니와의 문제에 비하면 차라리 가벼운 감정의 문제로 보이기까지 하였다. 여자는 많다. 나중에 또 만나면 되겠지. 그는 아직 젊었고 사는 것이 무섭지 않았다. 그는 귀신 잡는 해병대, 패기 넘치는 신참 소위였던 것이다.

'그래 한국을 떠나는 거야.' 두 달쯤이 지난 후 그의 하숙집에 그녀가 한두 번 찾아 온 적이 있었으나 그의 마음은 이미 그녀를 떠나 있었다. 그녀는 뒤돌아보며 그를 떠나갔다. '그래 이곳을 떠나는 거야.' 그러나 사관학교 교육을 받은 장교가 군대를 바로 떠날 수는 없었다. 육년의 의무 복무기간을 반드시 장교로서 근무하여야 했다. 그는 봉급을 타면 최소한의 용돈만 남기고 모두 어머니에게 송금하였다. 그리고 점차 자신이 근무하던 부대의 영내 밖으로 나가지 않게 되었다. 영내에서 부하들과 같이 지내며 형처럼 사병들과 이야기하고 놀며 친구가 되어 주었고, 그들과의 격의 없는 대화 도중 우연히 어디 한 번 그들과 함께 최고의 해병부대가 되어보기로 작정 하였다. 그의 부대의 훈련 강도는 점차 영내 최고의 수준으로 높아갔지만 불평하는 부대원은 아무도 없었다. 아무리 고된 훈련에도 그는 항상 부하들 앞에서 먼저 뛰었고 물 속에 먼저 들어갔으며 힘이 부치는 사병의 짐은 항상 그가 먼저 들어 주었다. 오히려 동료 장교들이 적당히 하라며 투덜거렸다. 그러나 그의 정신 상황을 소문을 통해 짐작하고 있는 동료들은 그를 안쓰러워했으며, 그의 성품의 착함은 그를 겪어 본 장교, 사병 모두가 잘 알고 있었기 때문에, 크게 그를 미워하거나 질시하는 사람들은 없었다. 그러는 사이 그는 중위로 진급하였고, 두 번이나 부대장 표창을 상신 받았지만 단호하게 거절하였다. 표창 받기 위하여 한 일이 아니라는 것이었다. 부대원들의 생각도 그와 똑 같았다. 그들을 믿고 편히 잠드는 부모들과 형제자매를 위해서 더 귀신 잘 잡는 단단한 해병이 되기 위해서 뛰고 또 뛸 뿐이라는 것이 그들의 프라이드였다. 그리고 그것은 그들의 진심이었다. 참 희한한 녀석들이었다.

그러나 어느 날 부터인가 그의 몸에 이상이 생기기 시작하였다. 식욕이 떨어지고 훈련이 힘에 부쳤으며 무엇보다도 모든 일에 대한 의욕이 현저하게 떨어지기 시작하였다. 그는 부하들이나 다른 동료들에게 철저하게 그것을 숨겼으나, 어느 날 완전 군장 장거리 구보에서 쓰러져 앰뷸런스에 실려 온 뒤로 그는 병원 신세를 져야하는 한심한 군인이 되어버렸다. 그는 그러한 자신의 몸을 도저히 믿을 수 없었다. 어린 시절 굶기를 밥 먹듯이 할 때도 견뎌내었던 몸이었다. 한 학기 사이에 검정고시와 사관학교 입학시험을 모두 통과하면서도 견뎌냈던 몸이었다. 사관학교 훈련은 또 얼마나 육체적으로 힘든 과정이었던가. 그걸 모두 견뎌내었는데 아직 젊은 나이에 이게 무슨 꼴이란 말인가. 어머니에 대한 감정이나, 자신의 행복이 더 중요했던 교장의 딸에 대한 지독한 실망 등의 감정을 그는 고된 훈련을 통하여 훌훌 날려버리려 하였다. 그러나 그러한 감정은 마음으로 결단한다고 해서 쉽게 사라져버리는 성질의 것이 아니었다. 그것은 독이 되어 그의 강철 같던 의지를 서서히 잠식하였으며, 쉴 사이 없이 극한까지 몰아가던 그의 육체의 과로와 함께 갑자기 그를 쓰러뜨린 것이다.

일 년여의 병원 생활 뒤, 그는 대위로 의병제대 되었다. 군복무에서 풀려나자, 그는 이미 전역하여 민간인 신분으로 사업을 하고 있던 미군부대 시절의 공군 중령의 주소를 수소문 하였고 마침내 연락이 되어 미국으로의 유학 가능성을 타진해 보았다. 언제든지 환영한다는 반가운 답장이 왔다. 그는 그 동안 혹사시켰던 몸을 보살피면서 유학준비를 하였고, 어머니의 소개로 만난 한 여성과 두말없이 결혼하였다.

그 당시에는 미국으로 유학을 가는 일이 요즘처럼 쉬운 일이 아니었기 때문에 모든 것을 준비하는데 오랜 시간이 걸렸다. 둘째 아이가 태어난 지 두 달 후에야 그는 아내와 아이 둘을 데리고 대망의 유학길에 오를 수 있었다. 마침내 그가 날개를 달고 넓고 넓은 세계, 세계에서 가장 가능성이 많은 나라를 향하여 자유로운 비상을 시작한 것이다.

그 뒤로 삼십 여 년의 세월이 넘는 동안 나는 그 형의 소식을 듣지 못하였다. 하지만 그 동안 그의 삶의 고행을 알고 있었기에 미국에서나마 행복하기를 진심으로 바랬다. 그 형이 떠난 이후로도 나는 어려운 일이 생기면 그 형이 있다고 생각되는 쪽을 향하여 그의 이름을 불러 보곤 하였다. 그의 이름을 불러 보는 것만으로도 나는 무슨 대답을 들은 것처럼 마음이 평화로워지는 것을 느꼈고, 조금은 용기가 나는 듯하였다. 왜 그에 대한 추상이, 오랫동안 그를 만나지 못했으면서도, 나에게 그렇게 큰 위안이 되고 힘이 되었는지 잘 모르겠다. 내가 견디기에 나에게 덮쳐 온 삶의 무게가 너무 힘겨웠던 때문일까. 아직 젊은 나이에 삶의 고비고비에서 나에게 던져진 의문들에 대하여 그 형처럼 시원시원하게 해답을 찾아 줄 멘토가 없어서였을지도 모르겠다. 그러나 아마 상황은 다르지만 내가 겪은 것과 유사한 고통을 누가 제대로 부축해 줄 사람 없는 타향에서 그가 감당해 내고 있다는 그의 아픔에 대한 공감이, 나처럼 연약한 동료 인간에 대한 공감이, 그 가장 큰 원인인 것은 아닌지, 우리가 삶에서 받는 가장 큰 위로는 바로 이런 것이 아닐까. 더구나 그 인간이 내게는 한없이 선량하기만 했던 장난스런 눈을 가진 이웃이었다면.

지금은 그 위로의 힘이 조금은 약해진 것 같고, 내가 그의 이름을 부르는 간절함의 강도도 많이 줄어들어 있지만 지금도 그 형의 생각을 하면 맑고 차분한 그의 목소리와 함께, 약간 장난스러우면서도 맑은 눈빛이 떠오른다. 가끔, 물론 나의 기우이지만, 그의 어머니의 소개로 이루어진 결혼 생활이, 어찌 또 그의 어머니의 완강한 성격 때문에 잘못되지나 않았을까 걱정되기도 하고, 그럴 경우에 그가 받게 되었을 마음의 상처에 대하여 혼자 걱정을 할 때도 있다. 어머니의 나이가 많아지면 아무래도 같이 살 수 밖에 없을 텐데, 그렇게 되었을 때, 매일의 그의 일상은 어떤 것이 될까. 퇴근 무렵 불편한 집에 들어가기 싫어 가방을 든 채로 거리를 헤매고 있지는 않을까. 한국처럼 그런 사람들에게 잠시나마 피난처가 될 만만한 막걸리집이나 포장마차도 없는 서양에서 그는 어떻게 그런 어둡고 우울한 시간을 처리하며 지낼까. 나는 이것이 나의 기우이길 빌고 또 빌며, 또 한 번 그의 이름을 그립게 불러본다.

'성규 형!'

어느 건물의 약사(略史)

내가 그 큰 집에 처음 들어가 본 것은 내 나이 아홉이나 열 살 무렵, 두 명의 친구들과 함께였을 것이다. 이층으로 지어진 흰 색의 이 서양식 건물에 가려면 다리를 건너야 했다. 통나무를 여러 개 엮어 세워 그 위에 판자와 생나무 가지 그리고 황토 흙 등을 두툼히 얹어 만든 다리였다. 그 아래 흐르는 물이 제법 많고 아주 맑았다. 그 다리를 건너게 되면 저절로 다리의 가장자리 쪽으로 고개를 돌려 깨끗한 물이 개울 속의 돌멩이들이나 풀과 부딪히며 만들어내는 졸졸거리는 소리에 귀를 기울이게 되곤 하였다. 우리 또래 아이들은 난간에 앉아 한두 개의 돌을 물속에 던져 그 돌들이 물속에 첨벙 소리를 내며 가라앉는 소리를 즐기곤 하였다. 그 날은 아마 일요일 아침 무렵이었는데 왜 아무도 살지 않는 그 집에 가고 싶었는지 지금은 알 길이 없다. 다만 일요일 아침이라 사람들의 왕래가 적고 특별히 따로 할 일도 없어서 심심한 차에 신기한 구경이라도 해볼 심산으로 문득 용기를 내었는지도 모르겠다. 우리가 그 집에 대하여 알고 있는 정보는, 그 집이 우리가 살던 읍에서 가장 큰 병원이었고

6.25 전쟁 때 그 병원에서 아주 많은 사람들이 죽었으며 특히 그 중엔 팔 다리가 잘려져 피를 철철 흘리는 군인들이 무더기로 죽어나갔다는 것이었다. 외과 의사였던 이 병원 원장은 그의 선친 대에서부터 그야말로 인술을 베풀어 온 이름난 의사의 아들이었다. 그 스스로도 가난한 사람들에게는 치료비를 거의 받지 않았을 뿐 아니라 어느 환자나 자신의 몸을 돌보지 않고 정성을 다하여 헌신적으로 치료해주었다. 전쟁이 끝나기 전 그가 죽은 것도 국군이나 적군을 막론하고 밤잠을 제대로 자지 못하고 건강을 해칠 정도로 치료에 몰두한 나머지 결국 과로로 쓰러진 것이라고 알려져 있었다. 그래서 전쟁이 끝난 지 몇 년이 지난 지금도 밤이면 죽은 원장을 비롯하여 제 명대로 살지 못하고 죽은 귀신들이 신음소리를 내며 병원 속을 어슬렁거리며 돌아다니곤 한다는 것이었다. 그래서 그 집 근처에는 낮에조차도 사람들이 들어가기를 꺼려하였으며, 크고 멋진 소나무가 서 있는 아름다운 앞뜰의 정원이 이쪽 길에서 훤히 보임에도 불구하고 날씨가 좋은 날에도 어른들조차 그곳에 잘 들어가려하지 않았다. 말하자면 그 집은 귀신들로 가득 찬 폐가였던 것이다.

그러나 그 일요일 아침은, 하늘이 너무 맑았다. 햇빛이 온 동네 구석구석의 어둠을 완전히 몰아내고 모든 집들을 너무도 밝게 비추고 있어서, 아무리 많고 무서운 귀신들이라 해도 모두 동네 밖으로 도망쳐 버렸을 것 같은 화창한 날씨였다. 그래서 아마 우리는 귀신 이야기 같은 것은 까마득히 잊고 맑은 물줄기를 따라 그 다리까지 걸어갔고 다리가 있으니까 그저 무심코 건너갔던 것이다. 병원 앞뜰의 정원은 가지를 좌우로 시원하게 뻗고 있는 소나무를 중심으로, 아기자기하게 진열해 놓은 갖가지 모양의 바위들과 그 사이사이에 핀 장미들로 놀라울 만큼 아름다웠다. 돌보는 사람이 없이 약간은 황량한 느낌이 없지는 않았으나 그 황량함으로 하여 잡초와 바위 사이에 핀 붉은 장미들은 야성을 띄고 있었고 그래서 들판의 강아지들과 뛰어다니는 것이 더 즐거웠던 우리들에겐 더 친근감이 들기조차 하였다. 정원을 지나 왼쪽으로 돌자 건물의 입구가 나타났고 우리는 곧 겁 없이 병원의 현관 앞에 섰다. 우리는 약속한 적도 없었지만 손과 팔을 서로 꼭 붙이고 하나처럼 움직이고 있었다. 현관문은 놀랍게도 이미 약간 열려 있었다. 우리보다 누가 먼저 이 문을 열고 들어갔단 말인가. 그러나 우리가 가만히 문을 밀치고 현관 안으로 들어갔을 때 인기척은 아무데도 없었다.

먼지가 수북이 쌓여있을 것이란 우리의 예상과는 달리 현관은 약간의 회색먼지의 흔적 외에는 의외로 정결하고 깨끗하였다. 현관을 지나자 곧 왼쪽으로 올라가는 넓은 계단이 보였다. 계단 위에는 큰 창문을 통하여 비쳐 들어온 햇살이 아늑한 정적을 만들어 놓고 있었다. 그 정적을 본 순간 우리는 현관을 들어오면서부터 우리의 가슴을 옥죄이던 불안이 우리도 의식하지 못하는 사이에 사라져 버리는 느낌을 받았다. 이층으로 올라가는 흰 계단과 회색의 넓은 벽 위에 엷은 먼지들이 쌓아놓은 것 같은 그 정적은 그만큼 평화롭고 신비로웠다. 계단을 돌아 위층으로 햇볕을 따라 올라가면 그 위엔 아마 귀신보다는 하느님이 아직 늦잠을 자고 있을 것 같았다. 감히 몇 개의 계단을 올라가 이층으로 올라가는 계단의 중간쯤에서 입을 꼭 다문 채 사방을 두리번거리던 우리는 어느 새 손을 놓은 채 무심히 계단 위에 차례로 앉았으며, 밝은 햇빛 사이로 수많은 작은 미립의 알갱이들로 보이는 먼지가 만들어 준 뽀얀 정적을 즐기고 있었다. 우리의 눈은 아마도 약간의 놀라움과 뜻밖의 안도감 사이를 오락가락 했을 것이며 정적의 무게에 눌려 주눅이 들어 있었을 것이다. 그리고 귀신들이 나온다고 접근조차 두려워하던 건물 안에서 보게 된 신비롭게 평화로운 광경 때문에 약간은 얼이 빠져 있었을 것이다. 귀신이 제일 많이 우글거린다는 이층으로는 감히 올라갈 엄두를 내지 못하고 어리둥절한 몇 분의 숨죽인 침묵 후, 이층으로 올라가는 계단을 내려와 밖으로 나오자마자 우리는 누가 먼저랄 것도 없이 동시에 내뱉았다. "귀신은 없나봐 - !".

그 병원 안에서의 마지막 순간 누구도 모르게 다시 손과 팔을 꼭 잡게 된 우리는 빠른 걸음으로 현관을 나와 쏜살같이 정원을 지나 다리 쪽으로 내달았다. 별로 무섭다는 생각도 없었는데 왜 그렇게 정신없이 뛰었는지 모르겠다. 다리를 건넌 우리는 서로 괜히 기분이 들떠서 무슨 큰 속박에서 풀려난 것처럼 마구 뛰고 장난치며 즐거워하였다. 우리들의 일요일 아침의 모험이야기는 약간 과장되어 동네의 아이들에게 전달되었고 며칠 동안 우리는 무슨 영웅이나 된 것처럼 괜히 어깨와 아랫배에 힘을 주고 다녔다. 뜻밖에 치른 그 첫 모험 이후 그 건물에 대한 우리의 무서움증은 상당히 사라졌지만 그렇다고 그 건물의 마당으로 자주 놀러 들어가거나 현관문 안으로의 모험을 또 다시 감행하거나 하지는 않았다. 어른들은 여전히 그 건물을 경계의 눈으로 보고 있었고 아무도 잘 그 안으로 들어가지 않았다. 아이들도 자연스럽게 그 근처에 자주 가지 않았으며 특별히 아이들끼리의 호기심으로 다른 아이들이 다리에서 보고 있는 동안 정원 앞까지 혼자 건너갔다 온다든지, 소나무에 용감하게 기어 올라갔다 내려온다든지, 아니면 병원의 현관문이 닫혔는지 열려있는지 보고 재

빠르게 뛰어 돌아온다든지 하는 일은 있었으나, 그 곳이 우리들의 평안한 놀이터가 된 적은 없었다.

그러나 세상은 세월의 흐름에 따라 항상 변하며, 그럼으로써 아이들에게 항상 새로운 놀이나 이야깃거리를 제공해 주는 것이다. 사람들이 피해 다니던 그 건물이 완전히 우리들이 신나게 뛰놀 수 있는 날들이 어느 날 갑자기 온 것이다. 그 건물에 대한 우리들의 호기심이 점차 사라지고 있을 무렵, 어느 날 부터인가 목수들이 대패나 톱이 든 가방을 메고 그 건물로 들어 다니기 시작했으며, 건물 안에서 톱질 소리와 망치질 소리가 들리기 시작하더니, 큰 트럭이 책상과 걸상을 차에 싣고 아름다운 정원 안으로 까지 들어가는 날이 왔다. 정원은 수염을 덥수룩이 기른, 눈이 맑아 보이는 할아버지에 의해 깨끗이 다듬어지고 나중에는 전정가위를 든 아저씨까지 들어와 정원 안의 향나무들과 활엽수들을 그럴듯하게 다듬어냈다.

그 건물에 야학이 들어선 것이었다. 중등과정이라고 들었는데 고등학생이나 대학생 정도의 나이든 형들이 대부분이었다. 전쟁 통에 학교 공부를 제대로 하지 못하고 가정형편 때문에 중국집 보이나 법률사무소 사환, 학교의 급사나 소사, 큰 점포의 다용도 심부름꾼, 견습 이발사, 찐빵 집 종업원, 자기 집 논밭의 일꾼으로 일하느라 중학교를 가지 못한 형이나 누나들이 저녁이 되면 씩씩하고 활달한 모습으로 책들을 겨드랑이에 끼고 그 건물로 뛰어 들어갔다. 형들이 물론 많았지만 누나들도 꽤 있었다. 그 중엔 장가 간 아저씨들도 있었으며 누나들 중엔 스물을 훌쩍 넘은 노처녀들도 있다고 했다. 야학이 시작되면서 그 집의 정원은 아이들의 놀이터가 되었고, 건물의 뒤쪽, 환자의 입원실이 지어져 있던 터의 앞마당은 조금 일찍 온 학생들이 배구를 하거나 한 쪽에서 탁구를 할 수 있는 작은 운동장이 되어 있었다. 정원의 놀이터가 시시해지는 열한 살쯤이 되자 나는 병원 뒤뜰의 운동장으로 진출하였고 거기서 형들에게 배구의 토스를 배우거나 멀리 튀어간 탁구공이나 배구공을 재빨리 뛰어가 주어다 주는 볼 보이 노릇을 또래의 아이들과 서로 다투어 가며 열심히 하게 되었다. 될 수 있는 대로 더 많이 볼을 주어다 주는 일이 그렇게 재미있었고, 다른 아이보다 배구의 토스를 조금 더 잘한다는 소리를 듣는 일이, 밤에 잠을 못이룰 만큼, 흥분되고 신이 났다.

건물 안의 교실로는 아이들의 출입이 금지되어 있었기 때문에 들어가 볼 수 없었다. 그러나 가끔 형들이나 누나들의 심부름으로 잠시 들어갈 수 있었을 때 본 교실은 나의 가슴을 설레게 하곤 했다. 책상과 걸상은 우리가 초등학교에서 사용하는 것보다 훨씬 높고 새것이었으며, 교실의 분위기는 설명할 수 없는 열기로 가득하였고 형과 누나들의 눈은 무엇인가를 더 배우려는 열정으로 활활 타고 있는 것 같았다. 나도 후에 중학생이 되고 고등학생이 되었지만, 그때 그 야학의 교실에서 느낀 배움의 열기만큼 뜨거운 열정을 느껴 본 적은 한 번도 없었다. 가르치는 선생님도 학생들만큼 힘과 정성을 쏟고 있어서 수업중의 교실 안은 선생님이 칠판에 글씨를 쓰는 백묵소리 외에는 쥐죽은 듯 조용하였다. 어느 날 심부름을 마치고 교실을 나와 문을 닫고 돌아서는 순간 불현듯 나는 처음으로 "공부하고 싶다"라는 강렬한 충동에 사로잡혔다. 물론 나도 초등학교에서 공부하고 있었지만, 마지못해 아침에 일어나 학교에 가서 습관적으로 하는 공부는 야학의 교실에서 하는 공부와는 완전히 질적으로 다른 것으로 느껴졌다. 그때 처음으로 나를 사로잡은 "공부하고 싶다"는 충동은 계속해서 오랫동안 내 마음에 남았고, 훗날 대학생이 되고 대학원생이 되는 내 배움의 긴 역사 앞에서 항상 보이지 않게 꺼지지 않고 타오르는 횃불이 되었다. 야학의 학생들이 공부하고 있는 그 건물의 이층의 교실들을 뒤돌아보며 집으로 돌아오면서 매 번 나는 그 건물로 그리고 그 건물 안의 교실로 뛰어 돌아가 그 곳에 앉고 싶은 갈망에 온 몸이 견딜 수 없이 쑤셔오곤 하였다. 그 건물은 그렇게 내 어린 마음에 그리운 것이 되어갔다. 내 친구들과 함께 갑자기 외쳤던 것처럼 귀신은 그 건물에 하나도 없었던 것이다.

그런데 야학은 웬일인지 몇 년 후에 문을 닫고 말았다. 어린 내가 그 내막을 알 수는 없었으나 어깨를 늘어뜨리고 공부하던 책을 손에 들고 그 건물을 떠나던 형들의 뒷모습은 마치 가까운 친척들을 다시는 볼 수 없는 곳으로 떠나보내는 것처럼, 꽤 오랫동안 나의 어린 뇌리에 쓰린 흔적으로 남았다. 그러나 그 건물과 나의 인연은 그것으로 끝이 아니었다. 그 건물 앞을 지날 때마다 마음 한 쪽이 몹씨 배가 고픈 것처럼 아파 와서 훨씬 먼 뒷길을 돌아 중학교를 다니던 어느 날, 내가 어머니의 뒤를 따라 다니던 교회의 목사님이 그 건물에 교회를 세운다는 소문이 들려왔다. 그리고 곧 그 소문은 사실로 밝혀졌다. 귀신 나온다는 그 폐가를 사서 야학을 시작했던 것도 그 목사님이었다. 책걸상은 그 곳 유지들의 성금으로 겨우 마련하였으나, 계속 지불해야 하는 선생님들의 봉급은 목사님에게 점차 큰 부담이 되었고, 그것을 해결할 길이 보이지 않자 문을 닫을 수밖에 없었다는 것이다. 학생들에게 수업료를 받을 방안이 제안되었으나, 살기도 어려운 학생들에게 수업료를 내게 할 수는 없다는 것이 목사님의 소신이었고, 그것은 사실 학생들의 현실이기도 하였다. 교회의 재정에서 교사들의 봉급을 지원하자는 목사의 요구는 교회가 교육기관은 아니라는 장로들의 반대에 부딪혔고, 그때부터 목사와 장로들 사이에 깊은 불화가 시작되었다는 것이다.

그러나 그것이 그 목사님이 그 건물에 교회를 세우게 되는 이유의 전부는 아니다. 그 목사는 6.25 전쟁 때 허리에 육혈포를 차고 일요예배를 강행했을 만큼 담대하고 신앙심이 깊은 목회자였다. 목사가 되기 전에는 인근의 J시의 축구팀 주장이었고 그 시의 뒷골목의 깡패들을 제압할 만큼 완력이 센 청년이었다고 한다. 그러나 무슨 일인지 어느 날 갑자기 보따리를 싸들고 신학공부를 한다고 상경하였고, 놀라움이 가실 무렵 그는 목사가 되어 낙향하였다. 그가 J시 근처의 C읍에 세운 교회는 생각 있는 청년들에게 인기가 있었고 열정적인 설교와 패기 있는 교회운영은 곧 C읍의 원로들의 호감을 샀다. 전쟁이 터지자 그는 시골로 피신하라는 원로들의 간곡한 권유를 뿌리치고 생명의 위협을 받으면서도 지방의 좌익 불순분자들의 협박에 대항하며 교회를 지켰다. 인민군이 바로 옆의 읍인 S읍에 도착하고 그날 밤 좌익분자들이 그를 테러하러 목사의 사택에 들이닥친다는 정보를 입수한 교회의 청년들에 의해 보쌈 당하듯 납치(?)되어 시골로 피신하기 까지 그는 개인의 안위를 돌보지 않고 공산주의자들로부터 교회와 C읍의 안위를 지키려 하였다. 우여곡절을 거친 후 인민군과 좌익세력이 물러가고 국군과 경찰에 의해 읍의 질서가 잡혀가기 시작하자 그는 C읍의 유지들에 의해, 그 당시로서는 그 읍에서 가장 명예로운 자리인 국민회의 의장으로 추대되어 행사 때마다 제일 먼저 연설을 하거나 만세삼창을 선창하는 C읍의 최고 유지가 되었다.

그러한 영향인지 교회는 점차 질적으로 양적으로 성장 부흥하였고, 마침내 C읍에서 가장 큰 교회로 발전하였다. 그 당시 대부분의 한국의 기독교회는 보수 교회나 진보 교회를 막론하고 모두, 성령을 받아 방언을 한다든지 병을 치유한다든지 하는 기적의 은사들에 반대하는 입장이었다. 그 목사님도 같은 입장이었다. 그런데 어느 날 교회의 여자 집사들이, 성령의 은사를 받아 방언을 하며 입신의 은사까지 받은 여자강도사를 초빙하여 교회에서 부흥회를 열자는 결의를 하고 목사에게 그 뜻을 전달하였다. 당연히 목사는 그 제안을 거절하였으나 여 집사회는 일일이 교회의 장로들을 방문하고 설득하여 목사를 압박하였다. 자신의 소신을 굽힐 목사가 아니었다. 목사의 강력한 반대로 교회에서 부흥회를 할 수 없게 된 여 집사들이, 어느 여 집사의 남편인 초등학교 교장을 설득하여 그 초등학교 강당에서 부흥회를 시작하였다. 학교의 강당에 와서 목사가 자기 교회의 여 집사들이 주관하는 집회를 방해할 수는 없는 일이었다. 부흥회는 여 강도사의 놀라운 능력 때문에 연일 대성공이었다. 성령을 받고 방언을 하며 입신하는 신도들이 점차 늘어났다. 기도하다가 갑자기 그 자리에 쓰러져 몇 시간 동안 몸에서 영혼이 빠져나가 천국에 다녀오고 거기서 예수를 만나고 온다는 소위 입신의 은사로 교회는 발칵 뒤집혔다. 목사는 그들을 교회에서 추방할 수도 그냥 묵인할 수도 없었다.

부흥회가 계속되는 동안 교인들은 보수적 장로와 집사들 소수를 제외하고는 교회에 출석하지 않고 부흥회로 갔고 주일 날 조차도 대부분의 교인들이 초등학교의 부흥회장으로 예배를 보러갔다. 목사와 장로들은 자주 목사의 사택에 모여 회의를 거듭했으나 속수무책이었다. 그러나 어느 날 누구도 믿기 어려운 놀라운 일이 일어났다. 한 달 가까이 계속되던 부흥회가 거의 끝나갈 무렵, 어느 새벽 기도시간에 목사가 흰 와이셔츠를 입은 모습으로 부흥회장에 나타난 것이다. 거기서 그가 한 고백은 믿기 어려운 것이었다. 그가 그 날 이른 새벽 기도하는 가운데 하나님의 음성을 들었으며 그 음성은 이 부흥회를 핍박하지 말라는 하나님의 말씀이었다는 것이다. 그래서 그는 양복조차 입지 못하고 바로 부흥회장으로 달려 온 것이었다. 부흥회장은 아멘과 열광의 도가니로 변하였고 여 집사들은 감동하여 모두 함께 엉엉 울었다. 마지막 며칠 동안 부흥회는 교회로 옮겨 이루어졌으며 온 교회는 하나님에 대한 감사와 환희의 찬송으로 넘쳐났다. 목사는 그 여 강도사를 자기 사택에서 재웠고 마지막 날에는 사택의 정원에서 흰 옷을 입은 강도사와 기념 촬영도 하였다. 교회의 분위기는 한껏 고조되었다. 그런데 교회에는 큰 축복인 이 사건이 목사에게는 고난의 신호탄이 될 줄은 아무도 예상하지 못 하였다.

여 강도사가 떠나고 부흥회의 열기가 가라앉기 시작할 무렵, 교회의 보수적 장로들이 교회의 순수한 전통적 신앙의 회복을 주장하며 목사를 압박하기 시작하였다. 그들은 목사가 다수의 여성들의 힘에 굴복하여 정통신앙을 배신하였으며, 입신의 경험을 한 사람들이 천국에 가서 듣고 보았다는 내용이 교인들 사이를 분열시키고 이간질하고 있다고 주장하였다. 그들은 당회에서 공개적으로 이 문제를 제기하였으며 목사가 전적으로 이러한 결과에 대한 책임을 져야 한다고 압박하기 시작한 것이다. 목사는 그 새벽의 신비한 체험의 진실성을 내세우며 장로들을 설득했지만, 보수적 장로들은 서울에 있는 교단 총회의 유력한 목사들까지 동원하여 그를 윽박질렀다. 나는 그때 장로회를 이끌던 세 사람의 장로의 얼굴들과 말투까지를 오랫동안 기억했다. 한 사람은 C읍의 고위 공무원이었고 한 사람은 시장에 점포를 가진 큰 부자였다. 다른 한 사람은 오랫동안 법원 근처에서 법률 사무소를 열고 있던, 얼굴에 약간의 마마자국을 가진 사람이었다. 그들의 오만한 표정과 독선적 말투는 교회 전체의 분위기를 꼼짝 못하게 만드는 강렬함이 있었다. 후에 나는 그것이 세상에서 신에 버금가는 그리고 때로는 신을 넘어서는 것으로 보이는 악마의 힘, 사탄의 세력의 힘이라는 것을 알게 되었다. 인간이 오만해지면 모든 좋은 충고가 간섭으로 들리고, 독선에 빠지면 자기가 하는 일을 모두 소신으로 착각하게 되는 법이다. 그 말의 진상을 나는 그때 그들의 행동을 통해 그 증거를 보고 확인하게 되었던 것이다.

사태는 목사와 장로들 사이에서 일진일퇴를 거듭하며 몇 달을 끌었고 그 동안 교회는 목사파와 장로파로 분열되어 대립은 극에 달하였다. 마침내 목사는 결단을 내렸다. 오랜 전통을 지닌 이 교회를 위하여 자신을 희생하겠다고 결심한 것이다. 그는 그가 들은 하나님의 음성을 거역할 생각이 추호도 없었으며 그의 양심상 그렇게 해서는 안 된다고 생각하였다. 야학 때문에 제정문제로 교회의 보수적 장로들과 큰 갈등을 겪었던 경험을 가진 목사는 그들이 설득을 통하여 신의 바른 뜻을 이해할 사람들이 아니라는 것을 느끼고 있었으나, 하나님의 뜻에 그들을 맡기는 수밖에 없다고 판단한 것이었다. 그는 교회의 분열에 대한 책임을 지겠다고 회중 앞에서 선언하고 장로들을 설득할 수 없는 자신의 무능을 인정하였다. 새벽에 들은 하나님의 음성을 믿고 그는 스스로 고난의 십자가를 지기로 결단한 것이었다. 자신의 젊음과 열정, 피와 땀으로 세우고 키워온 교회에서 버림 받고 그는 그곳을 떠났다.

이제 폐가였던 병원 건물은 야학시대를 거쳐 신을 모시는 교회가 되었다. 중등교사를 비롯한 몇 사람의 남자 집사와 부흥회에서 성령의 은사를 받았던 여자신도들이 그를 따라 새 교회로 왔으나 대부분 가난한 시골 사람들이었다. 신의 은혜는 항상 마음이 가난하고 순박한 사람들에게만 내리는 것인가. 부흥회에서 성령이나 입신의 은사를 받았던 청년들도 새 교회에 같이 참여하였다. 그들이 새 교회의 힘의 동력이 되었던 것 같다. 그러나 놀랍게도 그 후의 교회 예배에서 방언의 은사나 입신의 은사를 새롭게 체험하는 사람들은 거의 없었고, 특히 입신의 은사를 받은 사람은 한 사람도 보지 못하였다. 그리고 그러한 은사를 받는 일이, 예수가 일상의 삶 속에서 가난한 자와 약한 자를 위하여 사랑을 실천하던 행위와 얼마나 깊이 상관되는 것인지를 알기는 쉽지 않았다. 입신의 체험을 했던 한 여 집사가 천국에서 예수님을 통하여 교회의 알곡이라고 확인한 한 장로의 부인을 나는 지금도 기억하고 있다. 그러나 그 부인이 은사를 받았다거나 하는 이야기는 전혀 듣지 못하였다. 남편이 후에 높은 공직에 오르게 되었던 이 부인은 항상 온유하고 겸손하였다. 진실로 생활이 어려운 자들을 긍휼히 여기는 좋은 분이었다. 나는 그녀의 큰 기와집 근처에 살고 있었고 나의 어머니와 함께 구역 예배 때마다 그녀의 집을 방문하곤 했는데 그녀의 행동거지는 항상 변함이 없었다. 지금 생각해보면 세상에서 가장 참된 신앙인이었던 내 어머니도, 때로는 먼 기도원에 홀로 들어가 한두 달씩 머물다 오는 적도 있었으나, 한 번도 기도 중에 방언의 은사나 입신의 은사를 간구하는 것을 들은 기억이 없다. 내가 내 어머니를 참된 신앙인이라고 말하는 이유는, 그녀가 일상의 생활 속에서 최대한 성심을 다하여 이웃을 배려하는 사랑의 증거를 늘 보아왔기 때문이다.

그 건물의 아래층은 개조 되어 이제 목사의 가족들이 그 곳에서 살았고, 예배는 야학의 교실이었던 이층에서 행하여졌다. 폐가가 아니었더라면 이 건물은 목사의 재정능력으로는 어림도 없는 규모였다. 그 안에 있다고 소문난 귀신들 때문에 목사는 아주 헐값에 이 건물의 주인이 되었고, 귀신들은 자기들을 전혀 무서워하지 않는 목사의 담력 앞에서 모두 벌벌 떨며 도망가 버렸다. 이제 이 건물의 주인은 하느님이 되었고, 세상의 잡다한 귀신들로부터 고난 받는 사람들이 이 집에 와서 그 귀신들을 떨쳐버리고, 신 중 가장 높은 신과 만날 것이었다. 목사는 그들의 앞에 용감히 섰고 그는 그들의 목자요 인도자였다.

하느님과 예수와 지상의 교회에 대하여 인간이 느끼고 알 수 있는 모든 크고 작은 것들을 나는 이제 교회가 된 그 건물 속에서 배웠다. 그 건물에 처음 들어왔던 날, 오랜 세월 먼지가 쌓아놓은 정적 속에서, 창을 통해서 들어오는 햇빛을 배경으로 느꼈던 성스러운 느낌은, 그 후로 아직 잠이 덜 깬 상태에서 어머니의 손에 이끌려 참석했던 새벽 예배의 분위기 속에서 다시 체험할 수 있었다. 설교를 들을 동안에는 주로 엎드려 잤지만, 예배가 끝나고 더 기도하고 싶은 사람들을 위하여 실내의 전등을 끄는 순간부터 나는 번쩍 잠에서 깨어났으며, 맑은 의식 속에서 남아있는 사람들이 간절히 기도하는 낮은 중얼거림들을 모두 들었다. 목사님이 기도하는 강대상 뒤쪽에 희미하게 켜놓은 작은 형광등 불빛 아래 엎드린 많은 사람들의 기도 하는 모습은 너무나 엄숙하고 진지하여 오래 쳐다보는 것이 불경스러운 느낌이 들 정도였다. 그럴 때면 나는 놀란 듯 그들을 바라보던 시선을 멈추고 눈을 감고 엎드려 두서없는 기도를 드리곤 하였다. 그러나 곧 다시 나는 눈을 떴고, 앞에서 비치는 형광등 빛이, 내가 아홉 살 때 친구들과 이 건물에 들어와 처음 보았던 먼지 쌓인 회색의 계단과 복도 위에 비치던 빛과 유사하다는 느낌에 빠지곤 하였다. 빛의 밝기와 조도는 달랐지만, 두 빛의, 말로 모두 표현할 수 없는 무엇인가가 기분 좋은 위축의 느낌으로 나를 인도하였고 나를 압도하였다.

누구일까? 나는 가끔 혼자 생각하였다. 이러한 신성한 느낌을 나에게 주는 존재는? 내가 이층에서 늦잠을 자고 있다고 잠시 생각했던 하느님일까? 아니면 야학교실의 문을 닫을 때 맹렬하게 나를 엄습했던 '공부하고 싶다'는 충동을 불러 일으켜 준 보이지 않는 어떤 힘일까? 그러나 그러한 생각들을 오래 하기에는 나는 아직 어렸고 빨리 집으로 돌아가 푹 자고 싶은 생각에 나는 옆에서 기도하는 어머니가 방해받지 않도록 조용히 일어나, 꿇어 엎드린 사람들 사이를 빠져 나오곤 하였다. 이러한 경험은 그렇게 자주 있는 일은 아니었지만 새벽기도에 대한 나의 인상을 그윽하고 아늑하며 순수하게 아름다운 것으로 남게 하는 계기가 되었다. 이 느낌은 훗날 내가 어려울 때나 마음에 크게 힘든 일이 생겼을 때 저절로, 그곳이 어느 곳이든, 가까운 교회에 가서 엎드려 실컷 울거나 강대상 뒤에 걸린 십자가를 오랫동안 쳐다보게 되는 습관의 단서가 되었다. 그 건물 속에서 생긴 그 후의 여러 크고 작은 사건들과 경험들은 내 의식의 가장 깊은 곳에 차곡차곡 저장되었다. 그것들은 모두 나에게 새로운 것들이었고 기쁘고 즐겁고 의미 있는 것들이었다. 그러한 경험들은 그 이후 다른 곳에서는 전혀 가질 수 없는 순도 높은 것들이었고 나의 정서에 깊은 흔적을 남겼다.

매년 12월 25일, 크리스마스 무렵의 분위기는 항상 나를 들뜨게 하였고, 교회의 행사 하나하나가 모두 신기로워 나는 그 현장을 구석구석 친구들과 함께 찾아다니곤 하였다. 학년과 남녀에 따라 각 반 별로 교사의 지시에 따라 준비되고 마련되는 독창이나 합창, 무용이나 연극들은 얼마나 놀랍고 신선하고 경이로웠던가. 때로 나 자신도 예수의 탄생의 이야기에 나오는 동방박사나, 수태고지를 하러 지상에 내려온 천사의 역할을 맡기도 하고, 가난한 나사로와 부자의 이야기에 나오는 부자의 역을 맡아 연극의 무대에 서기도 하였으나, 더 신나는 일은, 상급의 고등학생들이 하는 장막의 연극연습을 구경하는 일이었다. 영국 작가 찰스 디킨스의 「스쿠루지 영감」(원제 「크리스마스 캐럴」. 작가 찰스가 죽었을 때 영국의 어린이들은 "찰스가 죽으면 크리스마스가 안올지도 몰라"라고 하며 안타까워 했다고 한다.)이나 존 버년의 「천로역정」은 여러 번 보아도 도무지 싫증이 나지 않는 인상적인 성극이었다. 예쁜 여자 아이들이 천사같이 흰 옷을 입고 하는 무용은 또 얼마나 황홀했던가. 우리는 춤추는 여자애들을 모두 하나하나 알고 있었고 누가 더 예쁘냐는 문제로 서로 다투며 자기가 좋아하는 아이를 응원하곤 하였다. 특히 독창을 잘하는 여자나 남자 아이들, 이중창이나 사중창의 멤버로 뽑힌 아이들은 얼마나 부러웠던가. 크리스마스이브의 축제를 준비하는 동안 교회에 먹을 것은 항상 충분하였고, 비싸서 가게에서 사먹지 못하고 지나칠 때마다 침만 꼴깍꼴깍 삼키던 단팥죽이나 생과자를 얻어먹을 수도 있었다. 교회의 입구에 매년 세우는 '예수 탄생 하셨네'라는 큰 글귀가 쓰인 사오 미터 길이의 큰 아치를 세우는 일은 그 많은 일거리에도 불구하고 너무도 신이 났으며, 기둥 둘레에 느슨하게 새끼줄을 감고 그 사이사이에 측백나무 가지를 끼어 넣는 일조차도 참 재미있었다. 백색의 한지를 두 겹으로 바른 정사각형의 글자 판 안에는 백열전구를 여러 개 켜놓아서 기둥을 완전히 세웠을 때 우리는 항상 너무 자랑스러워 마구 손뼉을 치곤하였다. 설교단 위나 설교단 아래 오른쪽과 왼쪽에 세우는 크리스마스 트리는 크리스마스 장식물 중 가장 크고 아름다운 것이었다. 대부분 고등학교에 다니는 큰 형들이나 누나들이 그 일을 했지만, 옆에서 얼쩡거리다가 그들이 무슨 심부름이라도 시키면 그렇게 신나고 자랑스러울 수가 없었다. 오색의 전구들과 소나무 위에 얹혀진, 눈송이를 연상시키는 엷은 흰 솜 자락들, 아기 천사와 예수님의 열두 제자들의 형상을 한 작은 인형들, 선물 꾸러미 모양을 한 색색의 작은 상자들 그리고 그 모든 것들이 모여 이루는 장관은, 말구유에 태어난 아기 예수에 대한 그리움과 안타까움이 어우러져 그 앞에 저절로 무릎을 꿇고 기도하고 싶은 마음이 일게 하였다. 성가대가 그 앞에서 부르던 '고요한 밤 거룩한 밤' '기쁘다 구주 오셨네,' '저 들 밖에 한 밤중에' 같은 성가들이 불러일으키던 영적인 감동을 우리가 어디 가서 다시 그 정도의 깊이로 느낄 수 있을 것인가.

이러한 크리스마스 행사들의 끝부분을 장식했던 것은 새벽 송(頌)이었다. 일곱이나 여덟, 때로는 열 명쯤의 사람들이 새벽의 눈 덮인 거리를 등불을 든 여 집사님의 안내를 따라 둘 셋씩 짝을 지어 숨을 죽이고 걸었다. 신도의 집에 도착하면 지휘자의 조심스런 손짓에 따라 조용히 아기 예수 탄생의 기쁜 소식이 담긴 성가를 한 곡씩 불렀고, 성가가 끝나면 집안에서 나온 아이나 어른들이 박수를 치며 '메리 크리스마스'라고 반갑게 인사를 하였고 성가대도 화답하여 똑같이 '메리 크리스마스'라고 인사하였다. 그러고 나면 집주인이 여러 종류의 과자나 떡, 초콜렛 또는 따뜻한 식혜나 팥죽을 약간씩 내놓았고 우리는 그것을 호호 불어가며 기쁘게 나누어 먹었다. 성가를 마치고 다른 집으로 가는 동안 같은 또래의 여자 친구가 다른 사람 모르게 손에 쥐어주던 사탕은 얼마나 오래오래 내 가슴을 따뜻하고 행복하게 하였던가. 누가 길에서 넘어지기라도 하면 무슨 큰 사고나 난 것처럼 모두 몰려들어 그 사람을 부축해 세워주었고 옷에 묻은 눈가루를 털어주며 같이 웃어 제키곤 하였다. 새벽송을 마치고 돌아와서 마지막으로 교회 앞에서 가장 최선을 다하여 아름다운 화음으로 부르던 '그 어리신 예수 눌 자리 없어, 아름다우신 몸이 구유에 있네. 청천의 별들이 다 명멸한 뒤, 그 어리신 예수 꼴 위에 자네'라는 성가의 멜로디는, 교회의 현관에 나와 그 합창을 들어주던 교회 어른들의 힘찬 박수소리와 함께 그리고 또 다시 듣는 '메리 크리스마스' 인사와 함께 나의, '아름다운 것만 간직하는 기억의 창고'의 밑바닥에 눈송이처럼 아름답게 쌓였다.

이 모든 것들은 그 이후의 스산한 삶과 고통스런 실존의 현장에서 나를 지켜주는 언제나 따스한 정서의 보루였다. 부활절에 C읍의 개신교도들이 모두 그 읍의 여자학교의 뒷 산에 각기의 촛불을 들고 나와 새벽의 공동예배를 드리던 광경도 눈에 선하다. 그때는 그저 모두 그 모양 그대로 하늘나라로 올라갈 수 있었으면 하는 바람을 품어보았던 기억이 아직 가슴 한 구석에 남아있다. 각 교회 학생회

대항 배구대회에 출전하여 예상을 뒤엎고 결승에 올라 마지막 세트에서 신승을 올렸던 순간은 같이 손을 잡고 환호하던 남녀학생들의 환한 얼굴과 함께 자랑스러운 추억으로 남아있다. 우리들은 교회에서 그 일에 전혀 무관심한 줄 알고 있었고 연습 중에도 아무 후원도 받지 못하여 섭섭하였는데, 우승하고 돌아온 저녁에 목사님이 조용히 학생회장이었던 나를 불러 그 대회에 참가하기 위해 들어간 비용의 액수를 묻고 그 비용 전부를 봉투에 넣어 내 손에 쥐어주었을 때의 뜨거운 감동을 나는 아직도 기억하고 있다. 그 봉투를 받아들고 교회 정문을 지나 나올 때 교회건물의 옆쪽 유리창에 비추던 황혼의 화려한 빛 무리도 아직 기억에 남아있다.

그로부터 삼 개월쯤 후에 나는 고등학교를 졸업하였고, 가정형편이 여의치 않아 대학에 진학하지 못한 채로 C읍을 떠났다. 그 뒤로 숨 가쁜 수십 년의 삶의 뒤안길에서 가끔 교회의 소식을 들었으나 그 건물에 대하여는 아무도 이야기하여 주지 않았고 별로 알려고도 하지 않았다. 왜냐하면 어쩌면 그것은 그냥 움직이지 않고 항상 거기에 서 있는, 감정의 교류가 전혀 없는 건물일 뿐이었으니까. 그러나 최근 그 교회와 관련하여 안면이 있는 어떤 여자 집사님으로부터 뜻밖에 그 건물이 몇 년 전 갑작스런 화재로 불타버렸다는 소식을 들었을 때는 그것이 나에게 그냥 거기에 서 있기만 했던 건물만은 아니었다는 느낌이 문득 들었다.

돌이켜보면 그 건물은 처음 진정한 인술을 실천하던 의사 선생님에 의하여 지어져 수많은 병든 자들을 치료하고 고쳐주는 치유의 장소였다. 처음 건물의 소유자는 환자의 진료와 치료에 몰두하여 과로한 나머지 그 건물에서 세상을 떠났다. 그 건물은 그에게 환자들을 위하여 그의 귀한 생명을 희생한 장소였다. 두 번째 건물의 주인이 된 목사는 형편이 어려워 상급학교에 진학하지 못한 학생들을 위하여 그 건물을 야간학교로 사용하였고, 후에는 그 건물 속에 진을 치고 있다는 무서운 귀신들을 모두 몰아내고 불행하고 고통스러운 사람들의 영혼을 치유하는 장소로 그 건물을 재건하여 사용하였다. 그러나 마지막, 그 건물의 소유자가 된 목사의 아들은 그 건물의 용도를, 그 동안 그 건물의 역사가 보여주고 있는 차원과는 전혀 다른, 경제적 차원에서만 생각하였던 것 같다. 아버지 목사는 새로운 교회로 이 건물을 개조하면서, 예수의 가르침을 실천하는 데 있어 예수처럼 금전적 보수를 받지 않기로 결심하였다. 아무 죄도 없이 세상의 온갖 인간들의 죄를 뒤집어쓰고 죽은 서른 세 살의 신의 아들, 세상의 눈으로 보면 정말 대책 없던 젊은이가, 아무 대가도 받지 않고 몸소 스스로를 희생하기만 하며 보여준 삶의 모범을 가르치는 데 돈을 받는다는 것은 근본적으로 모욕적인 일이라고 생각했던 것이다. 그래서 그는 그동안 절약하여 모은 돈으로 그 당시 유망하다는 방직공장을 그 건물 뒤쪽에 세웠으며, 작게 출발하였으나 점차 발전하여, 후에는 그 건물 곁에 독자적 교회건물을 개인의 사비로 지을 만큼 사업을 키웠다.

그러나 돈이 부리는 나쁜 요술도 신묘하였다. 돈을 버는 과정에서 목사는 그동안 쌓아온 신망을 많이 잃었다. 베를 짜는 여공들 중에는 전쟁을 통해 남편을 잃은 젊은 과부들도 많았는데, 그들과의 임금협상과정에서 그는 과부들을 착취했다는 오명까지 얻게 되었다. 중요한 다른 한 가지는 목사의 세 아들들이 모두 제대로 공부를 하지 않아 아버지가 남긴 재산에 의지하며 살게 되었다는 것이다. 자연스럽게 아들들은 아버지가 죽은 후 아버지가 남긴 재산을 가지고 다투는 일들이 생겼고, 의외로 상당이 많았던 유산 가운데 그 건물을 상속받은 맏아들은 그 건물을 될 수 있으면 높은 가격에 팔수 있는 기회만을 기다렸던 것 같다. 그러는 와중에 교인수가 점차 늘어난 교회는 교회의 터가 비좁아 바로 곁의 그 건물을 교회가 가능하면 저렴한 가격에 양도받을 수 있기를 바랐으나 그 아들의 생각은 달랐던 것 같다. 선친의 유지를 받들기보다는 당장 물려받은 사업을 확장하는 일에만 관심이 있던 아들은 그러한 교회의 제안을 거절하였을 뿐 아니라 타협이 제대로 이루어지지 않자, 어느 날 부턴가 교회의 주일 예배에도 참석하지 않았다. 그 후로도 몇 년의 세월을 두고 교회와 그 아들 사이에 교회 터와 그 건물터의 경계선에 대한 의견 차이 때문에 마찰이 잦았고 마침내는 무슨 원수지간처럼 되어버렸다는 것이다.

어느 겨울 그 건물에 화재가 났다. 바람이 많이 불던 한 밤중이었다고 한다. 어디서 어떻게 불이 붙고 불길이 번졌는지는 화재 진압 후 아무리 조사하여도 제대로 파악할 수가 없었고, 밤의 언제쯤 화재가 시작되었는지도 제대로 아는 사람이 없었다. 사람들이 모두 잠든 밤 열두시를 넘어 화재가 난 것은 분명하였으나 정확한 시간을 말할 수 있는 사람은 아무도 없었다. 다행인 것은 그 당시 아래층에 기거하고 있던 맏아들의 식구들이 그 무렵 유럽 쪽 어디론가 모두 해외여행을 떠나 그 건물 속에 사람이 아무도 없었다는 것이었다. 처음에 목재로 지은 건물이었던 데다가 오래되었기 때문에, 불이 붙자마자 건물은 금세 화염에 휩싸였다고 한다. 후에 개축하면서 외벽으로 쌓아 놓은 콘크리트 벽돌의 잔해만이 불에 그을린 채 시커멓게

남고, 그 안의 모든 가구나 집기들은 아무것도 남은 게 없이 모두 깡그리 타버렸다고 한다. 사람들은 아버지가 살아있을 때 베푼 선행의 음덕으로 자식들의 목숨만은 하늘이 살려주었다고 쑥덕거렸다고 하였다.

해외여행에서 돌아온 아들은 처음 교회에서 양도를 요구했을 때 적당한 가격으로 그 건물을 넘기지 못한 것을 후회하였다고 한다. 그러나 그것으로 끝이었다. 본래 사람들을 위하여 의롭고 선한 목적으로 지어진 건물의 용도가 끝나자 하늘이 그 자취를 거두어가 버렸던 것이다. 더불어 그 여 집사로부터 들은 이야기에 의하면 먼저 교회에서 목사의 뜻에 반대하여 그를 몰아내는 데 앞장섰던 세 장로의 세상살이도 그 뒤로 순탄하지 못하였다고 한다. 시장에 큰 점포를 가졌던 장로는 그 점포가 불에 타는 바람에 불쌍하게 되어버렸고, 서울로 유학 간 큰 딸은 아주 영특했음에도 불구하고 유학간 지 얼마 안 되어 사귀던 남자에게 버림받고 머리에 이상이 생겨 임신을 한 몸으로 집으로 돌아왔다는 것이다. 법률 사무소를 하던 장로는 이삼년 후에 갑자기 병으로 세상을 떠났고, 고위 공무원이었던 장로는 국회의원에 출마하였다가 번번이 낙선하는 바람에 알거지가 되었다는 것이다. 이들에게 일어난 불상사가 꼭 그 목사를 교회에서 몰아낸 업보 탓이라고 단정해 버릴 수는 없겠으나, 그 이야기를 전해주는 여 집사의 표정은 틀림없이 그럴 것이라는 확신으로 가득 차 있었다. 그러나 그 집사님이 이야기하는 동안 나는 엉뚱하게도 어렸을 적 병원의 이층에서 늦잠을 주무신다고 생각했던 하느님을 떠올렸고 그 분은 어찌 되었을까. 잠자리를 잃어버린 하느님은 어디로 가셨을까, 문득 걱정이 되었다.

크리스마스 파티

어렸을 적 살았던 C읍에는 겨울이면 눈이 많았다. 한 번 눈이 내리기 시작하면 바람에 날리는 소리도 없이 하염없이 내렸고, 한밤을 지새우고 나면 금방 신발을 벗어 놓은 댓돌을 훌쩍 넘어 어느새 마루 근처까지 쌓여 있곤 하였다. 이렇게 쌓인 눈 위를 제일 먼저 밟고 걸어가는 사람은 항상 아침 일찍 딸그랑 딸그랑 맑은 종소리를 내며 두부를 팔러 다니는 부지런한 중국 아저씨였다. 검은 색의 중국인 변복을 하고 양쪽 귀를 가리지 않아 추워 보이는 털모자를 쓰고 그 아저씨는 매 번 수북이 쌓인 눈 사이를 종소리를 내며 지나가곤 하였다. '두부 받으세요.' '두부 받으세요.' 항상 '사세요.' 대신 '받으세요.'라고 그 아저씨는 별로 크지 않은 목소리로 외치며 지나갔다. 그 소리를 들으면 맨 먼저 어머니나 이모들이 벌떡 일어났고, '체~, 꼭 그냥 줄 것처럼 받아 가래' 라고 되받으면서 고쟁이 바지에 발을 끼워 넣곤 하였다.

그리곤 곧 방문을 열고 나가자마자 들리던 '어매야, 눈 천지다!' 아니면 '눈 왔다!'는 말. 그 소리가 들리면 어린 아이들은 금세 눈이 활짝 뜨이고, 서로 먼저 눈을 보겠다고 급히 옷을 주워 입곤 하였다. '신발에 눈이 다 들어갔다'고 밥하러 나간 어머니가 소리치면 정말 어쩌나 걱정이 되어 뛰쳐나가던 아이들. 그러나 신발은 항상 깨끗이 눈이 털려 아궁이 앞에서 따뜻이 군불을 쪼이고 있곤 하였다. 투둑, 따닥, 아궁이 속에서 솔갱이 가지 타던 소리. '아버지 일어나시기 전에 얼른 마당 쓸어 놔라, 잉.' 마당에 쌓인 토끼털처럼 흰 눈이 너무 예쁘긴 했지만, 꼬마들이 장난하듯 부엌 빗자루로 부엌 앞부터 쓸기 시작하였고, 이 시원치 않은 꼬맹이들 눈 쓸기가 토방 문 앞을 어지럽힐 때가 되면 큰 형들이 나와 큰 빗자루로 썩썩 시원하게 마당에 쌓인 눈을 문 앞쪽으로 쓸어나가곤 하였다. 자기 집 마당 눈 쓸기가 끝나면 곧 자연스레 대문 앞으로들 나왔고, 아무 말 없이도 대강 자기 집 앞 눈부터 치우기 시작하여 곧 문 앞의 길 위에 쌓인 눈들을 눈짐작 어름으로 자기 집 몫만큼씩 쓸어 올려 전봇대 옆에 쌓아놓았다.

이때쯤이면 동네의 크고 작은 강아지들이 나와 서로 쫓고 쫓기며 신나게 뛰어다녔고, 눈이 아직도 그치지 않은 날이면 하늘서 내리는 눈송이를 귀를 쫑긋거리며 주둥이나 발로 잡아 보려고 용을 쓰곤 하였다. 이런 풍경에 차츰 익숙해지다 보면 금방 크리스마스 철이 왔다.

그때쯤이면 교회에서는 초등학생부에서 크리스마스이브의 축제를 위한 프로그램이 몇 번의 회의를 거치며 각 반별로 확정되어갔고, 그것이 끝나면 곧 초등학교 저학년부터 반 연습에 돌입하였다. 교회에는 매일 밤 대낮처럼 환히 불이 켜지고 저녁식사가 끝날 무렵이면 각 반 선생님들의 지도에 따라 차근차근 연습이 진행되었다.

한 두 시간 쯤 지나면 교회에 가끔 떡이나 과자, 오징어, 팥죽 등 먹을 것들이 나오기도 했다. 가끔 어른들이 나와 구경을 하며 수고한다고 격려들을 하며 잘한다고 박수를 쳐주기도 하였다. 아마 중학교 3학년이나 고등학교 1학년 무렵까지 이러한 크리스마스 행사준비는 약간 부담이 되면서도 정말 재미있고 즐거운 시간이었다. 고등학교 2학년쯤이 되면 대학진학을 슬슬 준비해야 할 것 같은 막연한 불안 때문에 조금씩 긴장되어 2학년 말의 크리스마스는 보통 그 즐거움이 반감되곤 하였다.

그 무렵 우리 친구들 중의 하나가 기발한 제안을 하였다. 앞으로 일 년 간 죽어라 공부만 해야 할 텐데 내년 한 해 동안 우리의 미래를 위해 '죽었다 깨어나기로' 다짐하는, 고등학교 마지막 크리스마스 파티를 한 번 멋있게 하자는 것이었다. '뭐 별로 재미가 있을라고.' 대부분의 첫 반응은 그런 것이었으나 그 친구가 여러 가지 기발한 아이디어와 프로그램을 열심히 궁리해내고 엉거주춤한 친구들을 충동하자 때 이른 긴장으로 위축되어있던 우리들의 마음은 차츰 그에 동조하여 들뜨기 시작하였다.

우리들의 호기심을 자극한 가장 큰 아이디어는 시들해지기 시작한 교회에서의 파티를 교회가 아니라 우리끼리 교회 밖에서 남녀 동수로 짝을 만들어 해보자는 느닷없는 발상이었다. 한 번도 그런 모임을 가져본 적이 없던 우리는 약간 동요하며 바짝 마음이 동하였고, 어떻게 그런 짝을 만드느냐는 문제로 심각히(?) 회의를 하기 시작하였다. 자주 만나던 친구들은 교회를 다니는 사람과 교회를 다니지 않는 사람을 합하여 다섯 명쯤이었는데, 파티를 하려면 한 번 신나고 멋있게 해보자는 생각이 점차 강조되어 평소에 학교에서 잘 논다고 소문이 난 두 녀석을 추가하여 일곱으로 늘어났다.

가장 중요한 문제는 그만한 숫자의 여학생을 어떻게 구하느냐 였고, 구한다면 어떤 성질의 여학생을 선택하느냐 하는 것이었다. 우리들 다섯은 사실 공공연히 알려진, 책벌레 모범생들이었기 때문에, 아이디어만 뛰어났을 뿐 속수무책이었고, 아는 여학생들이라고는 교회에서 만난 얌전한 집사 장로의 딸들 뿐 이어서, 우리들의 계획은 그녀들이 듣기만 해도 먼저 기겁을 할 것이 뻔하였다. 그리고 설사 그런 아이들과 짝을 만들 수 있게 된다 하더라도 그 파티는 정말 해 볼 필요도 없이 아무 재미도 없을 것이었다.

얌전한 여학생들은 처음부터 우리의 계획에서 제외되었고, 곧 목표대상 여학생들은 그 윤곽이 분명해졌다. 생각이 좀 확 열린, 그렇다고 함부로 노는 멍청이들은 아닌, 자기 정체성이 확고한 개성 있는 학생들이 그들이었다. 사실 우리들 자신도 확고한 자기 정체성이 있었는지, 사고가 열려있었는지 통 자신이 없었지만 어쨌든 우리는 그렇게 결정하고, 어려운 시험문제에서 정답을 찾은 듯 기뻐하였다.

그러나 정말 그런 학생들이 있기나 한 것인지에 대하여는 자신이 없었고, 우선 각자가 자기 짝을 찾아오기로 먼저 결정하였다. 그러나 다음 회의에서 우리가 서로 놀란 것은, 한 두 여학생의 이름이 여러 친구들의 입에서 동시에 나왔다는 것이었고, 나머지는 그저 얌전한 모범여학생의 주변에서 어정거리는 수준이었다. 우리는 또 다시 심각하게 그리고 진지하게 머리를 맞대었고 마침내 우리들 중 대표를 선발하여, 여러 사람이 이름을 거명한 여학생을 만나 비밀리에 우리의 뜻을 전하고 도움을 청하자고 합의하였다. 여기까지 정하고 나서 우리는 모두 모든 일이 다 끝난 것처럼 기고만장 하였다. 왜냐하면 각자 학교 성적에만 의지하여 우리는 자기가 제법 괜찮은 학생이라고 자만하고 있어서 설마 거절당하리라고는 생각하지 않았기 때문이었다.

그러나 대표로 그 여학생들을 만나고 온 친구의 보고는 그야말로 우리를 놀라게 하였을 뿐 아니라, 우리 스스로를 다시 보거나 아니면 우리와 상관없으리라고 생각해 온 우리 자신을 처음 만나게 되는 계기를 우리에게 마련해주었다. 보고의 핵심은 '아무 개성도 없는 우리 같은 좀팽이 책벌레들은 전혀 관심이 없다'는 것이었다. '아니 우리가 개성이 있는지 없는지 만나보지도 않고 어떻게 알며, 책벌레는 뭐 다 좀팽이인가? 애들이 정말 사람 무시하네.' 우리들은 모두 면전에서 모욕을 받은 듯 펄펄 뛰었지만, 속으로는 그 말이 완전히 틀린 것은 아닌, 옳은 말일지도 모른다는 생각이 드는 것을 감출 수는 없었다.

그 애들하고의 얘기는 그만 접어 치우자는 의견이 지배적이었지만, 우리의 상처받은 자존심은 그것을 용납할 수 없었고, 어떻게든 그 아이들과 파티를 성사시키지 않고는 견딜 수 없는 심정이 되어버렸다. 그러나 무슨 특별한 묘안이 떠오르지 않았고, 갑자기 우리가 개성 있는 통 큰 남자들이 될 수도 없는 것이어서, 그럴 수 없이 마음이 복잡해지고 말았다. 자꾸 매달린다는 것은 자존심이 상하는 일이었고, 또 만나 설득해본다고 해도 그녀들의 마음이 우리들에게 호의적으로 변할지는 아무도 장담할 수 없었다. 우리는 낙담해서 시간을 두고 생각해보자고들 말하고 헤어질 수밖에 없었다. 헤어지면서 우리는 각자 마음속으로 '파티고 뭐고 안 되는 일이구나'라는 생각들을 하고 있었을 것이다.

하지만 '궁측통'이라고, 아주 쉽게 문제해결의 실마리가 풀리는 일이 생겼다. 오랫동안 이웃집에 살았고 남자니 여자니 하는 생각 없이 평소에 편하게 지내오던 옆집 화영이가 그 열쇠가 될 줄이야. 어느 날 저녁을 먹고 산책 가는 길에 집 앞에서 우연히 만나 그녀에게 나도 모르게 불쑥 그 비밀(?)을 누설해버렸고, 화영이는 한참이나 웃어대더니, '야, 개네들 나랑 잘 아는 애들이야. 걱정 마 내가 잘 이야기 해볼게. 하지만 성사되기 전 아무한테나 말해선 안 돼. 개들 자존심이 굉장한 애들이야. 학교 성적 따윈 신경도 안 써.' 비밀 지키는 일은 사실 내가 부탁해야 할 이야기였다.

이삼일 뒤, 화영이가 개들이 전해주라고 했다면서 예쁘게 접은 쪽지를 내밀었다. 쪽지를 펴 본 나는 상당히 놀라기는 했으나 회심의 미소를 짓지 않을 수 없었다. '그래 개들이 우리를 좀팽이라고 놀린 정체는 바로 이것이었어. 그래. 맞아!' 쪽지에 적힌 글은 딱 두 줄이었다. '그 날 하루라도 햄릿 대신 돈키호테가 되기로 약속한다면 . . . 준비는 우리에게 모두 맡길 것!'

나는 곧 친구들을 불러 모았고 그 쪽지를 보여주었으며 아이들은 모두 활짝 웃었다. '애들, 책도 읽나보네!' 난제 중의 난제라고 생각했던 문제가 너무 쉽고 확실하게 풀린 것이다. 우리는 우리의 체면도 있어서 얼마간의 준비금을 모아 보내기로 하였으나, 파티를 한 날도, 그 이후로도 그녀들은 그걸 받기를 거절하였다. 우리는 그때 한방 '퍽' 맞은 것 같았고, 사실 기가 죽었다고나 할까. 그랬었다. 그녀들은 우리의 동급생이었고 우리의 기분을 충분히 이해할 것이라고 짐작했기 때문에 우리는 그녀들에게 정말 모든 것을 맡기고 만반의 마음준비를 한 채 자세한 통보가 오기만을 초조하게 기다렸다.

우리는 정말 아무것도 예측할 수 없었다. 전적으로 맡기긴 했지만 어떤 식으로 파티를 할지, 우리의 예상과 어떻게 다를지, 설마 중국집으로 데려가는 건 아니겠지, 설마 술집으로 데려가는 건 아니겠지, 교회에서처럼 과자나 과일 사다놓고 박수치며 번호 맞추기를 하거나 그 다음에는 캐럴을 부르게 하진 않겠지. 아냐 그럴 거야, 아니면 유행가를 잘하는 아이들이 있을 테니까 그런 쪽으로 쭉 갈까. 유행가는 제대로 가사를 아는 게 없는데, 아 '죽장에 삿갓 쓰고'는 어떨까, '청포도 사랑'은 어떨까, 명곡이나 가곡을 하라고 하면 어떤 곡이 좋을까, '가고파'는 좀 그렇고 '동심초'가 괜찮겠지. 아니야, '돌아오라 소렌토로' 아니 '라르고'가 더 고상하지 않을까, 아니야 분위기가 너무 가라앉으면 안 되니까 '후니 쿠니 후니 쿨라?' '오 쏠 레 미오'는 어떨까?

그러나 무엇보다도 우리 남학생들에게 큰 문제는, 어떻게 이것저것 생각하며 우물쭈물 하는 햄릿이 되지 않고, 앞뒤 가리지 않고 풍차를 향해 저돌적으로 공격하는 돈키호테가 되느냐 였다. 우리 사이에 이런 저런 의견이 분분하였으나 어떤 의견이 그 날 우리에게 제대로 돈키호테가 되게 할지 알 수 없었고, 우리가 내린 결론은 결국 각자가 알아서 하되, 책벌레 티 내지 않기, 어떤 경우건 우물거리지 않고 예스냐 노냐를 분명히 하기 정도였다.

마침내 그날, 크리스마스이브 날이 되었다. 그때는 참 눈이 많았다. 크리스마스 무렵이면 항상 눈이 제법 와서 쌓였고 특히 크리스마스이브에는 거의 빠짐없이 아름답게 내린 눈과 함께 아기예수를 맞았다. 그 날도 예외는 아니었고 눈은 우리 발 정강이 중간쯤의 높이로 쌓여있었다. 그러나 그 날 우리 눈에는 이 더 없이 아름다운 눈도 눈에 들어오지 않았다. 우리는 아침부터 마음이 설레어 아무 일도 손에 잡히지 않았다. 책도 몇 페이지를 제대로 넘길 수 없었고, 음악을 들어도 집중이 되지 않았다. 학교 공부는 평소보다 조금 일찍 끝내주었지만, 수업시간 내내 전혀 아무 내용도 머릿속에 들어오지 않았다.

모든 것이 비밀이었던지라 우리는 같이 만날 여학생들이 누구누구인지도 제대로 모르고 있었다. 어떻게 생긴 아이들일까. 우리를 좀팽이라고 깔보지는 않을까, 내 짝은 어떤 애일까, 나보다 키가 크면 안 되는데, 마음에 안 들면 어떡하지? 별 생각이 다 머리에 들어왔고 아무리 몰아내려 해도 머리에서 나가질 않았다. 마침내 저녁 무렵 여섯시에 '미우'라는 음식점 앞으로 모이라는 연락이 왔다. 음식점 안이 아니고 앞이라니, 그리고 그 집은 보통 가족단위로 가는 잘 알려진 비싼 고기 집이었다. 다른 가족들도 많이 오는데 거기서 어떻게 논다는 거야, 크리스마스이브에 고기를 먹고 놀아? 아닌 것 같은데—.

그러나 우리는 누구에게 물어 볼 사람이 없었기 때문에 답답한 채로 그 음식점 앞으로 시간에 맞추어 나갔다. 외출복들이 따로 마땅한 것이 없었으므로 우리는 모두 교복을 보기 싫지 않게 손질하여 입고, 그 위에 잠바나 코트를 적당히 걸친 채 그 음식점 앞에서 저녁 먹으러 같이 온 것처럼 우물쩍거렸다. 여학생은 아무도 나와 있지 않았다. 평소에 잘 오지 않던 곳이라 우리는 당황하여 주위를 두리번거리고 있었는데, 여섯시 정각이 되자 갑자기 웬 시발택시 한 대가 우리 앞으로 오더니 빵빵 소리를 내며 멈추어 섰다. 곧 택시의 유리 창문이 열리고 기사 아저씨가 부탁을 받았다면서 빨리 타라고 하였다.

우리는 서로 의문 섞인 눈짓을 주고받으며 택시에 탔고 택시는 곧바로 시내를 벗어나 시의 외곽으로 달렸다. 시발택시야 새벽 신문 배달 일을 하면서 시내에서 기차역까지 손님을 태우러 빈차로 가는 것을 가끔 얻어 타보긴 했지만 이렇게 여럿이 타는 일은 좀 어색하였다. 기사 아저씨는 촌놈 같은 우리들이 좀 우스웠던지, 납치하는 건 아니니까 걱정 말라며 우리를 안심시켰다. 시골 쪽으로 눈 덮인 신작로를 따라 삼십 여분 쯤 달리던 시발택시는 택시가 겨우 지나갈 수 있는 좁은 길로 들어선지 얼마 안 되어 꽤 규모가 큰, 오래되어 보이는 초가집 대문 앞에 우리를 내려놓고 재미있게 놀라며 택시 요금 내라는 소리도 없이 가버렸다. 문은 열려 있었으나 아무도 문간에 나와 있지 않았다. 두리번거리는 우리 눈에 한쪽 기둥에 별로 크지 않게 써 붙인 붓글씨가 눈에 들어왔다. "돈키호테면 누구나 환영!"

우리는 모두 공모자의 미소를 서로에게 던지며 그 집 문턱을 호기롭게 넘어섰다. 그 순간 요란한 박수소리와 함께 흰 눈이 가득 쌓인 앞마당 안쪽에서 그 미남 가수 팻 분이 영어로 부르는 '기쁘다 구주 오셨네'가 꽤 큰 소리로 터져 나왔다. 그래, 이 노래는 교회 밖 다른 세상에 나와도 명곡이었다. 교회 밖에서, 기독교와 전혀 상관이 없어 보이는 전통적인 한국의 풍경 속에서 듣는 캐럴이었지만, 그 노래는 우리를 들뜨게 하였고, 그 곳에 오기까지 하루 동안의 긴장을 모두 걷어가 버리는 느낌이었다.

금방 우리는 곱게 한복을 차려입고 우리를 향해 환영의 박수를 치고 있는 일곱 명의 선녀들을 보았고 깜짝 놀라고 말았다. 한복으로 성장을 한 그녀들은 모두 어른 같았고 우리는 마치 세배하러 온 학생같이 느껴졌다. 캐럴이 계속 울려 퍼지는 속에, 가운데쯤에 서 있던 여학생이 앞으로 나오며 소리쳤다. '돈키호테 씨들, 어서 와요!' 이웃집에 사는 화영이었다. 전혀 예상하지 못하였던 일이라 약간 당황하였지만 화영이의 목소리를 듣고 그녀의 얼굴을 확인하자 나는 즉시 마음이 가라앉고 안심이 되고 평안하였다.

두세 명은 아는 얼굴 같았으나 나머지는 처음 보는 얼굴들이었다. 모두 아주 재미난다는 얼굴을 하고 있었고 약간은 상기된 표정들이었다. 화영이는 곧 이 집에 우리를 초대한 여학생을 소개하였는데 우리는 모두 속으로 아! 하고 감탄사를 발하지 않을 수 없었다. 너무도 환한, 우리가 처음에 생각했던 마음이 확 열린 얼굴을 한 미녀가 거기 서 있었기 때문이었다.

적당한 키에 건강한 몸집이었고 무엇보다도 씩씩하고 활달해 보였다. '이 시골로 납치를 해서 미안하다'며 그녀는 우리를 초가집 안에 있으리라고는 상상하기에 어려운, 꽤 큰 양식풍의 서재로 안내하였다. '이곳은 우리 삼촌이 책 읽고 자고 누워서 빈둥거리고 신나면 노래도 하고 음악도 듣는 놀이터예요. 침대랑 책상이랑은 오늘 다른 방으로 옮겨놨어요. 아주 충분하지는 않지만 우리끼리 하루 저녁 놀기에는 괜찮을 거예요. 삼촌은 오늘 친구들이랑 한잔 하러 나가셨고. 이따 우리 모임이 끝날 무렵이면 아마 아이스크림이라도 사 들고 돌아오실 거예요.' 서재 안은 울긋불긋 하지만 꽤 세월의 때가 묻은 외국어 표지가 붙은 많은 책들과 우리말로 번역된 을유문화사의 문학전집, 한국 문학전집들 그리고 당시 우리들 사이에서조차도 화제였던 여승 김일엽의 「청춘을 불사르고」 같은 자전적 이야기나 서정주의 시집 그리고 이상 등의 시집도 보였고, 아마 정기구독을 하는 것이 분명한 「현대문학」, 「아리랑」 같은 잡지들이 서가에 꽂혀 있거나 한 쪽에 높이 쌓여있었다. 내가 화집 속에서 읽고 마음에 들어 했던, 화려하면서도 차분한 모네의 그림 「수련」이 별로 크지 않은 액자에 넣어져 좌측 벽의 가운데에 걸려 있었고, 바람에 날리는 치마를 허리를 숙여 급히 붙들고 있는 매혹적인 마릴린 몬로의 사진은 오른 쪽 공간에 걸려 있었던 것 같다.

서재였지만 분위기는 아주 밝아보였고, 우리 열 네 사람이 앉아도 조금도 갑갑해 보이지 않았다. 참 거침없는 주인의 성격을 그대로 보여주는 서재 같았다. 수옥이라는 이름을 가진 그 여학생은 우리를 아직 앉지 못하게 하고, 쟁반에 제과점에서 특별히 주문해서 만들었다는 빵을 들고 와 각자에게 하나씩 나누어 주었다. 배고프겠지만 아직 먹지 말라며 그녀는 두 겹으로 된 빵의 가운데를 조심해서 열면 그 안에 붉은 잼으로 글씨를 새겨 두었다고 하였다. 글씨는 '메리 크리스마쓰'이고 같은 글자끼리 오늘 저녁 짝이 된다고 선언하였다. 크리스마스의 마지막 글자인 '스'는 앞의 '스'와 중복을 피하기 위하여 일부러 '쓰'로 쓰여 있었다. '크'자를 받은 짝이 그날 밤 왕이 될 것이고, 대관식을 거행하며, 그 다음 부터의 스케줄은 왕비가 소신에 따라 진행할 것이라고 말하였다.

우리는 모두 몹시 배가 고팠지만 참고 모두 각자에게 주어진 빵의 윗부분을 조심스럽게 들어 올렸다. 곧 자주 색 붉은 글씨가 약간은 찌그러진 채로 선명하게 드러났다. 남녀가 각각 메리 크리스마쓰라는 글자 중 어느 한자를 받았기 때문에 그 날 저녁의 짝은 빵을 여는 순간 순식간에 결정되어버렸다. 누구는 약간 환하게 누구는 약간 희미하게 누구는 약간 슬프게 미소를 지었지만 그날 밤 운명의 주사위는 그렇게 간단하게 던져져 버렸다. 나는 그날 '크'자를 잡아 같은 '크'자를 잡은 수옥이와 그럴 듯한 대관식을 올렸는데, 대관식 전 우리는 너무 배가 고파 같은 글자를 잡은 상대방에게 서로 빵을 떼어 입에 넣어주는 방식으로, 큰 머그잔에 담긴 따뜻한 홍차와 함께 허기를 달랬다.

대관식은 제법 그럴싸하였다. 축포소리와 함께 브람스의 '대학축전서곡'이 실내에 울려 퍼지는 동안, 일부러 '쓰'자로 표기한, 맨 마지막 글자를 잡은 두 사람이 엎드린 등 위로 올라가 서서 쓰디 쓴 표정을 한 두 사람이 밑에서 낑낑거리는 동안, 나와 수옥이는 왕과 왕비로서 상자조각으로 제법 그럴싸하게 만든 왕관에 망토를 입고 오색 테이프를 온 몸에 받으며, '오늘 밤 너희를 기쁨으로 죽여주겠노라'는 선서를 하고 간결하게 대관식을 마쳤다. 왕은 몸이 가벼워서 엎드린 사람이 큰 고생이 없었겠지만 왕비는 제법 무게가 나갔기 때문에 그 밑에 엎드린 여학생은 죽을 맛이었을 것이다. 우리가 모두 왕과 왕비 앞에 그날 밤 그들이 시키는 모든 일에 절대 복종한다는 선서를 한 것은 말할 것도 없다. 나는 수옥이 같은 미인과 짝이 된 것이 기쁘기는 하였으나 내가 어떻게 그런 왕비를 감당할 수 있을지 걱정이 되기도 하였다. 그녀야말로 정말 여왕 같은 자태를 하고 있었으니까.

대관식 후 우리는 곧바로 즐거운 만찬시간을 갖게 되었다. 우리는 식사를 위하여 다른 방으로 장소를 옮겼다. 요즈음 식으로 하면 뷔페식이었는데, 그때는 그런 식사가 드물었던 때라 우리는 그것만으로도 이국에 온 느낌을 받았다. 음식을 담은 큰 접시들이 화려한 꽃무늬를 하고 있었고, 평소에 잘 안 쓰는 포크와 나이프, 무엇보다도 인상적이었던, 가장 자리에 긴 레이스가 달렸던 황금빛 테이블보, 한식과 양식이 적절히 섞인 식욕을 돋우는 음식들, 그 사이사이에 화병에 꽂힌 진짜 같은 가화들, 아마 우리들 대부분에게는 처음인 뷔페식의 화려한 식탁은 그 자체만으로 우리를 흥분시켰고, 식당과 바로 이웃해 있는 응접실의 여기저기에 앉아 우리는 그야말로 성찬을 즐겼다.

계속해서 크리스마스 캐럴이 방안에 흘렀고, 우리는 "이거 먹어보라거나 저거 먹어봐, 이거 정말 맛있다, 이거 어느 나라 음식이야, 이런 맛 처음인데, 야 좀 천천히 먹어라, 돈키호테는 어떤 식으로 먹어야 되지, 여자가 좀 얌전하게 드시지, 남자가 뭐 저렇게 샌님처럼 음식을 조심스럽게 먹냐" 등의 말들을 주고받으며 식사를 즐겼다. 가끔 음식을 소개하는 수옥이의 흡사 가정주부 같은 목소리가 다른 사람들의 잡담 위로 크게 울려 퍼지기도 하였다. 집에서 담갔다는 붉은 포도주가 우아한 포도주 병에 담겨 몇 병 식탁에 나왔는데, 식사 전 둥근 포도주 잔에 담아 치켜 올리며 '브라보, 메리크리스마스!'를 외친 후로는, 너무 배가 고파서들 그랬는지 한두 잔 이상 드는 사람은 눈에 띄지 않았다.

짝을 짓긴 했지만 아직 서로 어색했던 우리들은 아무렇게나 섞여 있었고, 대강 배가 채워지자 그 때 부터 친구들은 은근히 자기 짝을 찾는 눈치였다. 이때쯤 수옥이가 응접실과 식당방의 중간쯤에서 '신사숙녀 여러분!' 하고 우리 모두를 부르는 소리가 들렸다. '먹을 것은 충분히 있으니까 걱정 말고 천천히 드시고 지금부터 자기 짝과 약간 친해질 시간을 드리겠습니다. 실내에서는 어색할 테니까 지금부터 옷을 챙겨 입으시고 밖으로 짝을 지어 나가 이십분쯤 이 근처를 산책 할 것입니다. 문을 나가 오른 쪽 담장을 타고 조금 걸으시면 소나무 숲 사이에 산책로가 있고 그 길을 따라 가다가 왼쪽으로 돌면 꽤 큰 저수지가 있습니다. 눈 속에 쓰러지지 않게 조심해서 걸어 저수지를 한 바퀴나 두 바퀴쯤 돌면 아마 약속한 이십분이 지날 거예요. 그런 다음 다시 자기 짝을 챙겨서 집으로 돌아오세요. 각 짝끼리 나눌 이야기는 자유고 비밀은 절대 보장합니다. 자 그럼 어깨에 따뜻한 마후라나 코트를 걸치시고 밖으로 나갈까요?' 이 근방에 익숙한 듯 화영이네 짝이 맨 먼저 앞장을 섰고 우리는 각기 짝을 지어 천천히 공기가 차가운 흰 눈 밭으로 걸어 나갔다.

눈발이 세지는 않았지만 아직 조금씩 날리고 있었고 우리는 몸을 으스스 한 번씩 떨고는 그 눈발 속으로 지상의 눈을 밟으며 나아갔다. 나와 수옥이는 다른 친구들이 모두 문간을 나서는 것을 기다렸다가 맨 뒤에 나왔다. 식사가 끝날 무렵 수옥이가 건네 준 포도주를 무슨 의무라도 되는 것처럼 홀짝 다 마셔 버려서 그런가 밖은 그렇게 춥게 느껴지지 않았다. 수옥이가 친한 것처럼 자연스럽게 팔짱을 푹 끼었고 우리는 금세 애인이라도 된 것 같았다. 내가 그런 말을 했더니 수옥이는 금세 말을 고쳐, '된 것 같은 게 아니라 오늘 밤은 지금부터 애인이야'라고 어른스레 말했고, 나는 꼭 그래야 할 것 같아 그녀의 팔을 갑자기 내 쪽으로 세게 끌어 당겼다. 그녀는 잠시 몸의 균형을 잃을 뻔했지만 곧 내 몸에 기대어 균형을 잡았고, '아주 제법인데'라며 나를 쳐다보며 밝게 웃었다. 우리의 웃음소리가 약간 컸는지 앞서 가던 짝들이 우리를 돌아보았고 우리는 마주 손을 흔들어주며 빨리 앞으로 걸어가라고 손짓을 했다.

흙과 돌을 섞어 가지런히 쌓고 그 위에 두 세 겹의 기와를 얹은 돌담길은 정다웠고, 그 길을 따라 건다 왼쪽으로 돌아 상당히 키 큰 소나무들이 무거운 눈을 이고 낑낑대며 서 있는 오솔길로 들어오자, 우리는 마치 소나무가 기립하여 만들어주는 아치 아래를 걸어, 서재에서 제대로 하지 못한 대관식의 마무리 행진을 하는 느낌이 들었다. 내 생각을 말했더니 수옥이는 금세 정색을 하고, '소인도 방금 그 생각을 했사옵니다, 폐하!' 하며 내 옆으로 한 발 더 가까이 다가왔다. 그야말로 다시 맛볼 수 없는 황홀감이 잠시 우리를 감쌌다. '3학년이고 대학이고 싹악 없었으면 좋겠다'고 수옥이가 속삭였고, 나는 '우리 여기 서서 더 이상 앞으로 걷지 말자'고 대답했다. 수옥이는 금방 '그럴까'하고 멈추어 서더니 소나무 사이의 약간 넓은 공터에서 눈 사진을 찍자고 나를 끌고 갔다. 우리는 적당한 간격으로 서서 발을 모으고 약간 앉은 자세에서 엉덩이를 빠르게 뒤로 빼면서 흰 눈위에 발을 뻗고 누워버렸다. '자 사진 찍습니다.' 찰칵찰칵 우리는 손을 잡고 눈 사진을 찍었다. 등이 약간 서늘했지만 밤에 숲 사이에 누워있는 기분은 아주 평안하였다. 우리는 잠시 그렇게 손을 잡은 채 누워있었는데, 내가 일어나자고 말하자 수옥이는 잠시 더 이렇게 누워있자고 말하였다. '아, 엄마가 보고 싶다.' 수옥이가 말하였고 나는 그 말이 무슨 말인지 잘 알 수 없어서 고개를 돌려 그녀를 쳐다보았다. '아냐, 몰라도 돼, 그만 일어나자.' 내가 먼저 일어나 그 아이의 발끝을 내 발로 꼭 밟고 그녀를 빠르게 일으켜 세워주었고 우리는 우리의 몸 사진이 박힌 공간을 한동안 들여다 본 뒤, 일행의 뒤를 따라 천천히 걸어갔다.

그 뒤로 산책이 거의 끝날 무렵까지 수옥이는 별로 말이 없었고 수려한 저수지를 한 바퀴 돌아 집으로 올 때까지도 우리는 이렇다 할 대화를 나누지 않았다. 나는 왜 그녀가 갑자기 엄마가 보고 싶다고 말했는지를 궁금해 하며 걸었고, 그 아이는 끝내 아무 이야기도 해주지 않다가 조금 전에 눈 사진을 찍은 곳 앞에 와서야 '엉뚱하게 엄마 이야기해서 미안해. 그리고 산책하는 동안 내 침묵을 참아줘서 고맙다. 대신 오늘 밤은 실망하지 않게 재미있게 놀아줄게.' 라고 말하고는 손을 놓고 먼저 집 쪽을 향해 펄쩍 펄쩍 뛰어가 버렸다. 아, 나는 금세 내가 제대로 된 돈키호테가 되는데 실패했다는 걸 알았고, 적어도 다른 친구들만은 정말 훌륭하게 돈키호테 역을 잘 해주었기를 마음속으로 간절히 바랬다.

짧은 이십분 사이에 두 건의 사고가 있었다. 한 쌍은 저수지 물속의 겨울 빙어를 찾아보겠다고 저수지 안쪽을 너무 가까이 들여다 보다가 여학생이 저수지에 반쯤 빠져버려 그녀를 건져내느라 소란을 피웠고, 한 쌍은 얼마나 요란하게 걸었는지 걷다가 미끄러져 발을 삐끗하는 바람에 집안으로 돌아와서는 한동안 얼음이 든 세숫대야에 발을 담그고 물찜질을 해야 했다.

모두들 약간씩은 끼리끼리 어색함이 가신 듯하였고, 집에 들어오자마자 우리는 회색의 카펫이 깔린 서재의 특별하게 넓은 공간에서 서로 좀 더 친근해지기 위한 몇 가지 게임을 하였다. 수옥이와 나는 그날 밤의 킹과 퀸으로서 모든 놀이를 주관하였는데, 킹은 보조이고 퀸이 주역이었다. 그녀는 산책 때의 침울한 표정을 말끔히 걷어치우고, 신이 난 종달새처럼 여기저기 재재거리며 날아다녔다. 게임이 시작되기 전 우리는, 춥다고, 단 동동주를 작은 바가지로 퍼서 한 잔씩 마셨는데, 웬걸, 그 술이 우리를 살짝 가게 만들었다고 할까. 약간 취하자 우리들이 하는 게임에 홍이 붙었다.

가위 바위 보를 해서 서로 상대방 업어주기 게임으로 시작된 신혼놀이는 그 다음 서로 볼을 살짝 꼬집어 흔들어 주기로 넘어갔으며, 약간 아프긴 했지만 그게 재미있다고 일곱 사람이 다른 일곱 이성의 볼을 잡고 차례로 흔드는 게임으로 넘어갔다. 이 게임의 재미의 진수는 너무 아프다거나 너무 세게 흔든다고 투덜거리는 사람들의 다양한 투정의 내용과 그 꾸밈없는 표정들이었고, 그것을 달래는 사람의 갖은 종류의 애교의 혼합이었다. 각자 일곱 사람의 이성의 볼을 갈수록 더 세게 다잡고 흔들어 본 다음, 우리는 요절복통하며 웃는 동안, 정말 우리가 친근해졌다는 느낌을 갖게 되었다.

그 다음 게임은 미리 준비한 각본과 각 쌍의 즉흥적인 대사로 이어지는 '사랑싸움' 놀이였다. 남자가 바람 피워서 싸우는 상황부터, 두 사람의 성에 대한 적나라한 불만으로 인한 싸움까지 그리고 돈 문제나 고부간의 갈등으로 인한 싸움의 상황까지의 이야기들을 코믹하게 다루고 있었기 때문에 우리는 서로 배꼽을 잡고 웃었고 분위기는 점차 고조되었다.

'내가 공부를 안 하는 이유 다섯 가지'를 가지고 잠시 거수투표를 했는데, '공부가 하기 싫어서'가 세 사람, '해봤자 성적이 안 올라서'가 두 사람, '다른 더 재미있는 일이 있어서'가 네 사람, '선생님이 잘못 가르쳐줘서'가 네 사람, '부모가 너무 강권하는 데 질려서'가 한 사람이었다. 누군가 공부는 자기가 스스로 찾아 하는 것이라고 나지막이 말했고 이 말을 받아 '혼자는 통 집중이 안 돼'라고 말하는 친구도 있었다. 공부에 관한 그 날의 마지막 결론은 '공부이야기 하지

맙시다' 였다.

모두 박수를 치며 환호하자, 게임을 주관하던 퀸인 수옥이가 곧바로 방안의 불의 조명을 낮추고, '댄스 타임'이라고 선언했다. 두 명의 여학생이 튀어나와 그때 유행하던 팝송인 'Diana'에 맞추어 그때 우리 세대의 춤이었던 트위스트를 활기 있게 추기 시작하였다. 그것은 트위스트를 얼마나 아름답고 예쁘게 출 수 있는가의 시범이었고 두 아이의 시범이 끝나자, 이번에는 잘 노는 남학생 둘이 자진해서 나와 우렁차고 더 야성 넘치는 트위스트를 선보였다. 곧 이어 남녀가 쌍이 된 두 짝이 정말 신나고 샘나게 우리들의 가운데서 춤을 추자 우리는 누가 먼저라 할 것도 없이 모두 각기 제 멋에 겨워 남자끼리 또는 여자끼리 아니면 남녀끼리 어울려 댄스를 시작하였다.

동동주의 술기운이 가실 무렵이 되자 곧 각자 딱 한 병씩이라는 단서를 달고 크라운 맥주가 큰 쟁반에 담겨 나왔다. 나는 그 날 맥주를 처음 맛보았는데, 쌉쌀하면서도 시원한 그 맛은 그 날 마신 술 중 최고인 것 같았다. 속이 울렁거리는 사람을 위해서는 알약이 준비되어 있었고, 더 안 되겠으면 화장실에 가서 토해도 좋다는 안내가 있었다. 그러나 반드시 주변을 깨끗이 치우고 나오라는 퀸의 엄명도 애교 있게 따라 나왔다. 그러나 끝날 때까지 화장실을 이용한 사람은 놀랍게도 남학생 딱 한 사람이었으며, 그는 그 날 난생 처음 술을 입에 댄 장로의 아들이었다. 그 녀석은 그 뒤로 두고두고 놀림을 받았지만 놀림을 받을 때마다 그 녀석은 오히려 기분이 좋은 것 같았다.

그 날의 '댄스 타임'이 가능했던 것은 그 집이 동네에서 아주 멀리 떨어져 농장의 외진 곳에 위치하고 있었기 때문이었고 그래서 그 집이 우리의 파티장소로 선택된 것이었다. 우리는 조금씩 취하고 몸이 춤의 리듬을 타게 되자 서로 짝을 맞추어 서툴면 서툰 대로 아무 부끄러움도 없이 몸을 격렬하게 흔들며 발은 담뱃불을 끄는 자세로, 손은 구두를 닦는 자세로 춤을 추었다. 트위스트는 남녀가 서로 떨어져서 상대를 보며 추는 춤이었기 때문에 추태는 거의 없었고, 우리는 모두 최고로 흥이 나서 멋지게 엉덩이를 흔들었다. 때로는 너무 구성지게 잘 추는 쌍의 주위에 둘러서서 분위기를 돋우는 박수를 치며 저절로 같이 흔들렸고, 어떤 때는 연습이라도 하듯 혼자 잘 안 되는 동작을 흥얼거리며 반복해 보기도 하였다. 수옥이는 춤에 젬병인 나를 복판으로 끌고 나가 가르치거나, 리드를 해주곤 했는데, 내가 아무래도 잘 안 되는 부분에선 손뼉을 치며 깔깔거리고 웃곤 하였다.

춤판이 끝날 무렵엔 화영이와도 같이 추었는데, 화영이는 얼굴이 빨개진 나를 보는 게 신기한 것 같았고 나를 보고 그저 친근한 미소만 짓고 있었다. 춤의 마지막은 진짜 댄스홀처럼 으슥한 붉은 조명이 켜지고, 냇 킹 콜의 'Too Young'이 우리들의 들떴던 마음을 차분하게 가라앉혀 주었다. 우리는 서로를 붙든 채 그냥 부드러운 음악에 맞추어 천천히 몸을 흔들었다. 그의 노래가 끝나자 그 조명 그대로의 분위기에서 수옥이가 마이크를 잡고 노래하듯 우리에게 고별인사를 시작하였다.

'갑자기 돈키호테가 되라고 주문해서 미안했어. 하지만 너희들이 그렇게 되지 않으면 오늘도, 앞으로의 너희들의 인생도 너무 답답할 것 같아서 그랬어. 남자인 너희들은 오늘 실컷 후회 없이 놀고, 내년에 죽어라 후회 없이 공부하기 위하여 이런 파티를 열자고 한 것 잘 알아. 그렇지만 여기 우리 여자애들은 아마 내년에도 지금까지처럼 공부를 열심히 하지는 못할 거야. 그러니 당연히 대학에 진학하게 되지도 않겠지. 몰라, 이중에 누가 마음이 싹 바뀌어서 갑자기 공부를 열심히 해서 대학에 갈지도. 그러나 그런 일은 예외가 될 거고, 우리는 대부분 자기가 공부보다 좋아하는 일을 찾아 디자인 학원을 가거나 음악학원이나 뭐 그런대로 나가 곧 사회인이 될 거야. 너희들은 공부가 재미있고 아니면 최소한 책벌레들이니까 오늘 파티 끝나고 나면 내일부터 열심히 공부해라. 오늘 우리가 이 파티를 연 것은 순수하고 깨끗한 너희들을 한 번 격려해 주고 싶어서였어. 대학에 들어가고 나중에 길에서 만나도 우리 모른 체 하지 마. 우리도 우리 나름으로 열심히 살 테니까. 십년 이십년 후에 어느 쪽이 더 성공했는지 보기로 하자. 됐어. 우리를 선택해줘서 정말 고마워. 조금 있으면 이제 너희를 태워다주려고 아까 그 시발택시가 올 거야. 잘 가!'

그녀가 이별의 말을 하는 분위기가 예상외로 너무나 침통해서 나는 갑자기 목이 울컥해지며 눈물이 핑 돌았다. 그런 감정은 아마 나만의 것은 아니었던 모양이다. 수옥이는 '심각하게 말해서 미안해, 어째 말이 괜히 그렇게 나오네, 마지막 선물이야, 오초동안 자기 짝에게 키스할 시간 줄게. 너무 찐하게는 하지 마. 알았지?' 그리고 곧바로 방안의 불이 모두 꺼졌다. 수옥이가 내 쪽으로 와서 나를 누나처럼 꼭 안은 채로 입맞춤을 해주었는데, 그저 얼떨떨했을 뿐 그 입술의 감촉이 어땠는지 나는 지금 기억이 없다. 그러나 기억에 없어도 그리울 수는 있다. 나는 그 뒤로도 내가 어려움에 처해 있을 때마다 이 우리들의 고등학교 마지막 크리스마스 파티를 머리에 떠올렸고 그녀의 입맞춤을 오래오래 그리워하였다. (수옥이의 엄마의 이야기는 끝내 물어보지도 못하였다.) 우리가 우리 생애의 첫 키스를 하는 동안 우리를 데리러 온 시발택시의 빵빵 소리가 울렸고, 우리는 서둘러 옷들을 챙겨 입고 그 집을 나왔다.

남자 애들은 그녀들의 응원 덕분인지 다음 해 모두 대학에 합격하였고, 수옥이는 후에 어느 지방도시의 큰 백화점의 주인이 되었으며, 화영이는 미국으로 건너가 두 아들을 실력 있는 내과, 외과의사로 키워냈다고 한다. 하지만 그 날 이후 우리는 서로 연락을 하지 않았다. 그날 크리스마스 파티의 추억이 너무 아름다웠기 때문이었을까.

어머니의 초상

어머니는 어린 시절 야소교회에 다니는 재미에 빠져, 다니던 초등학교를 차츰 그만 두시게 된 분이셨다. 어머니가 살던 집과 담장을 사이에 두고, 어머니의 키의 두세 배쯤 높이에 위치해있던 교회는 처음, 새벽에 울리는 맑으면서도 묵직한 종소리로 어머니를 유혹하였다. 교회에서 배우는 놀이와 율동, 찬송가들과 성경의 이야기들이 그렇게 재미있을 수가 없었다고 하셨다. 그때 우리나라는 일본 식민지하의 나라였고 한참 한국인을 황국신민화 하려는 시도가 도를 넘어서고 있던 시절이었기 때문에, 어머니가 학교를 그만둔 데는, 그 미친 짓에 화가 치밀어 있던 외조부께서 일본인과 한국인 교사들이 모두 그 일에 앞장서고 있는 현장인-소학교에 자기 아이들이 다니는 것을 별로 탐탁치않게 생각하고 계시던 것과 깊이 관련되어 있다. 외조부의 친구이자 처남인 외조모의 오라버니는, 해방 후에 읍내의 모든 신문지사들이 집에 무료로 신문을 넣어줄만큼 잘 알려진 독립운동가였다. 할아버지께서 어머니의 학교생활에 대한 태만에 대하여 회초리를 들거나 크게 나무라기만 하셨어도 어머니는 틀림없이 학교에 잘 다니셨을 분이다. 어린 나이에 부모의 뜻을 거스르며 학교에 가지 않을 분은 아니셨던 것이다. 외조부께서는 어머니가 야소교회에서 배우는 것들을 상당히 세밀하게 검토하셨던 것 같고, 거기서 배우는 내용들이 자기 딸에게 해롭지 않으며 학교에서 배우는 학과목의 내용들의 수준보다 그렇게 낮은 것이 아니라고 판단하셨던 것 같았다. 아이들이 집에서 일본말을 쓰는 것을 크게 싫어하셨던 외조부는 자기 딸이 일본어를 학교에서 억지로 배우는 것에 별 관심이 없었고, 한글을 깨우쳐 우리말을 잘 읽을 수 있으면 여자로서 그만 된 것이라고 생각하셨는지도 모를 일이다. 그 당시 대부분의 가정에서는 사내아이의 교육 외에 여자아이들의 교육에는 크게 신경을 쓰지 않고 있었기 때문인지 그런 풍조가 할아버지의 여식들에 대한 교육 방침에 영향을 끼쳤는지도 모를 일이다.

그러나 어머니는 교회만 다닌 것은 아니었다. 시골에서는 행세깨나 하며 살았던 외조부의 학식이나 재산 덕분에 부족한 것이 별로 없는 형편이라, 오라버니들과 남동생이 학교에서 배우는 책들을 오빠들의 권고나 동생의 배려로 매일 조금씩 익혀 나갔고, 장화홍련전을 비롯한 여러 가지 이야기책들을 틈나는 대로 재미있게 읽곤 하였다. 그러나 이 모든 것들을 특별히 억지로 한 것은 아니었다. 어머니 말씀에 의하면 그저 하고 싶은 만큼만 하셨다. 오빠들은 별로 강요하거나 하지는 않았고 남동생은 뭐 누나한테 무엇을 강요할 위치는 아니었기 때문이다. 딸로서는 셋째이고 막내였던 어머니는 언니들 보다는 영특해서 음식이나 옷을 만드는 일들을 누가 특별히 가르쳐주지 않아도 외조모나 언니들이 하는 것들을 어깨너머로 보며 제법 잘 따라하였고, 결혼을 할 무렵에는 집안일을 모두 맡겨도 괜찮을 만큼,

여자가 집에서 해야 할 일들을 잘 익히고 있었다. 어머니의 몇 장 안 되는 처녀적 사진들을 보면 어머니는 자태가 제법 고우셨고 무엇보다도 얼굴에 생기가 넘치셨다. 자매들 중 성격이 가장 활달해서 언니들의 고민을 곧잘 앞장서서 해결해 주었고, 외삼촌은 누님인 어머니의 친절한 배려와 사랑 때문에 누님에게 꼼짝 못하였다고 한다.

그러한 습관은 성인이 되어서도 변하지 않았고 모두 결혼한 후에도 비슷하였다. 두 이모는 항상 어려운 일을 동생인 어머니와 상의하였고 막내 외삼촌도 어머니 말이라면 거의 항상 곧이듣고 받아들이는 눈치였다. 어린 나의 눈에 어머니는 시끄럽게 떠드는 여자는 아니었지만 말을 조리 있게 참 잘하셨다. 이러한 재능은 후에 어머니가 전쟁 통에 남편을 잃은 후 다니게 되는 교회에서 큰 힘을 발휘하게 된다. 어머니의 삶이 평범한 시골여자의 일상에서 이탈하여 좀 더 적극적인 삶으로 변하게 되는 것은 나이 차이가 열 살이나 더 많은 큰 오빠로부터 후에 남편이 되는 아버지를 소개 받으면서부터였다.

키가 크고 우리 눈으로 보아도 잘생긴 아버지는 어머니보다 무려 열다섯 살이나 더 많았지만 어머니의 마음을 사로잡으셨던 것 같고, 당시 경찰서의 중간 간부였던 아버지는 큰 오빠를 따라 가끔 외조부 집에 놀러 오시곤 하였다. 술을 잘 못하는 아버지는 한잔만 마셔도 곧 얼굴이 붉어졌지만 술자리를 싫어하지는 않았고, 어머니는 곧 그가 좋아하고 그의 건강에도 좋을 것으로 보이는 포도나 사과, 매실이나 머루 또는 모과나 딸기 등으로 과일주 담는 법을 어른들께 물어 익히셨다고 한다. 그가 어쩌다 집에 오면 어머니는 자신이 손수 담근 술을 서툴지만 그 앞에 내놓았고 정갈한 음식상으로 은근히 아버지의 마음을 얻어가기 시작하였다. 그러던 어느 날 아버지는 어머니를 자기 집으로 데리고 갔고, 어머니는 금방 깜짝 놀라고 말았다고 한다. 아버지의 집에는 두 명의 사내아이와 두 명의 여식들이 병든 어미의 둘레에 모여 앉아 있었던 것이다.

그 아이들의 어미는 병색이 깊었고 살아날 가망이 거의 없다고 아버지는 설명하였다. 집안은 제대로 보살피는 사람이 없어 어수선하였고 아이들은 제대로 얻어먹지 못해서 그런지 얼굴색들이 별로 좋아 보이지 않았다. 그때 어머니의 마음에 떠오른 생각은 그저 아이들이 불쌍하다는 것 뿐 이었다. 다른 생각은 전혀 들지 않고 아이들이 측은하다는 생각만 어머니의 마음을 사로잡았다. 얼마간의 망설임이 물론 있었지만, 어머니는 한 일 주일쯤의 고민 끝에, 결혼 같은 것은 염두에 두지 않은 채 아이들을 보살펴주러 처녀의 몸으로 아버지의 집에 출입하기 시작하였다. 아버지는 너무나 미안해하였고 외조부나 오빠들은 신중히 생각하라고 권하였지만 누구의 말이나 만류도 어머니의 귀에 들어오지 않았다고 한다. 큰 아들은 어머니와 겨우 일곱 살의 차이 밖에 나지 않았지만 처음부터 어머니를 따랐고 다른 동생들도 망설임 없이 어머니의 배려를 받아들였다고 한다. 우선 입고 먹는 것에 대한 보살핌을 제대로 받게 된 아이들은 말수가 많아졌고, 집안은 안방에 누워있는 병든 어미에도 불구하고 활기가 생겼다. 그 분은 어머니의 출입이 시작된 지 얼마 안 되어 저 세상으로 갔지만 죽기 전 어머니의 손을 꼭 잡고 그 동안 고마웠다며 아이들을 잘 부탁한다는 말을 남기고 눈을 감았다.

상처 후 아버지는 얼마의 애도기간이 지난 뒤 어머니에게 청혼하였고 어머니는 정이 든 아이들이 눈에 밟혀 그냥 고개를 끄덕이고 말았다. 결혼 후 아버지는 어머니가 곧 자신의 아이를 갖기를 바랐지만 어머니는 단호하게 그것을 거부하였다. 자신은 어미 없는 불쌍한 아이들을 돌보기 위하여 결혼했기 때문에 자신의 아이는 절대 갖지 않겠다고 선언하였다고 한다. 그러나 아버지의 집요한 권유와 외조부와 오빠들의 강력한 권고 그리고 전처의 큰 자식들의, 동생을 낳아달라는 애원 때문에 어머니는 마침내 굴복하였고, 결국 세 살 터울로 차례로 사내 아이 둘과 막내로 딸을 출산하였다. 막내 아이를 가졌을 무렵 6.25 전쟁이 발발하였고 그 전에 경찰서를 그만두고 제재소를 차렸다 실패한 아버지는 고향으로 돌아와 농사를 짓고 있었다. 그러나 전쟁이 발발하자 신변의 위협을 느껴 어디론가 혼자 피난을 가셨는데 막내의 출산 소식을 듣고 어린 아내가 걱정되어 집에 돌아온 다음 날 새벽, 집으로 몰아닥친 좌익청년들에게 붙들려 당시 도청 소재지인 J시로 끌려갔다.

아버지의 소식은 그것으로 끝이었다. J시의 형무소에서 좌익분자들에 의해 괭이와 삽으로 무참히 살해되었다는 끔찍한 소문 이외에는 아무것도 정확한 소식은 없었다. 아버지의 유골이라도 찾고 싶다는 어머니의 소원에 따라 그 해 열일곱인가가 된 형이 J시와 그 근처를 찾아가 물어물어 아버지의 유골이 묻히거나 유기되었을 만한 곳을 샅샅이 뒤졌으나 발견되지 않았고, 어머니와 형은 곧 아버지의 유골을 찾는 일을 포기할 수밖에 없었다. 결국 유복자가 된 막내를 낳고 몸져누운 어머니는 할머니와 이모들의 극진한 간호로 몸을 추스르긴 했지만 앞으로 남은 아이들과 살아갈 일이 너무도 막막하였다. 전쟁이 나기 전, 그림에 뛰어난 재능을 보이던 전 처의 큰 아들이 어머니의 지극한 간호에도 불구하고 늑막염으로 세상을 떠났고, 그렇게 예쁘고 재주 많던 둘째딸은 처음엔 감기로 며칠 학교에 못

나가는 줄 알았는데 곧 폐렴으로 전이되어 얼마간 의사의 치료를 받는 둥 마는 둥 곧 저 세상으로 가버렸다. 죽기 전 어머니의 손을 잡고 얼마나, 죽고 싶지 않다고, 살려달라고, 애원하던지, 그 애처로운 모습이 오랫동안 눈에 밟혀, 그 딸을 묻고 돌아온 후 어머니는 몸져눕고 말았다. 지금도 내 기억에는 어머니가 그 큰 형과 죽은 누이를 위하여 추운 겨울임에도 불구하고 항아리에 찬물을 담아놓고 그 속에 머리를 풀어 담그고 병든 아이들을 살려달라고 곡을 하던 모습이 눈에 선하다. 아무리 몸에 해롭다고 말려도 어머니는 막무가내였다. 그러나 그런 정성에도 불구하고 그 둘은 결국 못 올 세상으로 가버렸다.

남편까지 결국 비명에 가버리자 어머니는 결혼 후 오랫동안 다니지 않던 교회에 나가기 시작하였다. 아버지와 동갑내기인 목사의 권유를 받고서였다. 아버지와 동갑이라는 것은 어머니에게 매우 중요한 것이었다. 한번 다니기 시작하자 어머니는 신과 교회 앞에 온 정성을 다하였다. 남편 섬기듯 예수를 섬기기 시작하였고 예수님이 이제 어머니의 신랑이 된 것 같았다. 아버지의 유골 찾기를 포기하자 농사에 자신이 없던 어머니는 시골의 가산을 정리하여 아버지가 재직 했던 경찰서가 있는 C읍으로 이사했다. 먹고 살기 위하여 어머니와 누나는 길가에 좌판을 벌리고 이것저것, 먹을 것이나 생필품들을 갖다 놓고 팔았다. 그러나 어머니나 어린 누이 모두 장사에는 젬병이어서 제대로 이윤을 남기지 못했다. 자기들이 떼어온 물건 가격보다 겨우 조금 더 이윤을 붙여 가격을 불렀고 에누리 없는 장사는 없다는 것을 아는 손님들이 값을 깎는 바람에 사 온 가격 보다 더 싸게 파는 경우도 많았다. 목판 장사는 그렇게 한 달도 채우지 못하고 손해만 보고 접고 말았다.

우리는 이제 나이 열여덟에 아버지의 뒤를 이어 경찰 촉탁이 된 형의 쥐꼬리만 한 봉급에 의지하여 살 수 밖에 없게 되었다. 동사무소에서 가끔 나오는 구호미가 다른 식량 조달원의 전부였다. 그 당시에 큰 아버지나 작은 아버지의 도움을 받아 본 기억이 거의 없다. 어머니는 구차하게 도움을 청하러 다니는 것을 내켜 하지 않으셨고, 옷 같은 것을 사다 보따리에 싸서 들고 이모들이 사는 이웃 읍들이나 시골에 가서 팔기도 하고, 어촌이었던 작은 이모가 사는 어물직판장에서 도매로 생선을 사가지고와 동네사람들에게 팔기도 하셨다. 가끔 삯바느질을 밤새워 하셨던 것 같고, 남의 밭일도 더러 나가시곤 하였다. 그러나 어머니는 분명 여러 가지로 힘이 들었던 그 시기에도, 신세를 한탄하거나 남을 원망하는 모습은 전혀 보이지 않았고, 항상 적당히 씩씩하고 밝았다. 아마 어린 우리들이 기죽지 않게 하기 위해서였을 것이다. 어머니가 유일하게 자기의 아픔과 슬픔, 고달픔과 외로움을 하소하는 곳은 오직 교회 뿐 이었다. 저녁을 먹고 설거지를 마친 다음 어머니는 어김없이 매일 교회로 갔고 교회의 설교단 바로 앞에 단정히 무릎을 꿇고 앉아 자신의 모든 것을 신 앞에 풀어 보이며 오직 그에게서만 위로를 구하였다. 기도는 항상 한두 시간을 넘기는 일이 많아서 우리는 어머니가 늦게 오시는 날에는 교회로 가서 교회 현관의 계단 앞에서 놀며 어머니를 기다리기도 하고 현관문을 쬐꼼 열고 어머니의 기도하시는 모습을 훔쳐보기도 하였다. 얼마나 온몸과 마음을 다하여 열심히 기도하는지 우리는 감히 기도하는 어머니를 부르거나 그 옆으로 가볼 생각을 한 번도 하지 못하였다. 그 곳은 어머니와 신이 단 둘이 만나는 성소였고 그 곳에 접근하는 일은 크게 불경스러울 것 같은 생각이 우리의 어린 마음을 제지 하였던 것이다.

주일 날 교회에 가기 전에 어머니는 항상 깨끗이 빤 새 옷을 꺼내 입으시고 몸을 단정히 하셨으며, 버선도 항상 새 것으로 갈아 신었다. 헌금은 항상 은행에서 빳빳한 새 돈으로 바꾸어 와 깨끗한 봉투에 넣어 성경 사이에 끼어 넣어 들고 가셨다. 언제부턴가 어머니는 교회에서 집사의 직분을 맡게 되셨던 것 같은데, 어머니가 가장 많이 하시던 일은 목사님을 따라 교인들의 가정을 몇몇의 다른 여자 집사님들과 함께 심방하시는 일이었다. 검은 치마에 하얀 저고리를 입고 머리를 단단히 뒤로 매어 비녀를 꽂은 모습으로 심방을 다니시던 천사 같은 모습이 지금도 눈에 선하다. 어머니는 목소리가 맑아 찬송가를 아주 잘 부르셨고 기도도 정말 막힘없이 잘하셨다. 아무리 빨리 기도해도 조금도 경박한 느낌이 들지 않았고 항상 진정으로 온 마음을 다하여 기도하였기 때문에 듣는 사람들을 감동시켰다. 우리는 그런 어머니가 정말 자랑스러웠다. 가끔 교회 회중을 대표하여 온 교인들의 맨 앞에서 기도하는 어머니의 모습은 너무나 간절하였고, 그 간절함 속에 느껴지는 진정성 대문에 어머니의 기도의 끝은 항상 모든 교인들의 공감을 담은 '아멘'으로 장엄하게 끝나곤 하였다. 그때는 여자 권사 제도나 여자장로제도가 없었는데, 목사님은 서울에서 대학을 나와 전쟁 중에 낙향하여 교회의 재정의 일을 맡고 있는 여자 집사님과 어머니만을 여성들 중에서 지목하여 남자 장로들과 함께 돌아가며 대표 기도를 시키곤 하였다. 어머니는 총기가 좋으셔서 기도 중에는 항상 구약으로부터 신약에 이르는 성경구절들을 적절한 곳에서 효과적으로 인용하곤 하셨다. 우리가 본 어머니의 유일한 독서는 성경책 뿐 이었다. 나이가 들어서는 돋보기안경을 쓰고 붉은 줄을 그어가며 얼마나 여러 번 읽었는지 성경책은 온통 붉은 줄 투성이었고 어느 땐가는 너무 낡아서 다시 새것으로 바꾸셔야 하였다. 그러나 새 성경도 곧 온 얼굴에 붉은 줄 화장을 하여야 하였다.

어머니가 교회에 바치는 헌금은 십일조 뿐 아니라 돈이 생길 때마다 가능하면 많이 자주 드리는 것이 습관화 되어 있었다. 그렇다고 해서 우리가 아주 궁하게 거지꼴이 된 적은 한 번도 없었다. 형이나 누나도 그 일에는 전혀 간섭하지 못했다. 헌금에 대하여 어머니는 워낙 단호하셨다. '우리가 지금 이렇게 굶지 않고 사는 것이 누구의 은혜인 줄 아느냐, 항상 그 분에게 감사할 줄 알아야 한다.' 그것으로 그만이었다. 물론 보잘 것이 없었지만, 형편이 나쁜 이웃이나 어려움에 처한 사람을 어머니는 그냥 지나치지 못하셨다. 쌀이나 보리 조금, 김치 한 보시기, 멸치 볶음 한 종지, 나물 한 두 접시, 비록 이런 것들 뿐 이었으나 어머니는 결코 그것들을 아까워하시거나 망설이는 법이 없었다. 우리는 그런 심부름을 별스럽지 않게 자주 다녔고 그래서 그것을 받는 분들의 귀여움을 많이 받았다.

어머니의 전도능력은 지금 생각해보면 놀랄 수밖에 없는 수준이었는데, 언제 그렇게 하셨는지 전혀 알 수 없으나, 어머니의 자매인 이모들이나 삼촌네 식구들은 물론이고 후에는 아버지 쪽 형제자매들 대부분을 교회로 인도하였고 그 중에는 내 동생까지를 포함하여 목사가 된 이들도 여럿 이었다. 우연히 알게 된 비슷한 처지의 과부들은 어머니의 전도를 받아 가까이서 또는 멀리에서 어머니를 찾아 교회로 왔고 자기 식솔들이나 가까운 친구들을 같이 데려 오기도 하였다. 그들에게 줄 것이 별로 없던 어머니가 그들에게 줄 수 있는 것은 그들의 영혼을 위한 진실한 기도와 그들의 크고 작은 하소연을 열심히 들어주고 손을 잡고 공감해주는 일들 뿐 이었다. 그럼에도 그들은 하나 둘 보이지 않게 어머니의 곁으로 왔고 무릎을 꿇고 어떤 때는 같이 울면서 기도하는 사이가 되곤 하였다. 내가 중학생이 될 무렵에는 겨울의 새벽 예배가 끝나면 먼 곳에서 걸어오신 분들이 우리 집 안방 아랫목에 들어와서 발을 녹이고 가셨는데 나중에는 교회의 청년들까지 오게 되었고 그러한 청년들 중, 후에 목사가 된 사람이 여덟 명이나 되었다.

어머니가 삼십대 중반쯤일 무렵에 어머니는 우리들을 팽개쳐두고 밑반찬만 만들어 놓으신 후, 기차를 타고 아주 멀고 깊은 산 속 기도원으로 기도를 하러 가기도 하셨는데, 길면 한 달이나 두 달이 걸리기도 하였다. 어린 자식들을 두고 어떻게 그런 용기를 내는지 주위 사람들은 의아해 하곤 하였다. 몇 해에 한 번쯤 가는 그러한 기도 여행은 홀로 사는 어머니의 영혼을 안전하게 지탱하는데 꼭 필요한 일이었던 것 같았고, 그러한 기도 여행에서 돌아오신 어머니의 얼굴은 항상 세상의 속기를 완전히 벗어버린, 고양된 영혼의 표정을 하고 계셨다. 나이 사십이 넘으면서 새벽예배 전에 교회의 현관문을 여는 일은 어느새 어머니의 몫이 되었고 기도는 하루에 세 번으로 늘어났다. 새벽과 저녁에는 그 동안 항상 교회에서 기도를 해왔지만 점심 후 기도시간이 한 차례 더 늘어난 것이다. 몇 마디 하고나면 기도할 말이 생각나지 않아 우물쭈물 더듬곤 하던 우리는 가끔 어머니에게 '어머니는 하느님에게 뭐 그렇게 할 말이 많아?'라고 묻곤 했는데 그때마다 어머니는 항상 아무 대답도 없이 빙그레 웃으시며 우리의 머리를 쓰다듬어 주기만 하셨다. 아무리 사소한 일도 서로 깊이 사랑하는 존재들 사이의 화제가 되면 항상 더 할 수 없이 크고 놀라운 사건으로 변질되는 것이 아니던가. 지금 생각하면 그것은 신과 어머니 사이의 비밀이었고 오직 그 분만이 아실 일이었다. 뒤에서 보는 어머니의 기도하는 모습은 어쩌면 자신의 온 힘을 다하여 싸우는 결사적 전사의 모습이기도 하고 다른 사람에게는 말할 수 없는 자신의 모든 슬픔과 고통을 부모 앞에 모두 털어놓는 아이의 모습이기도 하였으며, 자신이 감당할 수 없는 어렵고 무거운 큰 문제를 두 손에 들고 그것을 어떻게 해야 할지 피와 땀으로 묻는, 십자가에 달리기 전 날의 예수님의 기도의 모습과 닮아 보이기도 하였으며, 어느 때는 말할 수 없는 감사와 기쁨, 저 내면의 가장 깊은 곳에서 감당 할 수 없이 흘러나오는 신에 대한 자발적 찬양과 환희 같은 것이기도 하였다. 그러나 우리가 그런 기도의 내용에 접근하는 일은 불가능한 일이었다. 그것은 신과 그녀만의 영역이었기 때문이다.

어머니는 집에 찾아오는 손님들에 대하여 그 사람의 신분의 고하를 막론하고 추호도 차별의 마음을 갖고 대한 적이 없으셨다. 어린아이부터 어른까지 모두에게 자신이 가진 최선의 것으로 대접하셨다. 어느 손님 앞에서나 크게 호들갑을 떨지도 않으셨을 뿐 아니라 누구에게도 소홀한 태도를 보이지 않으셨다. 어머니는 6.25때 세상을 떠난 자신의 오빠의 자식들에게 각별하셨는데, 그 조카들에게 조차도 다른 사람들이 보는 앞에서 유난을 떠는 일은 거의 없으셨다. 다만 자신이 준비할 수 있는 최선의 먹을거리와 정갈한 반찬, 마음이 담긴 말과 배려로 자신의 사랑을 보여줄 뿐 이었다. 그러한 태도는 자신의 자식들에게도 일관된 것이었다. 어머니는 다른 사람에 대하여 나쁜 말은 절대 하지 않으셨다. 어머니의 좋은 평판을 질투하여 어머니의 행동을 트집 잡고 과부가 목사님 꽁무니만 따라 다닌다고 엉뚱한 트집을 잡을 뿐 아니라, 주위 사람들에게 눈에 띄게 어머니에 대한 험담을 하고 다니는 가까운 이웃 집사님이 있었는데, 다른 사람이 수없이 귀띔을 해주고 자기 일처럼 화를 내는 사람들조차 있었지만, 어머니는 다른 사람들에게 그녀의 행위에 대하여 비난은 커녕 한마디의 원망도 입에 담으신 적이 없으셨다. 자식들 앞에서도 그녀에 대한 서운한 느낌을 표현한 적이 전혀 없었다. 그런 것을 잘 아는 그 집사님의 딸들이 오히려 어느 날 어머니를 찾아와 사과하며 어머니를 위로하던 기억이 생생하다.

우리가 커서, 고등학교를 졸업하고 대학진학을 못한 채로 집을 떠난 뒤에도 어머니의 기도생활은 변하지 않으셨고 아무리 삶의 상황이 악화되거나 어려워져도 스스로 그것을 감당하셨지, 한 번도 객지에 나간 아들을 호출하거나 걱정을 끼치신 적이 없다. 우리에 대한 어머니의 염려와 걱정조차도 우리에게 전하기를 꺼리셨다. 우리가 부담을 느껴 하는 일에 지장을 받을까 저어하셨기 때문이다. 그것은 실로 보통의 생활인으로서는 실천하기 극히 어려운 일이었다. 심지어는 이모가 돌아가셨을 때도 우리의 형편을 걱정하여 연락조차 하지 않으셔서 이모의 아들딸들은 오해를 하고 지금도 우리 집안의 경조사에 얼굴을 내밀지 않고 있을 정도이다. 어머니는 이런 모든 원망을 우리를 대신하여 스스로 감당하시기로 결심하고 계셨던 것이었다. 우리가 장성하여 결혼을 한 뒤로 가끔 큰 마음먹고 사들인 한복이나 외투 같은 선물들은 그 다음 해 가보면 어머니 집에 이미 없었다. 어디 두었느냐고 물으면, 어떤 아주머니가 아니면 어떤 할머니가 하도 그것들이 좋다고 부러워 하셔서 그냥 벗어주셨다는 것이 항상 어머니의 대답이셨다. 힘들게 장만했던 선물이었기 때문에 다시는 어머니에게 그런 선물을 하지 않겠다고 화를 낸 적도 있지만, 그런 어머니를 오래 미워할 수는 도저히 없었다.

고등학교 졸업 후 고향을 떠난 나는 홀로 내 앞가림을 하느라고 어머니에게 제대로 마음을 써드리지 못하였다. 그래도 어머니는 나에게 당신의 섭섭한 마음을 한 번도 드러내신 적이 없다. 다만 내가 군대생활을 할 때에는 술을 많이 마실까 걱정하셨고, 그때나 그 이후에도 내가 교회를 잘 나가지 않는다고 걱정을 하시곤 하였다. 나는 마음속으로 한 번도 예수님에 대한 믿음과 감사를 버린 적은 없지만, 일상적인 교회생활은 여러 가지 사정으로 인하여 뜻대로 하지 못하였고, 어머니는 그것 때문에 항상 하느님께 기도하며 예수님이 가르쳐 주신 길에서 내가 벗어나지 않도록 경계하시곤 하였다.

나는 늦은 나이에 대학에 입학하여 외국문학을 공부하였는데 그 과정에서 종교나 신에 대한 회의의 세례를 받았기 때문에 한동안 형식이나 습관에 얽매인 교회생활에 대하여 큰 의미를 부여하지 않고 있기도 하였다. 경제적 형편이 별로 좋지 않은 상태로 교회를 다니면서 몸과 마음으로 절실하게 체험하게 된 한국 교회의 물질지상주의와 속물성에 대한 오랜 혐오감이 교회에 대한 회의의 중요한 바탕이 되었을 것이다. 나는 일상생활에서 예수가 보여준 사랑의 실천을 형식적인 교회생활보다 더 중시하고 있었고, 이웃에 대한 진실한 배려가 없어 보이는 한국의 기독교인들에 대하여 얼마만큼 냉소적인 태도를 취하고 있었다. 그럼에도 불구하고 나는 어머니의 신앙생활에 대하여 한 번도 회의를 가져본 적이 없었다. 자식들 집에 갔다가 어느 자식 집에서 서운한 일을 당하셨어도, 다른 자식들에게 그 일을 알리지 않고 홀로 눈물로 기도하며 견뎌내셨던 분이다. 자식들 사이에 분란이 생길까 염려하셨기 때문이다.

진실로 나의 어머니는 자신의 힘이 미치는 범위 안에서 최대한 예수의 사랑을 몸소 실천하면서 사신 분이다. 토마스 아퀴나스는 그의 어느 저서에서 "각 피조물의 궁극적 완성은 행함에 있다"고 말했는데, 나의 어머니는 바로 그 멈추지 않은 사랑의 행위를 통하여 자신의 삶을 아름답게 완성시키신 분이다. 뇌출혈로 쓰러져 돌아가시기 전 어머니는 몸이 불편하심에도 불구하고 교회의 대심방 기간에 정결한 몸가짐으로 목사님을 마지막 심방가정까지 수행하셨다고 한다. 어머니와 가까웠던 교인들은 그러한 행보가 자신의 삶의 마감을 예감한 어머니의 마지막 헌신행위, 마지막 기도여행이었으리라고 이야기 하곤 한다. 어머니는 그 무렵 자주, 같이 살던 여동생과 어린 손자들에게, '빨리 천국에 가야지'라고 말씀하시곤 했다는데, 그 무렵 어머니의 마음은 이미 그분의 평생의 신랑이었던 예수님에게로 가고 있었던 것이다. 예수님 곁에는 분명히, 짧은 이승에서 자신에게 '그렇게 자상하였던' 남편도 자기를 기다리고 있으리라고 생각하셨을 것이다. 어머니의 죽음에는, 성스러운 삶을 살았던 사람들의 죽음 앞에서 일어난 것으로 알려진 기적 같은 일은 전혀 일어나지 않았다. 고통이 없는 평안한 죽음이나, 죽음 직전 어머니의 눈앞에 천사가 영접하러 내려오는 모습 같은 것은 환상으로라도 보는 일 따위는 없었다. 이 삼일간의 혼수상태 속에서 어머니는 마침내 숨을 거두셨다. 예수의 가르침을 따른 선행에 대한 보상은 결코 지상에서 받을 성질의 것이 아니었던 것이다.

오 중위의 죽음

1

오 중위가 죽었다. 부대 내의 영창 안에서였다. 그의 몸은 영창 안을 가로지르는 대들보 위에 대롱대롱 매달려 있었다. 아침 점호를 위해 영창문을 열었던 헌병은 너무 놀라 제자리에 풀썩 주저앉고 말았다. 그가 급하게 내지르는 소리를 듣고 다른 헌병이 달려와 그 사실을 확인하였고 그는 곧바로 그날의 당직사관에게 보고했다. 당직사관이 오 분 대기조 쓰리쿼터를 타고 달려와 현장을 재확인한 뒤 급한 목소리로 대대장에게 보고하였다. 대대장이 다른 날보다 훨씬 일찍 출근하여 중대장들을 호출하였고, 시퍼런 바닷물이 삼면을 둘러싸고 지켜보는 가운데 부대는 깊은 침묵에 빠졌다.

그가 장교로서는 아주 드물게 부대의 영창에 갇히자 온 영내의 장교와 사병들이 놀란 얼굴로 서로를 쳐다보며 믿기지 않는다는 듯 쑤군덕거렸다. 장교들은 사고를 친 사병들이나 들어가는 곳으로 알고 있는 부대영창에, 전시도 아닌 상황에서, 장교가 수감된 것에 대하여 놀라움을 금치 못하였고 곧 장교단 회의를 소집하여 대대장에게, 흉악범도 아닌 장교를 구금하는 것은 장교들의 사기를 크게 저하시키는 것이라며 재고를 요청하였다. 대대장은 화를 벌컥 내며 장교단의 재고요청을 기각해버렸다. '전시 같으면 사형감이야!' 이것이 대대장의 대답이었다. 아무리 장교라 해도 자기의 직속상관을 주먹으로 폭행한 놈은 결코 그대로 둘 수 없다는 것이었다. 오 중위가 자기의 중대장을 폭행한 것은 며칠 전 중대 장교들의 회식자리에서였다. 그는 서열상 중대의 선임 장교도 아니었는데 선임 장교가 휴가로 부재중이었으므로 그가 평소에 항상 일정한 거리를 두고 만나던 중대장의 바로 앞자리에 앉게 되었다. 중대장 역시 그를 탐탁치 않게 생각하고 있었기 때문에 서로 매우 어색한 자리였을 것이다. 평소에 별로 말이 없는 오 중위는 그날도 자기 앞에 놓인 술잔만 계속 비울 뿐 묵묵하게 그 자리에 앉아있기만 했다. 문제는 그 날, 모처럼의 회식자리였는데도 불구하고 무슨 일인지 기분이 좋아 보이지 않던 중대장이 갑자기 장교들을 야단치기 시작하면서 발화되기 시작하였다. 그의 연설이 조금만 짧았어도 그런 불상사는 아마 일어나지 않았을 것이라고 후에 그 자리에 참석했던 동료 장교들은 입을 모았다. 모두 자리가 불편해서 견디기 어려웠음에도 간신히 견디며 앉아있는데, 갑자기 중대장이 오 중위를 가리키며 '오 중위, 선임 장교가 없으면 자네라도 제대로 해야 될 것 아냐!'하며, 그렇지 않아도 잔뜩 불만에 찬 표정으로 앉아있는 오 중위의 머리를 지휘봉으로 두어 번 툭툭 건드렸다. 바로 그 순간 오 중위의 주먹이 정통으로 중대장의 안면으로 날아갔다. 얼마나 주먹에 힘을 주어 때렸는지 중대장은 앉은 자리에서 벌떡 뒤로 넘어졌는데, 금방 코에서 코피가 쏟아졌고 그가 쓰고 있던 안경은 박살이 나버렸다. 옆에 앉았던 장교들이 너무 당황하여 막 일어서려는 순간 오 중위는 먼저 벌떡 일어나 술상을 들어 벌컥 엎어버렸다. '너나 제대로 해!' 오 중위가 던진 말은 딱 그 말 한마디였다. 그는 곧 자리를 박차고 밖으로 나갔는데, 금방 정신을 차린 중대장이 '헌병! 헌병! 저 놈을 즉시 영창에 집어넣어!'라고 그의 뒤에 대고 소리쳤다. 그 자리에 헌병이 없어 아무도 그를 붙잡지 못했지만, 그 날 밤 만취된 채로 BOQ(독신장교숙소)의 자기 침대에 잠들어 있던 그는 바로 출동한 헌병들에 의해 영창에 투옥되었다. 놀랍게도 그는 영창에 있던 이틀 동안 아무렇지도 않은 듯 식사도 잘하고 헌병을 불러 담배를 부탁하는 등 오히려 평소보다 활달해 보였다고 했다. 그 소식을 전해들은 중대장은 영창으로 찾아가 반성의 기미가 없다며 당직 헌병들이 보는 앞에서 보복하듯 주먹으로 그를 마구 구타한 모양이었다. 그가 시체로 발견된 것은 다음 날 새벽이었다.

나는 그 때 내무반 고참 병장이었다. 제대를 한 달쯤 앞두고 있어서 모든 일에서 열외인 상태였다. 그러나 그가 영창에 갇혔다는 소식을 듣는 순간 나는 비호같이 일어나 바로 헌병대를 찾아갔다. 절대 면회 금지였으나 마침 동기생이 헌병대 최고참으로 근무하고 있었기 때문에, 나는 아무도 몰래 그가 수감되어 있는 영창으로 가 '오분 동안만' 그를 면회할 수 있었다. 오 중위는 나를 보자 의외라는 듯 놀라는 눈치였으나 곧 '나 꼴사납지'라며 어떻게 들어왔느냐고 물었다. 나는 그의 수감 소식을 듣자마자 반사적으로 달려왔기 때문에 생각할 틈이 없었고 그래서 할 말도 머리에 떠오르지 않았다. 그저 계급장이 떼인 국방색 군복을 입고 우두커니 앉아 있는 그를 마주 보았을 뿐이었다. 그러나 내 눈은 왜 이 모양이 되었느냐고 강렬하게 묻고 있었을 것이다. 그가 툭 던진 말은 '참을 수 없었어!' 딱 그 한 마디 뿐이었다. 그리곤 영창의 왼쪽 높은 곳에 나있는 좁은 창을 향하여 눈을 돌리곤 그만이었다. '오 분간' 그런 그를 쳐다보고 있다가 밖의 재촉소리에 쫓겨 영창을 나오기 전에 내가 그에게 한 말은 겨우 '뭐 필요한 것 없어요?'라는 말 뿐이었다. 그는 나를 쳐다보지도 않은 채 말없이 고개를 저었고, 면회는 그것으로 끝이었다. 내무반으로 돌아오면서 나는 가슴이 답답하였다. 그가 왜 영창에 들어갔는지는 들어서 알게 되었지만 그가 어떻게 처리될지 짐작이 가지 않았기 때문이다. '장교인데 설마'라는 생각이 들면서도 일단 영창에 들어간 이상 금방 나올 수는 없을 것이기 때문이었다.

나는 오 중위와 가까웠다. 장교와 사병 사이였지만 내가 약간 늦은 나이에 입대하여 나이가 서로 얼추 비슷했고, 근무지에서 몇 번 이야기를 나눈 뒤 우리가 서로 통한다는 걸 알게 되었기 때문이었다. 그는 미술대학 중퇴에 문과대학 영문과 출신이었다. 습작이지만 시나 단편소설을 끄적여 본 적이 있던 나는 대뜸 그에게 호감이 갔고 그도 비슷한 느낌을 가진 것 같았다. 그가 주로 술을 샀지만, 우리는 비번 때 부대근처나 또는 한 시간 거리 정도의 P시 또는 K읍에서 자주 같이 막걸리 잔을 기울이게 되었다. 영외에서 처음 술잔을 마주 했을 때 그는 나를 보지도 않고 맞은 편 벽의 위쪽을 응시하면서 '군대나 세상이나 똑같다!'라고 툭 뱉듯이 말하였다. 약간 의아해하는 나에게 그는 '양쪽 다 힘센 사람들 맘대로 인거 말이다.'라고 일갈했다. 나는 그제야 그의 말을 알아듣고 술잔을 들어 그의 잔과 내 잔을 마주쳤다. 그랬다. 군대 밖에 있을 때 우리는 부모나 선생님, 장관, 사장 또는 대통령이라는 예의 바른 말로 힘센 사람들을 불렀지만, 군대에서는 그냥 힘센 사람, 높은 사람들이라고 싸잡아 불렀다. 군대 밖에서 힘센 사람들은 적어도 주위 사람들의 눈치라도 보았지만 군대에는 그런 예의라는 것이 깡그리 생략되고 없었다. '김 일병, 이 병장, 김 소위, 박 대위'하는 계급으로만 주로 불렀고 이름 따위는 제대로 부르지 않았다. 이름을 부르기 시작하면, 군대의 상하관계에 이상이 생기고 그러다 보면 군대의 막중한 임무를 수행하는 데 지장이 생기기 때문이었다. '이렇게 해라, 저렇게 해라' 아니면 더 간략하게 '이거 해, 저거 해' 하면 그만이었다. 왜 그 일을 해야 하는지에 대한 설명은 생략되었다. 설명은 상위 계급자의 위신을 손상시키는 행위이다. 소위 상급자의 권위를 해치는 시간낭비의 행위일 뿐이다. 전시 중에 일일이 명령의 내용에 대한 설명을 하고 있다간 제대로 작전을 수행할 수 없을 것이란 말은 옳다. 설명 없는 명령에 복종할 수 있을 때 비로소 남자는 군인의 자격을 얻는 것이다. 우리는 이런 이야기를 나누며 자조적으로 피식 웃었고 그러한 공감 때문에 술은 더 맛이 나는 것 같았다.

그는 대학에서 자기에게 서양화를 가르치던 교수를 그 때도 아직 완전히 이해할 수 없다고 했다. 그가 미술대학을 3학년 때 그만 둔 것은 순전히 그 교수의 말 때문이었다고 했다. 그의 그림을 유심히 보던 그 교수가 어느 날 갑자기 '자네, 그림 그만두게. 요 몇 년 자네 그림을 보면서 느낀 건데 자네 그림엔 희망이 없어. 그림은 아무리 우울한 대상을 그린다 해도 그 속에 분명하지 않은 채로라도 어떤 희망을 내포해야 하는데, 자네 그림 속엔 그게 없어. 죽은 그림이지. 어떤 풍경도 자네 그림 속에 들어오면 모두 무엇인가에 묶여 희망을 잃어버리게 되는 것 같아. 내 말 서운하게 듣지 말고, 자네 장래를 생각하여 하는 말이니 새겨듣게. 혹시 문학이 도움이 될지 몰라!' 그는 그 말의 의미를 확연하게 알 수 없었으나 며칠 후 자퇴서를 쓰고 그림 그리는 일을 접어버렸다. 그리고 다음 해에 다시 입학시험을 보아 문과대학 영문과에 입학했다. 왜 그렇게 고지식하게 그 교수의 말을 따랐는지는 설명하기 어려우나 그 당시로서는 그 방법 밖에 다른 생각이 떠오르지 않았다고 했다.

"영문학과 1학년 강의실에 처음 들어갔던 날이 생각나는군. 나는 약간 창피하고 쑥스러워 맨 뒷자리에 앉았지. 교수가 출석을 부르는데 내 얼굴을 쓰윽 보더니 복학생인가 하고 묻더군. 아니라고 대답했는데, 교수와 그리고 학생들 모두의 눈초리에 의문 부호가 붙어 나에게 던져지더군. 나는 죄도 짓지 않았는데 괜히 고개가 숙여지고 이실직고하기도 뭐해서 그냥 우물우물 하다 말았어. 나중에 나에 대한 사실이 알려지자 영문학과 아이들은 대단한 호기심을 가지고 나를 대하였으며 약간은 측은해 하는 느낌이었어. 좀 더 고약했던 것은 미술대학 동기생들이었어. 미술대학에서는 마치 내가 지도 교수에게서 사형선고를 받은 것처럼 소문이 나 있었고 어쩌다 캠퍼스에서 만나면 그 녀석들은 마치 나를 사형수나 벌레 보듯 쳐다보곤 했거든. 그러나 나는 그 때 그 녀석들의 그러한 태도에 맞대응할 힘을 완전히 잃어버리고 있는 상태였어. 마치 데릴라에 의해 머리카락이 몽땅 잘린 삼손 같았다고나 할까. 학교 가는 일이 큰 고역이었지. 그러나 문학 강의는 정말 재미있고 신났어. 첫 학기의 문학개론 시간에 교수는 희랍신화나 성경을 우리에게 문학적 시각을 곁들여 소개했는데 나에게는 충격적이었어. 올림포스 산이나, 인간 세상의 금기들을 망설임 없이 자기의 욕구에 따라 깨트려 버리는 제우스를 비롯한 희랍의 신들이 나를 흥분시켰고, 유대교의 구약 율법을 사랑의 마법으로 통쾌하게 깨트리는 예수의 쾌거는 나의 가슴을 툭 터지게 하는 것 같았어. 그들은 신이기 이전에 진정한 자유인으로 보였어. 그 신들은 내게 삶에 대한 열정과 사랑을 불러일으킨 참 선각자들이었지. 그러나 그들이 불러일으킨 사랑과 열정을 강의실 밖으로 끌어내어 내 실존의 삶과 어떻게 연결시켜야 하는지를 나는 몰랐지. 강의실만 나서면 나는 고개를 푹 숙이고 다른 사람들과 마주치는 걸 피하며 다녔어. 모두 나를 패배자로 보는 것 같았거든. 지금 생각하면 꽤 우습지. 당당할 수는 없었다 하더라도 꼭 그렇게 기죽어 다닐 필요까지는 없었는데 말이야. 하여튼 그 신나는 문학 강의들이 아니었으면 나는 당장 학교를 때려 치웠을 거야. 그 사랑하는 문학 강의 때문에 나는 간신히 한 학기를 버티고 휴학했고 군대에 입대하려고 신체검사를 받으러 갔는데 뜻밖에도 체중미달로 떨어지고 말았지 뭔가. 기가 막히고 열을 받아서 나는 신체검사장을 나와 다른 병원에 일부러 찾아들어가 체중을 다시 재어 보았는데, 무게는 똑같았어. 신체검사에서 떨어지리라고는 한 번도 생각해 본 적이 없었기 때문에 나는 며칠 간 계속 혼자 속이 뒤집혀 씩씩 거렸고, 다시 복학 수속을 밟기도, 집에 들어가는 것도 싫어서 보따리를 싸들고 지리산 어느 절로 들어가 버렸지. 한 달쯤 절밥을 얻어먹었는데 절밥이 부실한 것은 이미 각오한 바였지만 중들이 은근히 거만을 떨며 중생들을 무시하는데 넌덜머리가 나서 한 달쯤 견디다 하산해 버리고 말았어. 못된 땡중들 같으니. 훌륭한 스님들도 많다는데 내가 운이 없었던 거지. 집에 돌아와 있는데 그곳에는 또 거의 광신에 가까운 우리 어머니가 도사리고 계셨어. 일제시대 때 전문학교까지 다니셨다는데 왜 그렇게 고지식하게 하느님을 믿는지 이해할 수 없을 만큼 꼴통이셨네. 교회에서 목사가 시키는 걸 하나라도 어기면 금방 지옥에나 떨어질 줄 아시는지 새벽기도부터 밤기도까지, 술 마시는 것이나 담배피우는 일에까지 그녀는 끈기 있게 간섭하고 잔소리를 해댔지. 그러나 어디 다른 데 갈 곳이 마땅치 않았던 나는 어머니에게 일찌감치 항복하고, 어렸을 때 억지로 어머니를 따라 다니다가 그만 둔 교회에 나가기 시작했어. 어머니는 마치 내가 지옥에서나 돌아온 것처럼 반가워 하셨고 일요일 새벽예배에 내가 같이 가는 날이면 내 손을 잡고 날아갈 듯이 교회에 가서 예배가 끝나면 그렇게 교인들에게 아들 자랑을 늘어놓으시곤 했지. 물론 학교일로 자랑스러운 것은 없었으니까, 나는 돌아온 탕자로 둔갑되어 목사님과 장로들의 격려와 칭찬을 한 몸에 받았네. 중학교 때 까지는 어머님의 압제에 시달리며 충실히 교회에 다녔기 때문에 나는 성경이나 찬송가에 낯설지 않았어. 곧 교회에서 중등부 교사 일을 맡게 되었고 나는 돌아온 탕자의 위세를 빌어 아이들 위에 군림(?)할 수 있었고 나의 말에 감동한 듯 나를 뚫어지게 쳐다보는 학생들의 눈동자에 감염되고 나중에는 감동되어 정말 겉으로 보기엔 누가 보아도 진정으로 회심한 젊은이의 모델이었지. 교회에 할 일은 많았고 나는 할 일이 별로 없었으므로 새벽부터 밤까지 거의 온종일 교회에서 살다시피 했지. 그래도 그 때까지 나를 이해하는 척하며 나를 따라다니던 여자친구가 나를 마치 광신자처럼 이상한 눈초리로 쳐다보다 아주 떠나버린 것은 그 무렵이었지. 같이 미술 학원에 다니던 아이였는데 내가 그림을 완전히 포기하고 붓을 놓아버렸을 때도 나를 연민의 눈으로 보며 감싸주던 친구였어. 그림 안 그리는 건 참아도 돌아온 탕자에 광신도까지 되는 건 참을 수 없었나봐. 그 아이는 크리스천이 아니었거든. 내가 이상하게 보였을 수도 있겠지. 가슴이 정말 쓰렸지만 안 그런 척하며 더욱 교회의 일에 빠져들게 되었어. 나는 곧 교회의 청년부의 부회장이 되었고 나중에는 교회의 중요한 직책을 맡은 분들이 모여서 교회의 여러 가지 일을 논의하는 제직회의에까지 진출하게 되었지."

그는 목이 마른지 내가 그 앞에 놓인 대포 잔에 따라주는 막걸리를 맛있다는 듯 벌컥벌컥 들이마셨다. 그는 과묵한 사람이었지만 술을 마시고 일단 이야기를 꺼냈다하면 그야말로 달변이었다. 그의 가슴 속에 아직 삶에 대한 열정이 살아 있다는 증거였다.

"어디까지 얘기했더라? 그래 제직회의까지 했지. 그 무렵 사실 나는 처음의 예상과 달리 이제 내가 교회에서 정신의 안정을 찾을 수 있겠구나. 학교를 비롯한 세상의 괄시와 외로움에서 이제 벗어나는구나. 구원을 받고 있구나. 그렇게 생각하기 시작하고 있었네. 그런데 내가 여러 달에 걸친 노력 끝에 올라간 자리, 바로 그 곳 제직회의에 여러 번 참석하는 사이에 나는 그만 교회에 대하여 조금씩 회의를 갖기 시작하였지. 나는 그 곳에서 그 때까지 내가 교회에서 미처 보지 못했던 것을 본거야. 제직회의에서 발언권이 세고 회의를 주관하여 끌고 가는 사람들은 대부분 공직을 가졌거나 큰 자기 가게를 가진 부자들이거나 사장 또는 의사나 변호사 뭐 주로 그런 사람들이었는데, 그럴 수밖에 없기도 하겠지. 무엇을 가졌거나 무엇을 아는 사람들이 사람들 모임에서 대접 받는 거야 그럴 수 있는 거니까. 그런데 문제는 공의와 사랑을 생명으로 하는 교회에서 그렇게 힘 있는 사람들이 사회적 지위가 낮거나 가진 것 없는 사람들을 무시하거나 업신여기는 것이었어. 예수는 가난하고 억눌린 자, 연약하고 힘없는 환자들을 보살피고 사랑하라 하셨으며, 세리와 창녀들과 어린아이를 가까이 하셨는데 교회에서는 말은 그렇게 하면서도 행동은 전혀 그렇게 하지 않는 게 보이는 거야. 가진 자, 힘 있는 자가 그렇지 못한 자들을 불쌍히 여기며 가까이 하려 하지 않는 것은 예수의 가르침에 어긋나는 것이거든. 교회에서도 세상과 마찬가지로 힘 있는 자 곁에 사람들이 아첨하며 모여들어 잘난 척하고 심지어 목사나 장로까지, 특히 배웠다는 여성들일수록 더 그런 몹쓸 짓에 열심인거야. 제직회의에서 보면 교회에 헌금을 많이 내지 못한 사람들은 발언권도 없어. 그런 사람들은 손을 들 수조차 없고 돈 많고 잘난 사람들이 분위기를 만들어 가는 거야. 오죽 했으면 온갖 노동으로 사십이 되어서야 겨우 자그만 아파트를 샀던 사람이, 교회에 그것을 바치면 스무 배로 축복을 받는다는 목사의 말에 그것을 팔아 헌금으로 바쳐버렸을까. 그렇게 하면 교회에서 좀 사람대접을 받을 수 있지 않을까 생각했겠지. 그러나 스무 배로 되받지 못한 그 삶은 어디 가서 그것에 대하여 항의할 수 있단 말인가. 이건 실화야. 겸손하라는 예수의 가르침을 지키려는 잘난 사람은 눈을 씻고 보아도 교회에 없어. 우리 어머니도 그 중 한 명인 것이 분명했어. 나는 그만 교회가 세상과 다르지 않다는 것을 확인해 버린 거야. 제직회의에 참석할 수 있기 전 학생들을 가르치는 가운데, 아니면 가끔 새벽 기도회에서 얻었던 구원의 느낌이 점차 약화되면서 교회에 나가는 횟수도 줄어들었지. 영문학과에서 배운 엘리엇이라는 시인의 '동방박사들의 여행'이라는 시에 나오는 몇 구절을 읽고 나는 내 마음과 그 구절이 얼마나 정확하게 일치하는지 탄성을 지르지 않을 수 없었지.

이런 거야.

> 우리가 그 길을 간 것은 탄생을 위해서입니까, 죽음을 위해서입니까?
> 확실히, 탄생은 있었습니다.
> 우리는 증거가 있었고 추호도 의심치 않았습니다. 죽음을 보았으나 그 둘이 다른 것이라고 생각 하였습니다 . . .
> 나는 또 한 번 죽었으면 좋겠습니다.

성경에 나오는 동방박사들이 아기 예수가 태어난 유대 땅 베들레헴을 찾아 먼 길을 간 건, 세상이 살아있는 것 같으나 사실은 모두 죽어있기 때문에 인류에게 새로운 삶을 줄 메시아의 탄생을 보기 위해서였지. 그들은 대학자들이었기 때문에 학문적 증거가 있었고 그것이 있었기 때문에 별의 인도를 따라 먼 그 곳까지 찾아올 수 있었지. '죽음'과 '탄생'이 다른 줄 알았다는 말은 얼마나 훌륭한 은유인가. '죽음'은 살아 있으나 그 생명은 죽은 세상에 대한 은유이고 '탄생'은 새로운 생명을 줄 종교 곧 교회에 대한 은유로 읽을 수 있지. 세상과 교회가 다른 줄 알았는데 그렇지 않았다는 거지. '나는 또 한 번 죽었으면 좋겠다.'는 말은 새로운 탄생과 구원을 위해 기꺼이 세상에서 스스로를 죽였던 자신으로 되돌아가, 구원을 위해 다시 한 번 죽고 싶다는 말이지. 비록 종교에 들어와서 크게 실망하였지만 다시 한 번 죽어서 새로운 구원을 얻을 수 있기만 하다면 기꺼이 다시 죽겠다는 거야. 그 때의 나 자신의 감정이 바로 그런 것이었어."

"나는 미련 없이 교회를 떠났어. 어머니는 마치 무슨 날벼락이라도 맞은 것처럼 충격을 받으셨지만 어쩔 수 없었지. 내가 교회에 계속 다녔더라면 나도 아마 어머니의 힘으로 그 잘난 부류에 끼일 수 있었겠지만 그건 내 양심에 어긋나는 행위였네. 그러나 특별히 다른 곳에 갈 데가 있는 것도 아니어서 내가 뭉그적거리며 평신도로 교회에 머문 기간은 한 이 년쯤 될 거야. 궁리 끝에 나는 별 수 없이 영문과에 복학을 했고, 그런대로 재미를 붙여 괜찮은 성적으로 졸업을 했어. 졸업할 무렵, 그러나, 나를 사로잡았던 것은 창작에 대한 열정이야. 시였어. 낭만주의적인 시는 싱거워 보였기 때문에 현대시에 재미를 붙였었거든. 에즈라 파운드나 엘리엇, 예이츠, 월리스 스티븐스 등의 시가 너무 나를 매료시켰거든. 학점도 아주 좋았었지. 하지만 그들의 시를 우리말로 번역하는 일은 내게 매력이 없었고, 나는 그들이 쓴 시 정도의 수준에 육박하는 우리말 창작시를 쓰고 싶었지. 그런데 그게 잘 안 되는 거야. 전체적인 분위기는 잡아낼 수 있을 것 같았는데. 왜냐하면 20세기 시의 분위기는 바로 내 분위기였거든. 상당히 어두우면서도 결코 포기하지 않는 삶에의 구체적 열정, 그것은 아주 자극적인 역설이나 아이러니의 기법으로 구사되고 있었지. 구체적인 부분들이 내포하고 있어야 될 자포자기적이면서도 결코 쓰러지지 않는 저항, 오기 같은 것들이 머리 속에서는 빙빙 도는 것 같은데, 세밀한 이미지로 구체화되어 살아나지 못하는 거야. 짧고 촌철살인의 매운 맛을 보여주는 은유들이 나의 목표였는데, 기분만 그럴 뿐 내가 만든 언어의 조합은 깊이 있는 매운 맛을 통 내지 못하는 거야. 툭 튀어 오르는 재기라고 할까. 그런 것이 부족한 것 같았어. 그런 거 하려면 깊게 저장된 엄청난 지성과 감성의 힘이 바탕이 되어야 할 것 같은데 내겐 그런 게 없는 것 같았단 말이야. 그래도 일 년쯤은 끈기 있게 붙들고 늘어졌는데, 우선 내 마음에조차 잘 들지 않는 작품들 뿐이었어. 서양화 교수한테 받았던 사형선고의 기억은 여전히 살아있어서 누구에게 내 작품을 읽어달라고 말하기가 어려웠어. 그러려면 먼저 내 마음에 차고, 자신이 있어야 되는데, 먼저 내 수준에서 내 마음에 차지 않는 거야. 결국 망설이고 망설이다 때려치우고, 자포자기의 심정으로 이미 면제된 군에 입대할 생각을 했어. 대학 졸업장도 있으니까 이번엔 공군장교 후보시험에 응시했는데 웬일인지 아무 이상 없이 딱 합격해 버린 거야. 기적이었지. 훈련 받으면서, '그래 조국을 지키는 일 외에 지금 내가 할 일은 없다. 남들이 웃건 말 건 누가 뭐래도 나는 당분간 조국을 지키는 일에만 내 정신을 집중 시키겠다' 그렇게 다짐했지. 군 생활이 내 기질에 맞지는 않지만 그런대로 견디는 것은 바로 그 맹세 때문이야. 아까 내가 교회에 크게 실망해서 종교를 떠났다고 했는데, 그렇다고 해서 내가 예수나 예수의 가르침까지 한 통에 홀딱 싸서 버린 건 아니었네. 그건 지금도 항상 여기 내 가슴의 가장 은밀한 곳에 간직해 두고 있지. 나는 교회에 대하여, 한 조직체로서의 종교에 대하여 실망을 했지, 아직 신에 대하여 실망한 것은 아니었거든. 나는 말이야. 신이 없다면 사는 게 영 허망할 것 같아. 신이 없다면, 한없이 용서하는 사랑도, 가장 미천하고 연약한 존재에 대한 배려도, 끝없이 온 생명을 다하여 추구할 진리도, 새로운 사슬로 부단히 인간을 구속하는 억압으로부터의 자유도, 칠흑 같은 세상의 어두움을 밝혀줄 정의도, 다 부질없는 것이 되고 마는 거야. 도스토예프스키의 주인공 이반을 보라고. 영생이 없으면 신이 없고, 신이 없으면 모든 것이 허용된다고 떠들어 댔지만, 자신에 의해 세뇌된 이복동생 스메르자코프가, 불한당이며 색마인 자기의 아버지를 일말의 의혹도 없이 살해해 버리자 정신이상이 되어 죽어버리잖아. 세상의 악랄

한 현실을 보면 신은 없는 것 같아. 그래서 니체도 '신은 죽었다'고 나팔을 불었지. 그러나 그도 결국 정신이상으로 죽었어. 신이 없는 현실을 견딜 수 없었던 거야. 신이 죽었으면 다시 살려내서라도 붙들고 살아야 돼. 세상은, 그 모든 잘난 체하는 사상가나 학자들이 지껄이는 온갖 처방에도 불구하고, 믿을 게 못 되거든. 나는 이제 홀로 내 방에 누워 아니면 공원을 산책하거나 사람들이 법석대고 있는 거리를 걸으면서 신을 계속 부르고 있지. 요새는 뭐 자주는 아니지만 말이야! 그런데 가만, 가만 내 이야기가 너무 길었지. 그런 복잡한 이야기 그만 치우고 우리 여자들 있는 데로 옮길까?"

그는 상당히 기분이 좋은 듯 씩 웃으며 벌떡 목로주점의 술자리에서 일어섰다. 나는 그가 웃는 것이 아주 마음에 들었다. 그가 웃는 것을 보기가 어렵기 때문이기도 하지만, 그는 웃을 때 정말 어린아이처럼 순결한 느낌을 주기 때문이었다. 처음 그가 나를 보고 씩 웃었을 때 나는 완전히 감동을 먹었던 것이다. 저 침울한 얼굴 속에 저런 순금 같은 보물을 숨기고 있었다니, '참 사람은 누구나 보물 한 가지 씩은 가지고 있다니까.' 나도 갑자기 그의 미소를 따라 기분이 좋아져 곧 예쁜 색시가 술을 따라주는 집으로 가기 위해 목로집을 나섰다.

2

길의 왼쪽에 늘어선 가게와 술집들 사이로 검은 바다가 삐죽 얼굴을 내밀었다. '나 여기 있어!'라고 말하고 있는 개구쟁이 동생 같은 목소리였다. 검은 바다는 파도소리를 내어 자기가 있는 곳을 알리고 있는 것이었다. "'종교에 대하여 실망을 했지 신에 대하여 실망한 것은 아니다.' 참 그럴싸한 말이군요. 그렇다면 신은 어떤 종교의 예배당에만 있는 것이 아니라 우리가 자는 방에도 있고 공원에도 있고 사람들이 북적이는 거리에도 있다는 말입니까?" "그렇지, 그렇지. 자네 내 말을 알아들은 것 같네. 술 값 없어서 나한테 설레발치는 건 아니지?" "이 고참 병장 홍 병장을 뭐로 알고 이러는 겁니까? 중위라도 고참 병장 깔봤다간 큰 코 다칠 줄 알아요." "그래 알았다 요놈아. 진짜 술맛이 날라고 하네." 우리는 아가씨 집에 가기 전에 바닷가로 걸어가서 바다를 향해 시원하게 오줌을 갈겼다. 바다는 그까짓 오줌 정도야 아무 소리도 없이 받아주었다.

우리는 그렇게 천천히 친해졌다. 그는 가끔 혼자 바닷가에서 수채화를 그리곤 했는데, 다른 사람이 들여다보는 것을 극도로 꺼렸다. 누가 가까이 오면 이젤을 거둬 버리거나 자기가 그리던 그림을 다른 종이로 슬쩍 가려버리기도 했다. 아직도 대학시절의 상처가 아물지 않았다는 증거였다. 우리 부대는 영일만의 토끼 꼬리 끝에 붙어 있었으며 험준한 바위와 들풀들로 둘러싸여 있었다. 콘세트 건물들이 세워진 부대 쪽에서 보면 바다는 온 종일 우리 부대를 향해 연모의 몸짓을 하고 있는 것처럼 보이기도 하고, 매일 점령할 수 없는 성벽을 향해 푸른 깃발을 날리며 공격을 퍼붓고 있는 것 같기도 했다. 공격이 거센 날도 있고, 아예 공격을 포기하고 한 눈을 팔며 저희들끼리 장난을 치고 있는 날도 있었으나 우리가 바다에 의해 점령될 날은 없을 것 같았다. 왜냐하면 우리는 바다와 싸울 생각이 전혀 없어서 바다의 공격에 대해 항상 얻어맞기만 하고 반격하는 일이 없었기 때문이었다. 결국 바다는 싸우는 것이 싱거울 것이고 그러다 보면 싸움다운 싸움이 될 리가 없는 것이었다. 우리는, 제 마음 내키는 대로 싸움을 걸기도 하고 언제 보았냐는 듯 하늘을 향하여 구애의 몸짓을 보내기도 하는 바다를 무심한 마음으로 지켜보고 있었다. 저녁이면 아침에 고기잡이를 나갔던 전마선들이 몸을 곧추세우고 긴 그림자를 바다에 드리우며 항구로 돌아오는 것이 멀리 보였다. 저녁이면 영일만의 물속에 잠기는 큰 해 때문에 영일만은 넘치며 출렁거렸고, 물이 차가워 질겁하며 빠져드는 해가 뿜어내는 색색의 붉은 빛으로 영일만은 신들의 그림 잔치를 벌리곤 하였다. '우정의 황혼.' 나는 영일만의 저녁을 그렇게 불러보곤 하였다. 영일만의 낙조를 보고 있으면 친구를 만나는 평안한 느낌이 들면서 누구라도 그런 풍경 속에 같이 서 있으면 금방 친구가 될 것 같았기 때문이다. 그런 황혼의 풍경을 보면서 어떻게 화가가 바닷가에 이젤을 세우지 않을 수 있을 것인가. 오 중위는 그렇게 이젤 앞에 서서 수채화를 그리곤 했지만 제대로 완성된 그림을 나는 한 번도 본 적이 없었다. 그는 그림을 그리다 말고 자주 옆에 둔 낚시 의자에 앉거나 바위 위나 모래 위에 앉아 생각에 잠기곤 했기 때문에, 그의 그림이 완성되는 것을 기다리느니 차라리 고무신을 거꾸로 신고 가버린 옛 애인이 돌아오는 걸 기다리는 편이 더 나았다. 그는 자기가 그리는 그림의 완성에 별 흥미가 없는 것 같았으며, 이젤과 화선지는, 혼자 서있거나 앉아 있기가 심심해서, 동무로 데리고 나온 것 같았다. 이젤 곁에 앉아 그는 담배를 피우거나 바다를 멍하니 바라보곤 했으며 가끔 해녀들이 잡아다 주는 성게나 해삼을 안주로 소주를 마시기도 하였다. 열아홉이나 스무 살 근처의 어린 해녀들은 오랫동안 물속에 잠겨 미역이나 전복 등을 따다가 숨이 차면 수면 위로 떠올라 긴 휘파람을 불어댔으며 젊은 군인들은 혹시 자기를 향해 부는 휘파람인가 하다가 멋

적은 웃음을 짓곤 했다. 그 긴 휘파람 소리는 우리의 향수를 자극하였고 그래서 우리는 가끔 부대의 매점에서 외상으로 긋고 해녀들이 좋아할 만한 통조림이나 과자, 초콜릿 등에 소주를 한 두병씩 얹어 들고 나와 해변에서 그녀들이 나와 주기를 기다리곤 했다. 아직 젊고 호기심 많은 어린 해녀들이 술안주로는 최상급인 해삼이나 전복 등을 바구니에 들고 나오면, 아 얼마나 싱그럽고 아름다운 술파티를 대낮의 태양 아래서 벌릴 수 있었던가. 바다도 이런 파티를 좋아해서 같이 끼워달라고 곁으로 바짝 바짝 다가오며 끊임없이 졸라대곤 하였다. "아저씨, 이름이 뭐에요? 몇 살이에요? 고향이 어디에요?" 그러면 우리는 "이름은 문딩이, 꽃다운 이팔청춘, 고향은 멀리 두고 온 강원도 감자바위"라고 연극대사 외우듯 대꾸하곤 하였다. 그러면 해녀들은 "피—, 문딩이, 전복 안 준다"며 삐치곤 했고 우리는 또 그녀들을 달래느라 "노래를 불러줄까요, 춤을 춰 드릴까요?"라며 애교를 부리곤 하였다. 그러다가 멀리서 어장(漁場) 주인이라도 보이면 그녀들은 잽싸게 바닷물 속으로 숨어버렸고 우리는 파티가 끝난 것을 아쉬워하며 주섬주섬 소주병이나 먹다 남은 과자 봉지를 들고 어장 주인을 원망하며 부대로 귀환하곤 하였다.

바다가 거기 있어서 덜 외로웠던 것일까, 아니면 바다가 불러일으키는 향수 때문에 더 외로웠던 것일까. 우리는 스스로에게 의문을 날리며 바다 쪽을 향해 휘파람을 불거나 노래를 부르기도 하였다. 우리의 질문에 대하여 바다는 한결같이 '처얼석'하고 대답할 뿐이었다. '처얼이 들면 저녁,' 우리는 그렇게 해석하고 웃곤 했다. 겨우 철이 들면 곧 세상을 하직해야 할 인생의 황혼이 되어버린다는 뜻이었다. 밤이면 저녁에 고기잡이배가 실어 온 싱싱한 생선회를 안주로 막걸리를 마셨고 저녁식사는 그것으로 그만이었다. 취하면 목로집 할머니가 부르는 흘러간 유행가에 맞추어 젓가락 장단을 두드렸고, "야, 이 상병, 한가락 뽑으라우" 하는 할머니의 호통 소리에 놀라 일어나 신식 유행가를 신나게 불러 제키곤 하였다. 할머니가 '목청 좋고' 라고 웃으며 흥을 돋구어 주면 노래는 멀리서 들리는 '처얼석' 소리에 맞추어 '황성옛터'로 넘어갔다. 그 때 우리는 참 세상사는 맛을 만끽하고 있었는데, 그 때는 그것을 잘 모르고 있었다.

오 중위와 나도 젊음이 너무 겨워 우리가 서있는 삶의 자리의 제 값을 잘 모르고, 대학에서 배우고 '청춘극장'에서 읽은 '데칸쇼'를 들먹이며 괜히 심각한 헛소리를 같이 지껄였고 가끔 우리가 열을 내고 떠들던 이야기의 실마리를 잊어버려 한참씩 헤매곤 하였다. 그러다 우리는 마주보며 어이없게 웃었고 술을 마시다 보면 또 새롭게 떠오르는 화제를 찾아 다시 오리무중의 토론 속으로 빠져들곤 하였다. 비번 외출은 이박 삼일 동안이었는데, 외출 첫 날 밤에 우리는 잠 잘 생각을 아예 버리고 여기 저기 마구 쏘다니거나 바닷가의 해산물 안주를 고추장에 찍어 밤새 쓰디 쓴 소주를 마시곤 하였다. 너무 취하면 술에서 깨려고 바닷가에 나가 고래고래 소리를 지르거나 길게 팔다리를 뻗고 누워 옛날이야기를 나누거나 제대를 하면 무엇을 할지에 대하여 진지한 토론을 벌리기도 하였다. 바다는 우리의 모든 이야기를 잘 들어주었고 마을 사람들에게 한 번도 비밀을 누설한 적이 없었다. 오 중위는 평소에 말이 없었지만 술이 취하면 노래도 잘 불러댔다. 그는 약간 음치였는데 전혀 개의치 않고 생각나는 대로 여러 가지 노래를 쉬지 않고 불러댔다. 사람들이 웃어도 그는 전혀 웃지 않았으며 아주 심각한 표정으로 손을 노래에 맞추어 흔들어 가며 열심히 불렀다. 그런 그를 보고 있노라면 나는 저절로 웃음이 나왔고, '나도 좀 부릅시다.'하며 손으로 그의 입을 막기도 하였다. 그것으로 그만 둘 때도 있었지만 내 손을 밀치고 계속 부를 때도 있었다. 그러면 나는 그를 모르는 사람처럼 외면하고 다른 사람들과 딴 짓을 하거나 우리끼리 목청을 합쳐 큰소리로 다른 노래를 부르기도 했는데, 그제야 그는 겸연쩍은 듯 두리번거리며 노래를 멈추곤 하였다. 그러면 우리는 그에게 술을 따라주며 '수고했다'고 아는 체를 했고 그는 정말 순하게 그 술을 받아먹곤 하였다. 음정이 맞지 않는 노래를 계속 부르면서 그는 아마 마음에 그동안 맺힌 것들을 풀고 있었을 것이었다. 술에서 깨고 나면 그는 자신의 그러한 행동을 완전히 잊어버렸다. 노래를 제대로 시원하게 불렀다는 증거였다. 그러나 아무리 술에 취해도 그가 틀림없이 많이 알고 있을 찬송가를 부른 적은 한 번도 없었다. 어느 날 내가 술자리에서 그것에 대하여 약간 힐난조로 질문을 했더니, 그는 화를 벌컥 내며 "야 임마, 술 마셨다고 애국가 부르는 놈 봤어. 그건 국가에 대한 모독인거야. 술 마시고 찬송가 부르는 거, 그거 임마 종교에 대한 모독인거야. 너 술맛 떨어지게 굴래?"라고 일갈하였다.

"교회에 대한 회의 때문에 그만 두었다면서 뭘 그렇게 화를 내는 겁니까?"라고 내가 술김에 용감하게 되받았더니 그는 "야 임마 그저 실망하고 회의에 빠져있을 뿐이야. 그렇다고 종교의식의 성스러움이 마구 훼손되어도 좋다는 것은 아니란 말야, 알아? 짜아식."

"그럼 그 종교에 대한 회의라는 건 언제나 없어지는 겁니까? 사람이 분명해야지. 믿으려면 확 믿고 그러지 않으려면 의식이고 성스러움이고 뭐 사그리 잊어버리는 게 확실해서 좋지 않습니까?"

"뭐? 너 홍 병장 이 새끼 술 한 잔 했다고 막 까불래? 종교에 대한 회의라는 게 그렇게 동전 뒤집듯이 깔끔하게 정리되는 게 아니거든. 파스칼 같은 대단한 사람조차도 자기가 믿던 기독교에 대하여 회의를 품은 적이 있었지만, 뭐랬는줄 아니? 이 회의라는 거, 종교에 대한 회의라는 건 말이야, 신앙의 정신과 뗄레야 뗄 수 없는 불가분의 것이라고 했어."

"그럼 그 놈의 회의란 놈은 언제나 물러나는 겁니까? 교회에 대한 그 지긋지긋한 회의라는 게 언제나 끝나느냐는 겁니다!"

"내가 아냐, 네가 아냐. 알게 뭐야. 우리처럼 교회에 대한 회의에 빠졌던 사람들은 아주 많아. 옛날에도 그랬지. 그 사람들이 뭐 가만히 있었겠냐? 별의별 궁리를 다 했겠지. 내 생각은 이래 - 끄윽 - 너 사람 머리 아프게 만들래—? 그래 난 이렇게 생각한단 말야. 교회의 거 못된 위선 교만 떠는 거 — 이런 거 싸악 없어지려면, 누가 뭐라고 해봤자 다 소용없어. 지들끼리 목에 힘주고 찍고 까불다 그런 사람들 때문에 생긴 교회의 상처, 종교의 상처, 곪고 또 곪아서 어느 날 파악 터져야 끝날 거야. 와 — 숨 찬다. 그러니까 내가 뭐랬더라 — 그래 거 그런 거야. 환자의, 곪으면서 성난 상처가, 완전히 치료되려면 뭐 소염제 같은 거 먹어야 소용없어. 교회의 경우 너무 상처가 깊으니까 — 팍 팍 곪고 또 곪아서 어느 날 저절로 파악 터져야 돼. 그래야 나을 거야. 그래그래 — 야 홍 병장 — 그 때면 그 지긋지긋한 회의라는 거 다 끝나겠지, 그래. 야, 임마 술 따라 — 잔 비었잖아 —!"

그는 술에 취했었지만 제법 나 같은 엉터리도 알아들을 만큼 그럴 듯하게 설명을 하였다. 아마 평소에 수십 번 수백 번 그 문제를 곱씹고 곱씹어서 그의 의식 속에 깊이 박혀버려서 취중에도 그렇게 헛나가지 않고 이야기 할 수 있었을 것이다.

"너 알아들었니? 알아들었어? 자식, 오늘 술 좀 땡기는데 – 한 잔 더 하러가자. 거 왜 있잖아, '가슴 아프게' 노래 잘 부르는 애 있는 집, '갈매기도 내 마음 같이 목메어 운다.' 뭐 그런 노래, 그 집 이름이 뭐지?"

인천 집이었던가? 그 집에, 이 바닷가로 흘러 들어온 새 아가씨가 하나 있었는데, 나이가 아주 젊은 것도 아니었지만 괜찮은 얼굴이었고, 그저 괜히 좀 때가 덜 묻어 보인다고 할까. 좀 맑아 보인다고 할까. 뭐 그런 여자 아이가 있었다. 그 색시랑 술을 마시면 왠지 무슨 이야기든 괜히 막 하게 되고 그냥 그런그런 이야기인데도 새로운 이야기 같고 그것이 흥을 돋우고 그런 여자 말이다. 그 아이는 사람 얘기를 항상 신기해하며 잘 들어줄 줄 아는 것 같았다. 조금도 지루해하는 기색 없이 별로 돈이 없어 보이는 우리 같은 졸자의 이야기라도 질리지 않고 잘 들어 주었다. 오 중위는 자기가 졸자가 아님에도 불구하고 이 여자가 있는 술집을 좋아하는 것 같았고 뭐 약간 거나해지면 그 집으로 나를 끌고 갔다. 한 가지 더 얹어 말한다면 그런 데다 그 여자는 무식하지 않았다는 거다. 아마 최소한 고등학교는 다녔음직 아니면 대학물이라도 좀 먹었던가. 제법 이야기를 잘 받았다. 뭐 그러나 이건 순전히 우리들의 추측이고, 그런 거 알아서 뭐 할 것인가, 술 맛만 나면 되는 거지. 우리는 그 날 그 집으로 제법 노래까지 부르며 호기롭게 이차를 마시러 갔다.

그 집에는 마침 다른 손님이 없었다. 우리를 알고 있는 주인 남자도 반가워하는 눈치였다. 물론 그 날 손님이 없기도 했지만 오 중위와 나는 군인들 치곤 제법 점잖은 손님인데다가 전에 한 번 같이 코가 비틀어지게 밤늦게까지 마신 적이 있기 때문이었을 것이다. 나이는 환갑이 벌써 넘은 것 같은데 말소리나 주량이 우리 못지않았다. 다른 손님이 없으니 오늘 우리는 왕손님이었다. 그 여자 아이, 그래, 이름이 명희였다. 자기는 가명을 쓰지 않는다고 하면서 알려준 이름이었다. "어차피 잘못 풀어진 인생 이름 감춘다고 팔자가 고쳐지는 것도 아닌데, 안 그래요?" 화끈한 데가 있는 아이였다.

"우리 오늘 찐하게 한 잔 할 거다" 오 중위가 자리에 앉으며 분위기를 잡았다. "아 그러면 그 전에는 우리 집 술이 좀 싱거웠는가 봐요. 알았습니다. 맑은 조선간장 좀 타서 진한 걸로 올리지요" 명희가 말을 받았다. "나는 좀 오늘 무질서하게 놀아도 된다고 오 중위님한테 허락받았다. 알간?" 내가 으름장을 놓았는데, 명희는 끄떡도 없다. "인류가 복잡하고 무질서하게 되니까 술집이 장사가 잘되는 겁니다. 무질서, 대환영입니다. 오늘 술값 좀 오르겠네요?" 우리는 와 하고 같이 웃었다. "요 가시나 통 겁이 없다니까." 술 주문을 받으러 방문을 열고 들어 온 주인 남자가 벌쭉 웃으며 그녀에게 한마디 했다. "이 분들은 제가 다 꼭 품을 테니까 사장님은 안녕히 왔다가세요." 우리는 또 같이 크게 웃었다.

"품어준다는 말 참 듣기 좋구나. 인류가 무질서한지 세상이 무질서한지 하여튼 모두가 제 잇속 챙기느라 정신이 없는지, 사람들 마음이 싹 냉기가 돈다. 누가 나 품어준다는 사람 아무도 없다. 명희, 자 말이라도 고맙다. 고마워서 한 잔 따라 올릴 테니 먼저 받아라."

"어머 어째. 나 오늘 큰 일 났다. 어찌 두 남자를 한꺼번에 품노? 하하하."

술자리는 그렇게 시작되었다. 우리는 이미 상당히 마셨음에도 마치 한 달쯤 술을 금지 당했던 사람들처럼 빠른 속도로 술잔을 돌리며 연거푸 마셨다. 무슨 술 마시기 시합이라도 하는 것 같았다. 술이 약주였기 때문에 그랬을 수도 있다. 술도가에서 막걸리를 담가 가라앉힌 뒤 맨 위에 뜬 맑은 부분을 떠온 것이라는 약주는 큰 대포 잔이 아니라 작은 정종 잔 모양의 잔에 따라 마셨다. 대포 잔에 마시다가 조그만 정종 잔에 따라 마시니 양이 찰리가 없었다. 전작이 있는 것 같아 조금만 마시는 게 좋겠다고 사장이 약주로 올린 건데 우리는 한 잔씩이 아니라 거푸 두 잔씩 따라주기도 하고 세 잔씩 따라주기도 하며 아마 질서 없이 마셔댔던 것 같다. 명희가 이건 반칙이라며, 젊잖게 한 잔씩 자기랑 같이 순서를 지켜 마시자고 제안했다.

"세상이 무질서해 졌다고 술까지 그렇게 마시면 안돼요. 아무도 나서지 않으니 나 같은 여자라도 나서야겠어요."

"아서, 아서. 질서란 잡으려고 애쓴다고 잡히는 게 아니야. 그렇게 하는 건 독재라고 하는 거야."

"저 정도면 귀여운 독재자 아닌가요?"

"아 맞아, 명희. 명희의 독재라면 내가 즐거이 견뎌주지."

"참 오 중위님, 말이 아까하고 다르잖아요. 오래된 상처가 치유되려면 소염제 같은 거 먹어서 안 되고 왕창 곪아 터져야 된다면서요. 무질서, 이거, 귀여운 독재 가지고는 어림도 없습니다. 어디까지 가나 계속 놔둬야 제 풀에 꺾이든 곪아 터지든 제대로 치료가 될 거라고요, 안 그래요?" 내가 오 중위에게 일부러 딴지를 걸었다.

"어, 이 녀석! 금방 선생을 앞질러 가네. 네 말에 일리가 있는 것 같긴 한데, 난 자신 없어. 명희 말 들어."

"뭐가 자신이 없습니까. 사람이 초지일관 해야지. 이랬다, 저랬다."

"아냐, 그게 아냐. 나 사실 요즘 종교에 대한 회의가, 아무리 해도 안 풀려 이젠 신에게 슬쩍 시비를 걸어보려 그래."

"뭐요? 신에게 까지? 간뎅이 부으셨네. 죽어서 지옥가면 어쩌려고."

"나 지옥가고 싶지 않아. 그리고 지옥이란 없는 거야. 특히 너나 나나 명희나 우리들 같이 돈도 없고 권력도 없어 크게 나쁜 짓을 하려야 할 재주도 없는 우리 같은 사람들은, 설사 지옥이 있다 해도, 그 쪽에 신이 우리를 안 보내실 거야. 얻어터지고 욕먹고 부당하게 미움 받거나 겨우 나쁜 놈들 피해 다닐 궁리나 하는 우리 같이 연약한 존재들을, 네가 하느님이면 지옥에 보내고 싶겠니? 그저 높고 힘센 사람들 안 보는데서 흉이나 좀 보고, 혹시 누가 고자질할까 이러저리 눈치 보며, 기껏 싸운댔자 도토리 키 재기지. 피라미들끼리 박치기나 하는 꼬락서니가 우리들 사는 꼴이라고. 너 누구 네 이익 좀 빼앗아 갔다고 네 자존심 좀 건드렸다고, 네 알량한 권리 좀 침해했다고 그 사람 죽일 생각 해 본 적 있어? 너 그런 생각 꿈에도 못해봤을 거야. 나도 그래. 명희 너도 그렇지? 그런데 진짜 높고 힘 있는 사람들, 민족의 자존심이니 국가의 이익이니 국민의 권리니, 말은 번지르르하게 하지만, 세계의 역사를 보라구. 그런 사람들 실제로는 자기의 자존심. 자기의 이익, 자신의 권리를 침해당했기 때문에 서슴없이 전쟁을 일으켜 수백 수천만의 사람들을 죽였다구. 1937년에서 1938년 사이에 스탈린은 소위 '인민의 적을 일소 한다'는 구실로 무려 2200만 명에 이르는 사람들을 처형하거나 시베리아의 수용소로 보냈어. 실제의 목표는 자신의 권력을 공고히 하기 위해서였지.

실존했던 빅 브라더로 알려진 아돌프 히틀러의 600만의 유대인 학살 사건은 모르는 사람이 없지. 게르만 민족의 혈통의 순수성을 지키기 위한다는 명목은 그야말로 명목일 뿐, 결국 개인 히틀러와 그 주변 인물들의 성격의 포악성과 긴밀히 연관되어 있는 거야. 중국의 역사에서 측천무후로 알려진 여성 황제였던 무측천은 그녀가 고종 황제의 비빈이었던 시절, 황후를 모함하기 위하여 자기 딸의 목을 졸라 죽였다는 기록이 있으며, 고종이 황위를 자신의 아들에게 물려주려고 한다는 것을 알고, 자신이 그 자리를 얻기 위해 자기 아들에게 독이 든 술을 먹여 죽였데. 뇌제(雷帝)라는 별명을 가진 러시아 황제 이반 4세는 여섯 번 째 왕비가 외간 남자와 정사를 벌렸다는 것을 알고 왕비를 창문 아래의 쇠꼬챙이에 꿰어 죽였으며, 일곱 번째 아내는 그녀가 처녀가 아님을 알고 결혼식 다음 날 물에 빠트려 죽였는데, 나중에는 자기의 왕위를 이을 황태자를 자기에게 대들었다는 이유로 쇠가 달린 지휘봉으로 관자놀이를 때려 죽였어. 그런데 재미있는 것은 그가 자신의 악행이 자신의 의지가 아니라 신이 허락한 것이라고 변명하였고, 그래서 그의 악행의 정도가 심해질수록 그는 더욱 독실한 기독교 신자가 되었다는 거지. '드라큘라 여 백작'으로 알려진 에르제벳 바토리라는 헝가리의 여 귀족은 미용과 회춘에 좋다는 이유로 죄 없는 소녀들을 고문실로 데려가 손목을 찢어 피를 모두 뽑아 양동이에 담았는데, 어린 하녀 하나가 너무 일찍 죽자 그 여 백작은 '피가 너무 적었다'고 기록했다는 거야. 10년 동안 그녀의 영지 안에서 600여명의 소녀들이 사라졌고, 그녀는 소녀들의 피를 모두 통 속에 넣고 피로 목욕을 했다고 전해지고 있어. 인간이 저질렀으리라고는 상상하기 어려운 이런 범죄의 기록들은 셀 수 없이 많

아. 모두 힘 있고 권력 있는 자들이 저지른 죄악들이지. 적어도 이런 사람들은 아마 지옥에 갈 거야. 우리 같이 조그만 일에도 마음 아프고 눈물 질질 짜고 원망을 품고 또 금방 마음이 약해져서, 막걸리 한 잔에, 밭에서 갓 솎아 온 상추 한 줌에, 그것을 풀어버리는 소시민들은 신이, '허, 그놈들 참 재미있게도 사네' 그러면서 '옜다 인심 썼다. 저 천당 구석에 자리 있는 가 가봐!'그러면서 지옥 근처엔 우릴 안 부치실 거야. 내 말 틀렸냐, 명희야."

"아이구, 하느님, 지당하고 지당하십니다. 난 이래서 오 중위님이 제일 좋다니까."

"말은 그렇게 하시면서, 왜 그런 신에게 시비를 걸겠다는 거에요?"

"그래 맞아 내가 좀 오바 했나? 세상이나 종교나 모두 비슷하고 개선될 여지가 안 보여서 그런가? 어느 높은 사람 정치 잘 못한다고 투표해서 다른 사람으로 바꿔 놓으면 맨 날 그 사람이 그 사람이지. 그렇게 믿을만하고 국민을 위해서 목숨 바칠 것 같던 사람이 그 자리에만 오르면 모두 비슷해지니 무슨 말을 하겠어. 가장 덕망이 높던 교육계의 인사나 교계의 인사들 하는 것 좀 봐. 결국 다 자기 자식이나 자기의 영달을 위해, 겉으로는 국민이니 교육의 백년대계니 신의 사랑이니 그럴듯하게 포장해 놓고선, 세상을 속이는 거야. 무슨 부패 척결을 위해 새로운 법이 국회를 통과되었다고 해도 요새는 아무도 그거 크게 기대 안 하잖아. 검사, 변호사, 의사는 이미 옛날에 신용을 잃었지만 요새는 교수, 성직자들까지 위신이고 뭐고 신뢰를 잃고 있어. 누굴 믿고 우리 살까? 그래서 그런 거야. 최고 책임자는 신이니까 그 분에게 얼굴을 돌릴 수밖에 없어. 그 분에게 밖에 이제 더 물을 데가 없다고. 지금까지는 공손하게 기도만 했지. 그래도 소용없잖아. 이제는 원망이 드는 거야. 신은 초월자야. 전지전능한 존재야. 그리고 모든 정의와 선과 사랑의 창조자이고 주관자야. 우리 그렇게 믿고 있잖아. 그렇다면 그의 의지인 선이나 사랑, 정의는 세상에 완전히 실현되었어야 하는 거야. 그런데 현실은 뭐야? 정 반대잖아. 악이 더 힘이 세. 악이 더 큰 소리치고 활개치며 선량하고 마음이 약해 나쁜 짓 못하는 사람들을 협박하고 겁주지. 한 두 해가 아니라고. 인간의 역사가 시작된 이래 이런 현상은 변하지 않고 계속 반복되어 온 거야. 신은 이런 악이나 악당들을 왜 어느 날 속 시원하게 싹 제거해버리지 않으시는 걸까? 교회에서는 신의 섭리라고, 그런 소리를 하면 벌 받는다고 가르치지. 그렇다면 그런 소리 안하게, 연약한 사람들도 좀 세상 살기가 덜 억울하고 덜 슬프게 신이 좀 화끈하게 그의 뜻을 보여주면 안될까? 신은 악인에게나 성인에게나 똑같이 비를 내리시고 햇빛을 비추신다 했는데, 그렇다면 우리는 계속 그 악당들과 같이 살아야 된다는 말 아니야. 세상이 이런데 신에게 시비 걸고 싶지 않겠어. 신의 속셈을 의심하지 않겠느냐는 말이지. 홍 병장, 내 말은 그 말이야."

"오 중위님, 이제 그만해요. 나 술 한잔 따라줘요. 나도 말하라면 할 말 많은데. 면장에게 군수에게 시장에게 장관에게 대통령에게도 정말 하고 싶은 말 많아요. 전 종교, 불교나 기독교, 법당이나 교회 잘 못 가요. 하도 죄가 많아 부끄럽고 창피해서 못가요. 그런데 감히 신이라니요. 저는 오 중위님처럼 막 말 못해요. 그래도 지금 오 중위님 말 들으니까 뭐 신이 오 중위님 야단치시진 않을 것 같네요. 그래서 마음이 놓여요. 우리 오 중위님이나 홍 병장님 벌 받는 거 나 아주 싫거든요? 그러니까 이제 우리 그만하고 술 마셔요. 아까처럼 막 무질서하게 마셔도 이제 야단 안칠게요. 어서요."

우리가 말없이 가만히 앉아 있자 명희는 자기 혼자 약주 잔에 술을 따라 거푸 세 잔이나 마셨다. 우리는 그녀를 만류하였으나 그녀는 한 잔을 더 마시고 서야 우리를 똑바로 쳐다보았다.

"저도 할 말이 많다고 했죠? 나 동생이 둘이에요. 남자 동생, 여자 동생, 그리고 어머님도 계세요. 아빠가 교통사고로 돌아가시고, 엄마는 원래 몸이 약해요. 일을 조금만 해도 병이 나요. 병골이죠. 그러니까 제가 나설 수밖에 없었어요. 다니던 학교도 때려치웠어요. 공부는 나중에 해도 된다. 우선 먹고 살아야 하고 엄마 약 값 벌어야 하고, 동생들 계속 공부시키고 싶었어요. 둘 다 제법 공부 잘해요. 방직 공장이나 음식점, 고속버스 차장도 해봤어요. 수입이 우리가 필요한 만큼 되지 않았어요. 어느 날 맨 날 백화점에서 옷을 사 입고 다니는 친구를 길에서 우연히 만났어요. 가난하긴 마찬가지여서 비슷한 또래 친구들한테 이상한 눈초리를 받는 아이였어요. 자기 일하는 데 가보자고 해서 따라갔는데 근사한 싸롱이었어요. 너도 얼굴이 반반하니까 여기 나와 봐. 너희 집 식구 사는 데 지장 없을 거야. 그랬어요. 공장이나 음식점 다니면서 사실 유혹도 많았고 그거 거절하다 쫓겨나기도 했었는데, 결국 이런 싸롱에 나가야 되나 망설였지만 별 수 없었어요. 어머니가 무슨 암에 걸렸다는 진단이 나왔을 때였으니까요. 그러고 나서 나에겐 모든 게 엉망이 되었어요. 동생들은 좋았겠지만 나는 자존심도 희망도 없이 살게 되었으니까요. 점차 나이가 들면서 강 따라 흘러 여기까지 왔구요. 이런 일 하면서 항상 부끄럽고 무슨 죄짓는 거 같고 불안했어요. 하지만 아까 오 중위님 말씀 들으니까 조금 희망이 생기는 거 같아요. 내가 처음부터 이런 직업을 원하였던 것도 아니고, 술 마시고 남자들과 섞이고 담배도 피우고 그랬지만 정말 누구를 죽일 생각이나 그런 거 한 적 없거든요. 가끔 엄마가 원망스럽기도 하고 내가 꼭 동생들 이렇게 챙겨야 하나, 동생들이 없었으면 좋겠다는 그런 생각도 했어요. 그러나 바로 다음 순간 그런 생각을 하는 제가 못되어 보이고 큰 죄를 지은 거 같아 혼자 울기도 많이 했어요. 그런데 오 중위님 말씀 들으니 마음이 조금 가벼워지는 것 같아요. 저 지금 이러고 사는 거 하느님이 크게 혼내실 거 같지 않아서요. 제가 잘못 들은 거 아니죠? 그렇죠? 정말 고마워요. 오늘은 허락하신다면 제가 술값을 내고 싶어요."

"명희 술 얻어먹을 만큼 염치없는 사람들 아니니까, 그런 소리는 그만두고. 명희 이야기 들으니, 우린 명희보다 훨씬 나쁜 생각이나 나쁜 짓거리 많이 한 사람들이라 좀 미안하구 부끄럽고 뭐 그렇다. 신이 혹시 명희 지옥 보내면 우리가 결사대로 내려가 구해줄 테니까 마음 푹 놓고, 자, 우리도 한 잔 따라줘야지. 술 다 깨겠다."

"와 신난다. 오늘 밤부터 발 쭉 뻗고 잘 거 같아요. 같이 한 잔해요."

우리는 곧 새 주전자에 담겨 온 약주를 목마른 사람들처럼 꿀꺽꿀꺽 마셨으며, 다시 취기가 돌자, 돌아가며 노래를 불렀고 춤도 같이 추었다. 나도 무슨 신으로부터 큰 용서라도 받은 기분이 들어 술이 달았고, 그래서 얼마를 마시는지도 모르고 주는 대로 받아 마시고 수없이 오 중위와 명희의 잔에도 술을 부어주었다. 우리는 모두 크게 취했고 나는 내가 어떻게 그 집을 나왔는지 잘 기억이 나지 않는다. 그러나 한 가지 기억에 남는 것은 내가 명희에게 그 날 밤 오 중위를 부탁한다고 말했었다는 것이다. 처음엔 명희가 그저 웃으며 대답을 안 했던 것 같은데 나중엔 잘 모르겠다. 기억이 없다.

3

그로부터 한동안 나는 오 중위를 개인적으로 잘 만나지 못했는데, 그것은 내가 무슨 소설을 한 편 끝내 본답시고 부대의 도서관에 근무만 마치면 가서 죽치고 앉아 있었기 때문이었다. 그렇게라도 해서 나는 악이 더 힘이 센 세계에 대하여 저항하고 싶었던 것 같다. 오 중위의 고민은 바로 나의 고민이었고 다시 오 중위를 만나면 나도 고민 중인 것을 그에게 보여주어 그의 말에 나도 공감하고 있다는 걸 알려주고 싶었으며, 아니면 뭐 나도 이런 거 하나 했다라고 폼을 잡으며 맨 날 술을 얻어먹을 때 느끼는 미안함 같은 것으로부터 조금은 벗어나 보고 싶기도 했을 것이다. 그러던 어느 날 나는 같은 조의 사병들과 함께 잠시 외출을 하였고 점심을 먹으러 '인천 집' 근처를 지나가는데 언뜻 오 중위가 그 집으로 혼자 들어가는 게 보였다. '대낮에 혼자 웬 술집?' 궁금증에 나도 금방 그 집으로 따라 들어가고 싶었으나 같이 외출한 동료들도 있고 해서 나는 마음을 내리고 훗날을 기약하였다. 그러나 다음 주에도 나는 그 술집에 갈 수 없었다. 일 년에 한 두 차례 대규모로 치르는 「항공방어훈련(ADX)」이 그 주에 계획이 잡혀있었기 때문이었다.

레이더 방공 부대는 하루 24시간 대한민국의 영공을 감시하여야 했기 때문에 4개조로 나누어 교대로 근무를 하였다. ADX에는 그 사개조의 근무자들 중 최정예 요원을 뽑아 훈련에 참여시켰다. 오 중위는 그 요원으로 차출되어 있지 않았다. 방공부대의 항공 관제소에서는, 전시에 대비하여 비행사단에서 실시하는 적기 격추 훈련을, 레이더에 포착된 훈련기들의 비행을 관제하면서 돕고 있는데, 이 일을 수행하는 방공관제사들은 기하학적 수학 능력을 레이더 상에서 동원해야 하였다. 왜냐하면 공중에서 적기를 발견하는 순간 조종사는 그 항공기에 어느 방향에서 어떤 각도로 접근하여야 스스로 피해를 입지 않고 적기를 공격할 수 있는가에 대한 방법을 연습을 통하여 습득하게 되는데, 관제사는 상황에 따라 어느 높이의 고도에서 얼마만큼의 속도로 그리고 얼마나 정확한 각도에서 적기에 접근할 수 있을지에 대하여 수시로 각도를 바꾸어가며 조종사에게 정보를 제공해야 하였기 때문이다. 항공기는 속도가 빠른데다 방향전환 또한 상당히 자유롭게 할 수 있었기 때문에 관제사는 레이더 상에서 분도기의 위치를 수시로 바꾸어 가며 가능한 최상의 정보를 제공하여야 하였다. 쉬운 일이 아니었기 때문에 방공 관제사들은 여러 가지 가상 상황을 레이더에 입력시켜 놓은 시뮬레이션을 통하여 많은 연습을 하였는데, 관제사들마다 그 능력에 상당한 차이가 있었다. 오 중위는 그 능력이 C급이었고, 그래서 최상의 관제사들이 동원되는 ADX에서는 항상 제외되었다. 기하학적 수학 능력과 순발력이 필요하였는데, 대부분의 예술가 타입의 사람들에게 그런 능력은 항상 부족하였다. 사병으로서 나는 레이더 상에서 희미하게 떠오르는 항적(航跡)을 포착하는 데 다른 사람들보다 괜찮은 능력을 가지고 있었다. 아마 내 시력과 집중력이 도움이 되는 모양이었다. ADX 훈련때마다 나는 A급 요원으로 선발되어 그 훈련에 참가하곤 했다. 미리 작전국에서 치밀하게 입안된 계획에 따라, 적기가 침투할만한 예상 지역에서, 비밀리에 비행장을 이륙한 가상 적기들이, 관제소의 레이

더에 포착되는 순간 항공 방어 훈련은 본격적으로 개시되었다. K기지나 S기지, P기지나 T기지 등에서 전투대기하고 있던 전투기들이, 방공 관제소에서 내려진 출격명령을 받고 이륙하여, 레이더 부대의 추적을 요리저리 피해가며 내륙 쪽으로 접근하는 가상적기에 접근하여, 관제사들에 의해 제공되는 정보의 도움을 받아 그것을 격퇴, 추락시키는 것이 ADX 훈련의 핵심이었다. 이 훈련시간 동안 방공관제소 작전실 안은 영점 몇 초를 다투는 빠른 정보를 주고받느라 분주하였다. 작전실 맨 앞에 크게 세워져있는 투명 보드에는 그 날 이륙한 항공기의 움직임이 이 분 간격으로 추적 전시되었고, 그것을 여러 색깔의 그리스 펜슬로 보드 위에 기록하는 10명이 넘는 기록수들이 투명보드 뒤에서 바쁘게 움직였다. 왼쪽에 세워진 투명보드에는 그 날 이륙한 전투기들의 이륙시간, 전투기 조종사와 지상 관제사와의 첫 통신시간, 가상 적기를 조종사가 육안으로 확인한 시간, 격추시간 등이 즉시 기재되었고, 그 날 대한민국의 상공을 비행하고 있는 다른 항공기들의 대수와 속도 그리고 고도가 상세하게 기록되어 있었다. 관제사들은 전투기 조종사들이 일반 항공기 근처에 가까이 가지 못하도록 계속 비행정보를 제공하였다. 사실 비행기의 고도만 현저하게 달라도 상공에 뜬 항공기들의 충돌사고는 걱정할 필요가 없었다. 그 날 출격한 전투기 조종사들이 얼마나 정확하고 확실하게 그리고 더 빠른 시간에 적기를 격추하였느냐의 성공률이 항공방어훈련의 결과의 성패를 좌우하였다. 그 날 ADX는 대단한 성공이었고, 훈련이 끝나자 ADX에 참가한 전투조 전원이 출석하는 술 파티가 있었다. 작전사령관이 기분이 좋아 한 턱 내는 격려의 파티였다. 부대에서 서로 술잔을 부딪치며 장교와 사병이 한 데 어울린 가운데 파티는 즐거웠다. 그 날 작전실에서 돌발적으로 발생한 크고 작은 사건들이 주로 화제가 되어 분위기는 고조되었고 밤 열 시 무렵 파티가 끝났을 때는 모두들 기분 좋을 만큼 거나하게 취해 있었다. 곧바로 삼삼오오 짝을 지어 제2차를 위해 부대 밖의 술집들로 군인들이 쏟아져 나갔다.

나는 오 중위와 한 잔 더 걸칠 셈으로 다른 동료들을 따돌리고 그가 묵고 있는 BOQ로 전화를 걸었다. 받는 사람이 없었다. 밤 근무를 나갔거나 열두시부터의 미드나잇(midnight)근무를 위해 초저녁부터 잠자리에 들어가 있는 모양이었다. 나는 좀 늦었지만 그가 혹시 우리가 자주 가던 목로집에 있지 않을까하는 생각이 들어 부대를 나와 술집들이 모여 있는 동네를 향하여 발을 옮겼다. 그곳까지는 약 일 킬로미터 정도, 길 양쪽에는 어둠 속에 밭과 논이 누워있었고 가로등으로부터 아주 멀리 떨어져 있는 그 길은 혼자 걷기에 어떤 때는 무서운 길이었다. 약간 취해 있었기 때문에 나는 혼자 내가 좋아하는 노래를 흥얼거리며 빠르게 걸어갔던 것 같다. 거의 술 동네에 도착하고 있었는데, 앞에서 남녀가 팔짱을 끼고 앞서 걸어가고 있었다. 누굴까, 약간은 궁금해 하면서 술 동네의 밝은 불빛과 이 쪽 길의 어둠 사이로 그 두 사람을 막 지나치려는데 '홍 병장—' 하고 그 둘 중 남자가 나를 불렀다. 고개를 돌리고 가까이 보니 오 중위였다. 나는 깜짝 놀라 "이거 웬일이에요. 그렇지 않아도 BOQ에 들렀다 지금 막 저 동네로 찾아나가는 참 인데요" 하며 내가 그 두 사람 앞에 섰다. "아, 나 면회 온 사람이 있어서 약간 전에 천천히 걸어 나왔지, 인사할래? 정균 씨, 내가 아까 이야기 했던 홍 병장이야. 홍 병장 인사해. 여자 친구야." 그녀는 나에게 목례를 보냈고, 나는 "안

녕하세요, 홍 병장입니다."라고 술 냄새가 그 쪽으로 날아가지 않도록 호흡을 조절하며 인사를 했다. "우리 같이 가지 뭐." 오 중위와 그녀가 앞장을 섰고 나는 가만 가만 콧노래를 부르며 그 뒤를 따라갔다. 그녀는 키가 꽤 컸고 날씬했다. 중키 정도인 오 중위 보다는 약간 아래였지만 여자 키로서는 장신이었다. 우리는 술 동네에 있는 유일한 다방으로 들어갔는데 환한 불빛 아래 서 마주 본 그녀는 대단한 미인이었다. 조금 오만하고 고집이 세 보이는 게 약간 마음에 걸렸지만 오히려 그것 때문에 더 미인으로 보이는 지도 몰랐다. 코는 영화배우 윤정희처럼 상당한 들창코였는데 오뚝하게 얼굴의 정중앙에 고집 세게 자리하고 있었고 눈은 지적인 데가 있었다.

"그 전에 내가 잠깐 말했던가? 나 한참 교회에서 살다시피 할 때 날 광신자라고 측은히 여기며 도망간 여자."

"피ㅡ. 말은 바로 하세요. 오빠가 날 쳐다보지도 않아 내가 화가 나서 토라진 거죠, 뭐. 어머님한테 물어보세요. 내 말이 틀렸나. 홍 병장님 이 오빠 순 자기 밖에 몰라요, 그렇죠?"

"괜히 아무 것도 모르는 홍 병장 끌어들이지 말고. 그런데 어쩌지? 나 홍 병장하고 한 잔 해야 될 것 같은데, 정균 씨는 어디 여관에 들어가서 혼자 잠깐 있을래?"

"이거 보세요, 홍 병장님. 이렇다니까요. 서울에서 여기까지 자기 보러 달려왔는데 뭐 혼자 여관에 가 있으라고요? 이거 말이 돼요? 홍 병장님!"

나는 참 난처하였다. 그녀는 조금도 혼자 여관으로 갈 생각이 없는 것 같았고, 오 중위는 오랜만에 만난 나와 술을 마시고 싶은 모양이었다. 나는 어떻게 해야 할지 몰라 잠시 망설이다가 내가 양보

해야 되겠다고 생각하였다. 오 중위와 나는 자주 볼 수 있겠지만 그 여자는 그렇게 못할 것 같았기 때문이다. 나는 결단을 내려, 만류하는 오 중위의 끈덕진 눈을 뿌리치고 다방을 나왔다. 마침 다방 앞을 지나가던 동기생들과 어울려 한 잔을 더 걸친 뒤 나는 부대로 들어왔다. 오 중위에게서 전화가 온 건 그 다음 날 저녁 무렵이었다. 저녁을 살 테니 밖에 나가자는 것이었다. 나도 어제 일이 궁금했던 터라 두 말 없이 따라 나섰다. 우리는 저녁을 먹으면서 반주로 막걸리를 한 되 주문하였다.

"어제 미안했다. 나도 홍 병장 너 보내고 심란했어. 그 여자 술을 잘 못하거든. 갈 데가 없어서 인천 집에 가서 명희 씨랑 한 잔 했지."

(어! 그는 명희의 이름 뒤에 '씨'자를 붙이고 있었다.)

"정균 씨랑 같이 말인가요?"

"그럼 누구랑 갔겠어. 정균 씨는 술을 못하지, 나는 술이 고프지. 거기 밖에 갈만한 곳이 있어야지."

"분위기가 좀 고약했겠는데요."

"응, 내가 생각한 것 하곤 달리, 정균 씨하고 명희 씨 둘이 표정들이 참 묘하더라고."

"술 맛 좋았겠네요. 두 미녀 사이에서—"

"그게 아니야. 홍 병장이랑 마실 때보다 훨씬 못했어. 정균 씨가 특히 신경을 많이 쓰는 것 같았지만, 나는 모른 체하고 명희 씨랑 주거니 받거니 했지. 나중에는 정균 씨 때문에 그런지 명희 씨도 술을 사양하고 해서 나 혼자만 마신 꼴이 됐어. 야, 재미없더라. 자, 들자."

우리는 그 날 여자들 마음과 어제 치러진 ADX를 술안주 삼아 모처럼 기분 좋게 한 잔 하였다. 우리는 바다가 더 가까운 맥주 집에서 한두 잔 더 마신 후 부대로 귀환했다. 그 때만 해도 오 중위의 표정은 그런대로 나쁘지 않았다. 헤어지면서 내가 "그동안 명희 씨랑 뭐 연애 같은 거 안 했어요?"라고 묻자 그는 예의 그 '씩' 웃는 천진한 미소를 지으면서, "뭐 지난번에 자네가 날 부탁한다고 했다면서— 그 뒤로 뭐 좀 그래—"라고 우물우물 하며 BOQ 쪽으로 손을 들어 보이며 걸어갔다.

그러던 어느 날 명희 씨가 웬일로 부대로 나에게 전화를 걸어왔다. 한 번도 부대로 전화를 한 적이 없는 여자였다. 괜찮으면 저녁 식사 전 어디서 잠깐 만났으면 좋겠다는 것이었다. 가을이 오려고 그러는지 방파제 끝에 서있는 작은 등대 근처는 약간 서늘하였다. 명희 씨는 화장을 완전히 지운 맨 얼굴로 머리를 길게 뒤로 빗어 내린 모습으로 나타났다.

"홍 병장님, 오 중위님 여자 친구 만났다면서요. 어땠어요?"

"글쎄 명희 씨보다 미인일 라구요?"

"아이 농담마시고. 좋은 여자 같았어요? 아니면—"

"다방에서 잠시 이야기를 나누었을 뿐인데 그런 걸 어떻게 알아요? 안 그래요?"

"그래도 첫인상이란 거 있잖아요. 홍 병장님은 문학을 하시는 분이니까 우리 같은 사람보다는 예민하시고 사람 보는 눈이 남다를 것 같은데요. 말씀해주시면 안돼요?"

"아니 그런데 갑자기 그런 건 왜 물으십니까? 그 여자가 명희 씨한테 무슨 해코지라도 했습니까? 부대로 전화를 한 것도 그렇고—"

"해코지랄 것은 없지만, 지난 번 밤에 오 중위님과 같이 들러서

술을 마시고 간 뒤로 두 번이나 저에게 편지를 했어요.”

“편지에 무슨 말이 써 있었습니까? 무슨 심각한 내용이라도 있었습니까?”

“아니에요. 그런 건 아닌데, 처음 편지에선 뭔가 내게서 캐내려고 하는 것처럼 이것저것 꼬치꼬치 묻고, 내가 답장을 안했더니, 두 번째 편지에서는 노골적으로 오 중위님한테 가까이 해서는 안 된다고 부탁하는 것처럼 썼는데, 어쩌 느낌이 좋지 않아요. 오 중위님 말로는 뭐 특별한 사이도 아니라고 하는 데, 그 여자는 자기가 오 중위님의 약혼녀나 된 것처럼 오 중위님을 가로 막고 서서 저에게 이래라 저래라 하는 것 같아요. 기분이 너무 찜찜해요. 답장을 쓸까도 했지만 저 같은 여자가 무슨 자격으로 그럴 수 있는 것 같지도 않고 너무 답답해서 실례를 무릅쓰고 용기를 낸 거예요. 오 중위님에게는 아무 말도 말아주세요. 꼭이에요.”

나는 참 일이 이상하게 되어가고 있다고 생각하였다. 오 중위와 명희 씨가 얼마나 가까워 보였으면 정균 씨가 그 높은 콧대에 술집 여자에게 두 번이나 편지를 했었을까 싶었다. 그 사이 오 중위와 명희 씨 사이가 그렇게 가까워져 버린 것일까. 내가 그 날 밤 오 중위를 부탁한다고 했던 말은 그저 하룻밤 쯤, 신까지 원망할 지경이 된, 그의 쓸쓸함을 달래주었으면 하는 것이었는데, 뜻밖에 진도가 앞으로 팍 나간 것은 아닌지, 나는 걱정이 앞섰다. 그게 사실이라면 정균 씨가 편지를 보낸 것도 무리는 아닐 터였다. 서울에서 먼 길을 찾아올 정도라면, 그리고 그가 미술대학 교수로부터 ‘사형선고’를 받은 뒤에도 그를 계속 옹호해 주었을 정도라면, 일은 복잡하게 꼬일 가능성이 있었다. 정균 씨가 자기를 떠났다고 말했을 때의 오 중위의 표정은 큰 배신을 당했던 사람의 얼굴이었고, 그 배신감 때문에 오랜 세월을 두고 철저하게 정말 철저하게 자기의 마음속에서 그녀를 지워버린 사람의 얼굴이었던 것이다. 그렇지 않다면 먼 곳에서 자기 여자 친구가 찾아왔는데, 그 여자를 여관에 팽개쳐 두고 자기의 부하가 되는 사람과 어떻게 같이 술을 마시고 싶다는 생각을 했을 것인가. 예감이 좋지 않았던 나는 명희 씨의 부탁에도 불구하고 그 날 늦은 시간에 BOQ에 있는 오 중위를 불러내어 명희 씨의 불안과 나의 예감을 이야기 하였다. 오 중위는 너무 뜻밖이라는 듯 깜짝 놀랐고, 정균 씨에게 굉장히 화를 내는 것 같았다. 자신에게 명희 씨에 대한 감정을 확인해 보지도 않은 채로 그저 한 번 만나 본 직감에 의거하여 그런 편지를 썼다는 것을 도대체 이해할 수 없다고 하였다. 그렇게 잘난 척하면서 웬일인지 모르겠다고 그는 씩씩거렸다. 아마 자기 어머니의 사주인지도 모른다면서 그는 자기 어머니에게까지 화를 내었다.

며칠 뒤에 나를 다시 만났을 때 그는 자신이 명희 씨에게 대신 사과를 했으며 정균 씨에게는 전화와 편지로 확실하게 선을 그었다고 말하였다. 자기는 명희 씨와 지금 무슨 관계인지 확연하게 설명할 수는 없으나 정균 씨를 사랑하고 있는 것은 전혀 아니라고 확실하게 말하였다는 것이다. 술집 여자라고 해서 그렇게 함부로 인격을 모독하는 투의 편지를 해서는 안 된다고 분명히 말하였다고 하였다. 이제는 문제될 것이 없으리라는 이야기였다. 그는 상당히 흥분해 있는 것 같았다. 명희 씨로부터 다시 부대로 나에게 전화가 온 것은 그로부터 꽤 시일이 지난 후였다. 지난번에 만났던 곳과 같은 곳에서 우리는 해가 질 무렵 만났다. 그녀는 예상 외로 매우 수척해 보였고 몹시 괴로운 표정을 감추려 하지 않았다. 자기도 오 중위로부터 그가 정균 씨한테 했다는 말을 들었으며 그것으로 다시 그녀로부터 편지 받을 일은 없을 것이라고 생각하고 있었으나, 잠시 뜸하던 그녀로부터 다시 편지가 오기 시작해서 그저 며칠 사이로 계속 편지를 받고 있다면서 그 편지를 읽는 것이 자기에게는 마치 고문과 같다고 털어놓았다. 그렇다고 오 중위가 자기를 사랑한다던지 결혼을 하자던지 하는 말을 한 번도 한 적이 없으며 오히려 예전보다 술집에 오는 일이 더 뜸해지기까지 했다고 말하였다. 자기는 사실 지금 일하는 술집을 그만두고 이 곳 어디에 조그만 음식점이라도 내어 이곳에 눌러 앉고 싶은 생각을 하고 있었는데, 정균 씨 때문에 그런 계획을 포기해야 될 것 같은 생각이 든다면서 어떻게 했으면 좋으냐고 하소연 하였다. 하도 답답하여 자기도 정균 씨에게 편지를 써서 두 사람이 아무 사이가 아니라고 해명을 해주었는데도 정균 씨는 자기에게 노골적으로 자신과 오 중위를 위해 이곳을 떠나가 달라고 부탁하고 있다는 것이었다. 역시 그녀는 오 중위에게는 비밀로 해달라고 지난번과 같은 부탁을 하였다. 오 중위는 아무 죄가 없다는 것이었다. 그녀 혼자 지레짐작으로 그런다는 것이었다. 나로부터, 그 날 밤늦게, 자초지종을 들은 오 중위는 의외라는 듯 나를 빤히 쳐다보더니 다음날 명희 씨를 만나 사실을 확인한 뒤 주말에 그와 정균 씨의 집이 있는 서울로 급히 올라갔다. 그가 화가 난 것은 자기에게서 이미 떠났던 여자가 그리고 지금 자신이 전혀 사랑하지 않는 여자가 왜 자신의 일에 이렇게 간섭을 하려드는지 이해할 수 없다는 것이며 분명히 그 배후에 자신의 어머니가 있을 것이라며 어머니에게 그걸 따져보겠다고 말하였다.

이틀인가 지나서 돌아온 그의 이야기를 듣고 나는 금세 죄 없는 명희 씨가 불쌍한 생각이 들었고 오 중위도 나의 느낌에 공감을 표하였다. 집에 가서 어머니와 이야기 하는 과정에서 그는 어머니가 자기에게 아직 숨기고 이야기하지 않던 소식을 듣게 되었다는 것이다. 큰 회사는 아니지만 은행에 빚 한 푼 없이 건실한 중견 기업을 운영하던 외할아버지가 몇 달 전 돌아가셨는데, 어렸을 때부터 그를 유난히 귀여워하던 할아버지가 자기 앞으로 꽤 큰돈을 유산으로 물려주셨다는 것이다. 그 소식을 그에게 전하지 않은 것은 그 돈 때문에 그가 무위도식할 생각이나 할까봐 제대할 때 까지는 알리지 않을 속셈으로 있었는데, 엄마들끼리 서로 잘 알고 지내는 정균 씨의 어머니에게는 그 말을 무심코 했던 모양이었다. 오 중위의 말은 그 돈이 적은 회사 하나쯤은 충분히 세우고도 남을 큰돈이라 그 사실을 자기 엄마한테서 옮겨 들은 정균이가 갑자기 자기한테 훈련받을 때도 안 오던 면회까지 오고, 의심이 가는 명희 씨에게조차 자존심도 버리고 보통 때의 그녀라면 생각도 못할 짓거리까지 하고 있다는 것이었다. 정균 씨는 오 중위를 어렸을 때부터 잘 알고 있어서 그가 대학생활에서나 군에 입대한 뒤에도 특별한 여자교제를 한 적이 없다는 것을 알고 있고, 그런 점으로 미루어 명희 씨 같은 여자만 없으면 분명히 자기의 구혼을 받아들일 것이라고 생각하고 있다는 것이었다. 자신이 화가 나는 것은 그 과정에서 자신의 감정을 그녀가 전혀 고려하지 않고 있다는 것이었다. 사실 관계를 확인하지도 않고 부탁과 애원을 통하여 불쌍한 여자를 괴롭히고 있다는 것이었다. 그래서 자신은 명희 씨에게 미안해서 죽을 지경이며, 몇 번이라도 찾아가 진심으로 정균 씨를 대신하여 사과를 할 작정이라는 것이었다.

자신은 이러한 이야기를 어머니와 정균 씨한테 분명히 했다는 것인데, 어머니는 오 중위에게 정균이 만한 여자는 과분할 지경이라며 명희 같은 술집여자 따윈 깨끗이 정리하라고 했다는 것이다. 무슨 책임질 일이 있으면 돈으로 해결하라고 자기에게 명령도 하고 애원까지 하기도 했다고 말하였다. 이제 오 중위는 명희 씨에게 진심으로 미안한 마음을 가지고 찾아다닐 작정인 것 같았다. 나는 몹시 걱정스러웠다. 그렇지 않아도 보통 때는 정신이 불안할 지경인 오 중위에게 이번 일은 스스로를 통제하기 어려운 충격적인 사건이었다.

그는 군대라는 무력단체의 등에 실려 그래도 나라를 지킨다는 명제 하에 군대의 명령에 복종함으로써 자신의 정서의 불안을 간신히 통제하고 있었다. 그가 나 이외의 어떤 장교나 사병과도 별로 친하게 지내지 않고 있는 것도, 자기를 스스로 외부의 어떤, 스스로 통제할 수 없는 자극으로부터 보호하기 위한 자기방어 본능의 발로였다. 그에게 그동안 그가 참아내기 가장 어려운 상처와 고통을 준 것은 자신의 지도 교수를 비롯한 주변의 사람들이었다. 그래서 그에겐 자연과 만나는 것이 훨씬 편하였고, 바닷가에 그가 완성할 의욕이 별로 없는 그림을 그리기 위해 이젤을 세워놓고 섰거나 앉아 있는 것도, 인간을 피하여 자연과 자연스럽게 만나는 중요한 방법이었다. 다른 사람들과 이야기를 나눌 기회가 별로 없기 때문에 그는 나를 만나면 그리고 긴장된 정신을 이완시켜주는 술을 마시고 나면 그렇게 긴 연설조차 해낼 수 있을 만큼 달변이 되는 것이다. 나는 그가 다른 누구에게 자신의 종교의 문제나 신에 대한 회의의 문제 등을 그렇게 길게 털어 놓았으리라고는 상상하기 어렵다. 명희 씨는 비록 술을 파는 여자였으나 그를 그 어떤 여자 심지어는 자신의 어머니보다 평안하게 해주고 신나게 해주는 사람인 것 같았다. 그는 아직 표현을 하고 있진 못하지만 놀랍게도 명희 씨에게 깊이 의지하고 있는 것 같았다. 그는 그녀에게 자주 가는 것을 부대의 유일한 친구인 나에게까지 숨기고 싶어 하는 것 같았으며, 나는 그것을 충분히 이해하였다. 그의 지금까지의 생애 동안 명희 씨만큼 그를 세밀하게 배려해 준 여자는 없는 것이었다. 만일에 대학 시절 술집 여자가 아닌 보통의 여자로 그가 그녀를 만났다면 그는 분명히 자신이 그녀를 사랑하고 있다고 생각하였을 것이다. 그러나 지금 그는 그녀를 마음으로는 사랑하면서도, 그것이 정말 자신의 자발적인 감정의 발로인지 아니면 술을 파는 여자의 장사를 위한 상술에 의해서 자기가 속아 넘어가고 있는 것인지 구별하지 못했고, 그녀에게는 말하지 못하면서도 약간은 그녀를 의심하고 있었다. 그러나 내가 보기에 그녀는 특별한 꾸밈없이 자기의 천성에 의하여 사람들을 잘 배려할 줄 알았고, 오 중위에게도 그러한 배려를 베풀었던 것이다. 그러나 내가 오 중위를 그녀에게 부탁한 날 이후부터 그녀는 조금씩 오 중위를 보호하고 싶은 모성적 본능을 발휘하고 있었고, 오 중위가 그녀에게 정균 씨의 행위에 대하여 진심 어린 사과를 하면서 그가 그녀를 평등한 인간으로 대하고 있다는 사실을 확인하자, 그에 대한 그녀의 마음은 단순한 배려를 넘어서 자신도 모르는 사이에 특별한 감정으로 변해가고 있었다.

4

그녀의 특별한 감정은, 사람을 직업이나 사회적 지위에 따라 차별하지 않고 동등하게 대할 수 있는 그의 인간성에 대한 경이와 존경이 섞여 있는, 가장 이상적인 사랑의 형태를 띠고 있었으나 그녀는 그것을 아직 확실하게 인식하지 못하고 있었다. 오 중위는 아직 그녀에 대한 자신의 감정의 정체를 구분하지 못하고 의심하고 있는 부분이 있었으나 만일 그가 명희 씨의 그에 대한 감정의 미묘한 변화를 확인할 수만 있다면 그는 서슴없이 그녀를 사랑하게 될 것이었다. 그것은 내가 보기에 이제 시간문제였다. 그가 그녀에 대해 진실로 미안한 마음을 가지고 그녀와 대화를 나누고, 그 과정에서 그녀의 진심을 그녀의 말들 사이에서 찾아볼 수만 있다면, 두 사람 사이에 다른 모든 것은 그야말로 아무 문제가 되지 않을 것이었다. 그걸 만일 누가 어떤 식으로든 방해하려 든다면 그는 어떤 행위도 감히 할 수 있을 사람이었다. 왜냐하면 지금까지 그런 사랑을 받아본 적이 그의 일생에 한 번도 없었기 때문이며, 다시 또 그런 사랑이 그에게 오리라고 그가 전혀 생각하지 못할 것이기 때문이었다. 그만큼 그는 그를 온전히 신뢰해 주는 여성적 사랑을 갈구하고 있는 것이었다.

그가 서울에 다녀 온 지 며칠이 지난 어느 날 밤 그가 불쑥 나의 내무반에 들어와 취침하려고 누워있는 나를 명령이라며 옷을 입혀 끌고 나갔다. 그로서는 아주 드문 일이어서 내무반의 사병들이 눈이 휘둥그레질 지경이었다. 그는 이미 상당히 취해 있었고, 어떤 뜻밖의 확신에 의해 크게 고무되고 흥분되어 있는 것 같았다.

"야, 홍 병장, 나 비웃지 말기다. 나도 잘 지금 이 확신의 정체를 알기 어려운데, 나 말야. 명희 씨 있지. 그 여자를 사랑한다는 믿기 어려운 확신을 갖게 됐어. 요 며칠 사이에, 그 동안 그녀에 대하여 그리고 그녀에 대한 내 감정의 정체에 대하여 의심이 들곤 했는데,

그게 요 며칠 사이에 그녀를 만나면서 싹 사라져 버렸어. 과거에 그녀가 무슨 일을 어떻게 했는지 나는 상관하지 않아. 누구나 다 제 나름의 삶의 필연성에 의해 자기의 삶을 살았을 것이고 거기서 생기는 아픔이나 고통을 견디며 살아왔을 테니까. 그 고통은 내가 겪어 봐서 아주 잘 안다. 이런 감정 처음이야! 나 좀 꼭 안아줄래. 그리고 내가 옳다고, 지금 나의 확신이 잘못된 것이 아니라고 크게 말해줄래? 어? 홍 병장!"

나는 그의 말에 전혀 토를 달거나 사족을 붙일 생각이 없었을 뿐 아니라 그를 위하여 그의 사랑의 확신을 크게 축하해주고 싶었다. 나는 높이 떠서 우리를 지켜보고 있는 밤의 별과 수줍은 달에 걸고 그의 확신을 지지한다고 큰소리로 그에게 말해 주었으며 진심을 다하여 내 힘껏 그를 안아주었다. 그는 내 어깨에 기대어 꼼짝도 하지 않았고 어린아이처럼 울고 있는 것 같았다. 나는 그의 등을 계속 두드렸으며 그는 얼마 후 마음의 평정을 되찾은 듯 나에게서 떨어졌다.

그 뒤로 나는 그가 어떻게 하였는지 잘 모르고 지냈다. 왜냐하면 부대에서 그 때 상부로부터 문서로 하달된 각 부대 대항 '간첩박멸 산악돌파 필승대회' 훈련에 내가 부대 대표 중 한 사람으로 선발되어 특별 연습 훈련에 돌입해 있었기 때문이었다. 우리는 외출이 금지되었고, 육군의 완전군장 정도의 제대로 된 군장은 아니었지만, 우리에게는 상당히 힘든 장비를 짊어지고 매일 근처의 산들을, 기록을 체크해 가며, 최대한 빠른 속도로 돌파하는 훈련을 계속하였다. 식당에서 우리는 특별 배식을 받았고, 무엇이든 부대에서 대대장의 명으로 될 수 있는 일은 우리가 요구하는 대로 다 들어주었다. 그거라야 사실은 주로 먹는 것과 만일 우승했을 때의 특별휴가 같은 것이었지만 우리는 그러한 특혜에 고무되어 고된 훈련을 이겨나갔다. 우리는 훈련 첫 날 산비탈을 사 킬로미터 정도 구보로 강행군하였다. 평소에 그렇게 뛰어본 적이 없던 우리는 기진맥진 하였고 낙오자까지 몇 명 생길 정도였다. 그리고 다음 날부터 이틀 간 특별히 배정된 내무반에서 먹고 자고 먹고 자고 푹 쉬었다. 사흘 째 되는 날은 일 킬로미터만 최대의 속력으로 뛰었다. 그리고 다시 이틀을 푹 쉬었다. 그러고 나니 그 동안 풀리지 않았던 피로가 구보 후의 뜨거운 샤워 물과 함께 말끔히 씻겨나가는 기분이었다. 다음 날부터 우리는 이 킬로미터부터 서서히 산악돌파를 시작하였고 일주일 정도 하루에 오백 미터씩 올려가다가 일주일이 지난 순간부터 대회에서 지정한 팔 킬로미터 산악구간을 매일 속도를 조금씩 올려가며 뛰기 시작하였다. 대회를 열흘쯤 앞두었을 때는 우리에게 팔 킬로미터는 어렵지 않은 거리가 되었다. 다음 날 오백 미터를 늘렸고 다음 날 오백 미터를 더 늘렸다. 견딜 만했다. 다음 날 한 번 더 오백 미터를 올렸는데 좀 힘들었지만 견딜 수 있을 것 같았다. 다음 날 오백 미터를 줄이고 또 다음 날 오백 미터를 줄였을 때는 팔 킬로미터는 식은 죽 먹기일 것 같았다. 그리고 우리는 줄여진 팔 점 오 킬로미터를 대회 전날까지 속도를 매일 측정하며 더 빨리 뛰기 위하여 속도를 조금씩 늘려나갔다. 우리의 신체의 리듬의 적응 능력을 최대한 살린 아주 과학적인 훈련 방법이었다. 교관은 사관학교 출신 초급장교였다. 그는 사관학교 시절 유명한 럭비 선수였다고 한다. 대회 전날 산악돌파 훈련이 끝났을 때 우리는 사기가 충천하였고 팔 점 오 킬로미터 돌파 속도가 다른 부대의 팔 킬로미터 돌파 속도와 비슷했다. 우리는 자신이 생겼고 다음 날 방공 관제단 본부 인근의 야산에서 펼쳐진 본격 팔 킬로미터 시합에서 다른 부대의 팀이 넘볼 수 없는 기록으로 '제1회 간첩박멸 산악돌파 필승대회'에서 당당히 우승하였다. 대대장은 기분이 너무 좋았던지 특별휴가 일주일에 제법 쓸 만한 휴가비까지 주머니에 넣어주었다. 군대에서 그런 대우를 받아본 것은 그 때가 처음이고 마지막이었던 듯싶다. 그 사이 한 달 보름쯤이 훌쩍 지나가 버렸다.

내가 그 정말 신나는 휴가에서 돌아왔을 때 오 중위는 부대에 없었다. 그도 며칠 전에 휴가를 떠났다는 것이었다. 얼마 후 그가 귀대하였을 때 들은 것은 그녀, 명희 씨가 내가 휴가를 떠난 며칠 후 이곳을, 편지 한 장만 남겨놓고 떠났다는 것이었다. 오 중위가 그녀에 대한 자신의 사랑을 나에게 고백한 날 이후 얼마 동안 그들은 더 바랄 것이 없을 지경으로 행복했었다고 했다. 만일에 대비하여 그녀는 그 술집을 떠난 것으로 하고 술집 주인과도 입을 맞추었으며 오 중위는 그 사실(?)을 자신의 집에 알렸고 더 이상 정균 씨로부터의 편지도 없었다는 것이다. 그러던 어느 날 갑자기 정균 씨가 부대로 면회를 왔는데, 그녀가 그곳에 오자마자 먼저 들린 곳이 그 술집이었고 오 중위의 거짓말은 들통이 나고 말았다. 오 중위를 죄인 쳐다보듯이 노려보던 그녀는 다음 날 바로 자기 집으로 돌아갔는데, 며칠 후 이번에는 오 중위의 어머니와 정균 씨의 건장한 오빠까지 함께 그 술집에 쳐들어 왔다는 것이다. 명희 씨가 있는 술집에서 무슨 난리를 어떻게 피웠는지 그는 보지 못하였으나, 들은 바에 의하면 그 오빠가 술집 주인에게 사기꾼이라고 욱박 지르며 파출소로 끌고 가겠다고 협박하며 소란을 피웠고, 오 중위의 어머니가 보는 앞에서 명희 씨는 정균 씨가 불러주는 대로 다음 날까지 짐을 싸서 이곳을 떠나겠으며 오 중위와는 다시 만나지 않겠다는 각서까지 썼다는 것이었다. 상당한 액수가 든 봉투가 명희 씨와 술집 주인에게 건네졌음이 분명하다고 하였다. 오 중위의 어머니와 정균 씨가 무슨 말을 명희 씨에게 했는지는 정확히 알 수 없으나, 명희 씨는 그야말로 다음 날, 부대에 있는 그에게는 전화 한 통 없이, 그녀의 마음이 담긴 편지만을 남기고 그곳을 떠났다는 것이었다. 그가 연말에나 나가려는 휴가를 미리 떠난 것은 순전히 그녀를 찾기 위한 것이었다. 그러나 아무리 수소문해도 그녀의 종적을 찾을 수 없었고, 결국 자신의 어머니의 집에 들러 어머니와의 결별을 선언하고 부대로 돌아오는 길이라고 하였다. 그는 약간 얼이 빠져 있는 것 같았다. 오 중위는 명희 씨가 남기고 간 것이라며 꼭 접힌 종이 한 장을 나에게 불쑥 내밀었다.

"오 중위님, 저 명희에요. 저 지금 떠나요. 오 중위님을 꼭 한 번이라도 보고 떠나고 싶지만, 그러면 못 떠날 것 같아서 그냥 지금, 떠나요. 짧았지만, 지금 뒤돌아보니, 몇 달, 저의 평생에 가장 행복했어요. 내가 오 중위님을 믿듯이 그냥 믿어만 주세요. 명희가 진심으로, 한 남자를 사랑함으로써 행복하였다는 것을. 오 중위님의 어머님 말씀은 생각할수록 옳아요. 제가 당분간은 사랑의 힘으로 오 중위님을 행복하게 해 줄 수 있을지는 몰라도, 조금만 세월이 더 지나면 그건 곧 깨질 거예요. 저희 같은 직업 가진 사람들 중 그런 사랑의 끝을 더러 보았거든요. 제가 술집 여자로서 오 중위님을 만난 것이 너무 원망스러워요. 이 직업만 아니었다면 오 중위님 어머님도 이렇게 까지 모질게 나오진 않았을 것이라고 했어요. 미안해요.

오 중위님 어머님이 주신 돈, 당신 돈이라네요. 꽤 많지만 그냥 받아가요. 오 중위님이 저에게 주신 것으로 알게요. 저의 사랑이 가짜인 것으로 오해받을 수도 있다는 것 알아요. 그러나 진심이었던 것, 오 중위님만은 아실 거예요. 오 중위님이 항상 저의 행복을 바래주었듯이, 저도 오 중위님 행복 빌게요. 누구를 만나시건 오 중위님의 깊은 속마음을 볼 수 있다면, 오 중위님의 저 마음 깊은 곳의 죄 없는 절망의 정체를 알 수 있다면, 그 분도 저처럼 오 중위님을 사랑하게 될 거예요.

제가 받은 돈 저는 돈으로 생각 안 해요. 그래서 받은 거예요. 오 중위님의 저에 대한 사랑의 물증으로 받은 거예요. 사랑이 어찌 돈으로 증명될 수 있겠어요. 그러나 눈에 보이지 않는 것은 금방 잊혀 지더군요. 저금통장에 넣어두고 오래 오래 당신의 따뜻한 손길 만지듯 가슴에 안고 잠들 거예요. 이 돈을 쓰지 않을 수 있기를, 당신이 아직 버리지 않은 신에게 빌게요.

제 살의 가장 깊은 곳을 송곳이 찌르듯이 마음이 아파와요. 그러나 저는 더 깊숙이 그것을 찔러 넣을 거예요.

안녕히 계세요. 부디 안녕히.
명희가.

편지 읽기를 마치자, 나에게 곧 그녀의 진심이 느껴지는 것 같았다. 그녀는 진심으로 오 중위를 사랑했던 것이다. 그를 보내주는 것이 오 중위의 미래를 위해서 더 나은 결단이라고 그녀는 진심으로 생각했던 것이다. 그리고 감히 그것을 실천했던 것이다. 돈을 받기는 상당히 망설여졌을 것이다. 그녀의 말대로 그녀의 오 중위에 대한 사랑이 거짓으로 생각될 소지가 아주 많은 행위인 것이다. 그녀가 그 돈을 받은 것은 오 중위로 하여금 자신에 대한 사랑을 끊게 하기 위한 비책이었던 것이다. 오해를 받더라도 그러한 그녀의 행위는 오 중위로 하여금 일말의 배신감을 느끼게 해 줄 것이며 그것은 바로 사랑의 확실한 종말을 위한 보증이 되어 줄 것이었다. 편지의 끝부분에 명희 씨가 그 돈을 쓰지 않을 수 있기를 신에게 빈다는 말은 그녀의 진심일 것이었다. 그리고 오 중위도 그것을 느꼈던 것이었다. 그래서 그는 즉시 휴가를 신청하였고 휴가 기간 내내 그녀를 찾아 전국 구석구석을 헤매었던 것이다. 그러나 그는 실패하였고 얼이 빠진 채로 부대로 돌아온 것이다. 나는 그를 어떻게 위로해야 할지 도저히 말을 찾을 수 없었고, 그저 그를 뒤에서 꼭 안아주는 것밖에 아무 것도 할 수가 없었다. 술을 같이 마시고 싶었지만 그만두었다. 술을 마시면 그의 감정이 폭발해 버릴 것 같았기 때문이었다. 나는 내가 무슨 마스코트처럼 위 호주머니에 넣고 다니던 아주 조그만 영어 성경을 그의 손에 쥐어주었다.

"이 속에 오 중위님을 위로해 드리고 싶은 내 마음이 있어요." 나는 겨우 그 말 밖에 할 수 없었다.

그 뒤로 나는 부대의 사람들에게 그에게 술을 권하지 말 것을 부탁하였고, 조심스럽게 그를 살피면서 아슬아슬한 마음으로 그가 그 충격에서 벗어나 주기를 간절히 바라고 있었다. 그러나 전혀 엉뚱한 곳에서 그에게 충격이 왔고 그는 마침내 폭발해버린 것이었다. 공교롭게도 그 부대를 지나쳐 가던 청와대 암행 감사팀이 한 장교의 자살 사건을 놓칠 리 없었고, 한 달 후 대대장과 중대장은 전격적으로 이등병으로 강등되어 강제 전역되었다. 그들의 죄목은 '폭행 및 직무유기로 인한 자살 방조죄'였다고 한다.

월광곡

그 해, 나는 여름방학이 몹시 기다려졌다. 고등학생이 되고 나서의 첫 여름방학이었다. 몇 달의 긴장된 첫 학기가 끝난다는 해방감에 대한 기대가 물론 가장 큰 이유였을 것이다. 나는 읍내 고등학교 입학시험에서 우연히 일등으로 합격되었었기 때문에, 적어도 1학년 동안은 계속 일등의 성적을 유지해야 될 것 같은 중압감에 시달려 왔다. 누가 그래야 한다고 말한 것도 아닌데 스스로 그런 생각이 들었던 것 같다. 어쩌면 일등으로 합격한 보상이 예상 외로 컸던 때문인지도 모른다. 3년간 수업료 및 등록금 면제의 혜택에 입학한 첫날에 입학수석 장학금이라고 생각지도 못한 액수가 든 금일봉까지 받았던 것이다. 그 돈으로 나는 제일 먼저 중국집에 가서 친구들과 그 동안 그렇게 먹고 싶었던 자장면과 만두를 실컷 사먹었고, 언감생심, 평소엔 감히 상상조차 못했던 탕수육까지 시켜먹었다. 물론 읽고 싶었던 책도 사고 교복도 사 입었지만, 탕수육까지 용기를 내어 사 먹고 나자 그만 그것이 가슴에 걸린 것 같았다. 너무 비싸서 한 번도 나의 용돈으로는 생각조차 할 수 없던 그 달콤하고 새콤한 그러면서도 쫄깃쫄깃한 육고기를 실컷 먹고 난 뒤 나는 덜컥 겁이 났던 것이다. 이렇게 맛있는 것까지 장학금으로 사먹었는데 계속 일등을 못한다면, 학교의 선생님들이나 친구들 그리고 어머니와 동생들에게 크게 미안하고 창피할 것 같았기 때문이다. 나는 이 탕수육이 계속 가슴에 걸린 채로 긴장한 상태로 한 학기를 오직 학교 공부와 그 고약한 '일등'에 매달려 지냈기 때문에, 방학은 나에게, 그 턱없고 모진 긴장으로부터의 속 시원한 해방의 느낌을 만끽하게 해 줄 것이었다. 그 지긋지긋한 교과서로부터, 피를 말리는 시험으로부터, 해도 해도 끝이 없는 공부로부터 나는 자유로울 수 있을 것이고 항상 모자라던 잠도 한 번 실컷 잘 수 있을 것이었다.

그러나 나의 여름방학에 대한 은근한 기다림의 저 밑바닥에는, 방학이 되면 자기 집으로 가방을 싸들고 돌아 올 경희를 보게 될 것이라는 기대가, 부끄러운 듯 조용히 엎드려 있었다. 나와 같이 C읍의 중학교를 졸업한 그녀는 부모님의 권유와 자신의 평소의 희망에 따라 도청 소재지가 있는 J시의 여자 간호학교에 진학해 있었다. 그녀는 간호복을 입은 병원의 간호사들을 부러워하였고, 자기도 좋은 간호원이 되어 병든 환자들을 정성껏 보살펴 주고 싶다고 자주 말하였던 것이다. 그러나 내가 경희와 남다르게 가까워진 것은 그녀가 간호원이 되고 싶다는 것과는 별 상관이 없었다. 물론 경희가 흰 색과 검은 색이 적절하게 조화된 멋있는 간호복을 입고 아픈 환자들을 돌보고 있는 모습을 가끔 나의 상상 속에 떠올려 보는 것이 과히 나쁘지는 않았다. 하지만 경희와 내가 가까워진 이유는 그녀가 언제부터인가 갑자기 영어에 흥미를 갖게 되기 시작하면서 부터였다. 중학교 2학년 학기 초에 그녀의 학교에 영어선생님이 새로 부임하셨는데,

경희는 그 선생님을 몹시 좋아하게 된 것이었다. 그 선생님에게 잘 보이고 싶다는 생각이 그녀를 사로잡은 것 같았고, 그러자니 영어 잘 하는 것은 그녀에게 필수적인 일이 되었다. 아마 그 무렵 부터였다. 몇 집 건너에 사는 경희가 학교에 갈 때나 집으로 돌아올 때, 나를 만나면 이전과 다르게 아는 체를 하고 가끔은 '안녕' 이라고 인사를 한다거나 그 때 마다 미소를 던지기까지 했던 것은. 조금 더 가까워진 뒤에 스스로 짐작하게 된 것이지만, 그 이유는 내가 그 무렵 우리 학교에서는 제법 영어를 잘한다고 뜬소문이 나 있었기 때문이었다. 나는 그 때 학교에서 배우는 영어 교과서 외에, 일본인인 소야라는 교수가 썼다는 「소야영문법」을 차근차근 읽고 있었는데, 그 책 속에 우리가 학교에서 배우는 영어의 문법이 더 많고 좋은 예문과 함께 교과서보다 더 상세하게 설명되어져 있었다. 아마 형이나 누나가 읽던 책이었을 텐데, 그 책을 읽기 시작하면서부터 나는 영어시간에 선생님이 묻는 질문에 몇 번 맞는 답을 할 수 있었고 시험도 예전보다 더 잘 보게 되어 영어선생님의 칭찬을 자주 듣고 있었다. 동네 아이들의 소문이란 항상 과장되기 마련이어서인지 어느 새 나는 우리학교 2학년 학생 중 영어를 가장 잘하는 학생으로 소문이 나 있었다. 나는 그 소문이 아주 부담스러웠는데, 왜냐하면 아이들은 내가 무슨 영어박사나 되는 것처럼 영어에 대하여 자기들이 모르는 것을 나는 모두 알 수 있으리라고 생각하였고 무엇이나 영어에 관련된 것이면 나에게 들고 왔기 때문이다. 아는 것도 있고 모르는 것도 있어서 아는 대로 대답해 주곤 했는데, 공부를 잘하는 소수를 제외한 나머지 아이들은 그 정도만으로도 나를 영어박사처럼 뜬소문을 날리고 다녔다. 가끔은 교무주임이었던 영어선생님이 수업 중에 갑자기 교무실로 불려 가시거나, 한 번쯤인가, 수업을 한 시간 거의 모두 못하신 적도 있는데 그 때 선생님은 내 이름을 갑자기 불러, 나에게 남은 시간 동안 배우던 부분을 학생들에게 읽어주고 따라하게 하라거나, 번역을 해주라거나 하곤 하였다. 물론 내가 항상 착실하게 예습을 해온다는 것을 알고 계시기 때문에 잠깐 동안 그런 일을 시킨 것이긴 하였으나, 아이들은 그것이 선생님이, 내가 대단한 실력이 있는 것으로 평가하고 있는 증거라고 오해하여 더욱 더 과장된 소문으로 나를 치켜세웠다. 물론 그들이나 나나 그 나이에 영어를 잘 몰랐기 때문에 그랬겠으나 하여튼 나는 그 소문 덕분에 경희의 호감을 사고 있었다.

'너 영어 잘한다며?'로 시작된 경희의 질문은 점차 어려워져서 나는 그녀의 질문에 모른다는 대답을 하지 않기 위해, 정말 경희를 위하여, 늦은 시간까지 영어공부를 하게 되었다. 그 덕분에 나는 2학년이 끝나갈 무렵에는「소야영문법」책을 다섯 번 쯤 독파하였고, 그러고 나자 중학교 3학년 교과서까지 별로 어렵지 않게 읽을 수 있게 되었다. 그녀의 질문의 범위도 대강 그 범위를 넘지 않았기 때문에 나는 그럭저럭 나에 대한 뜬소문에 흠집을 내지 않는 수준에서 조마조마 하고 있었다. 언제 내가 모르는 질문을 할까 아주 겁이 났기 때문이다. 그래서 나는「소야영문법」외의 다른 참고서도 구해 읽기도 하고 잘 모르는 부분이 나오면 누나에게 물어서라도 해답을 얻어내 놓고 있었다. 그러니까 내 영어공부는 순전히 경희의 질문에 대답하기 위한 공부였다. 누나는 어느 날 그걸 알고 피식 웃었는데, 다행히 '너 경희 좋아하냐?' 같은 정말 어려운 질문은 하지 않았다. 경희는 자기 학교에서 배우는 영어 교과서를 들고 처마 밑에서 나를 기다리기도 하고, 자기 선생님이 내어 준 숙제를 들고 내 방 창문을 두드리기도 하였다. 때로 문장이 좀 길 때면 교회로 나를 끌고가 아무도 오지 않는 빈 교육실 같은 곳에서 같이 해석해 보자고 나를 책상 앞에 앉혀 놓곤 하였다. 그 대가로 경희는 가끔 과일이나 과자, 자기가 가정실습 시간에 만든 떡 같은 것을 가져다주곤 했는데, 항상 먹어도 먹어도 배가 출출했던 소년시절 이어서 그런지, 그것들이 그렇게 맛이 있을 수가 없었다. 경희는 가끔 「소야영문법」을 몇 페이지까지 읽었냐며, 그것을 자기가 읽은 부분들과 비교해 보곤 했는데, 3학년 쯤에 나는 그 책을 여러 번 읽어서, 그녀가 묻는 영어의 문법 정도는 대충 그녀가 만족할 만큼 설명해 줄 수 있었다. 그러면 경희는 '어쩜 너 그렇게 영어를 잘 하니.' 라던가 '너는 어떤 식으로 공부하니.' 아니면 부모님이 안 계실 때 자기 집에 와서 영어를 좀 가르쳐 달라느니 하는 말을 하곤 하였다.

한 번은 자기 영어선생님이 항상 아침 일찍 자기학교 뒷산에 올라가 산책을 하시는데, 산책이 끝나면 항상 들고 가신 영어단어집을 꺼내놓고 어떤 바위 위에 앉아 그것을 읽고 계신다며, 아침 산책에 한 번 뒤따라가 보자고 하기도 하였다. 그 선생님은 학생들이 쓰는 단어장이 아니라 훨씬 크고 길쭉한 단어장에 새로운 단어들을 쭉 적어 놓고, 학생들처럼 한 단어씩 외우느라 낑낑거리지 않고 꼭 외운다는 특별한 생각 없이 그 단어장을 넘기면서 계속 읽기만 한다고 경희는 말하였다. 항상 아침이면 늦잠을 자는 나의 버릇 때문에 한 번도 같이 가보진 못하였으나, 경희는 자기 친구들이랑 아니면 혼자 아침 산책에 선생님의 뒤를 좇아 산책을 다녀왔으며, 감히 선생님 근처에 가까이 다가가진 못하고 근처에서 선생님이 단어장을 넘기며 소리 내어 읽는 소리를 들었다고, 약간 흥분된 어조로 나에게 설명을 하고는 하였다. 언젠가는 일요일에 우연히 읍내의 도서관에서 경희를 만나 같이 집으로 돌아오던 중에 경희가 좋아하는 영어선생님을 멀리서 보게 되었는데, 경희는 그야말로 존경과 선망을 담아 '저기 저 분이야, 우리 영어 선생님!' 하며 내 소매를 끌었는데, 나의 어린 눈에 그 선생님은 키가 별로 크지 않고 옷도 소박한 차림이었지만, 어딘가 세상을 뚝 떠난 듯한, 우리들이 사는 세계와는 다른 세계에 사는 사람 같은 표정으로 앞만 보고 걷고 계셨다. 햇빛을 많이 쏘이지 않은, 얼굴이 흰 그 선생님은 약간은 도사 같기도 하였다. 경희가 약간은 들뜬 목소리로 전하는 말에 의하면 그 선생님은 얼마 전에 정신병원에 입원하신 적이 있는데, 영어공부를 너무 열심히 해서 머리가 약간 돌아버렸었다고 하였다. 다른 영어 선생님들은 외국인이 오면 슬슬 피하거나 어눌하게 대화를 나누는데, 그 선생님은 영어회화에도 능통하여 외국인과의 대화에 전혀 막힘이 없다는 것이었다. 실제로 그 후로 나는 시내의 길가에서 가끔 그 선생님이 많은 어린 학생들이 앞뒤로 둘러싸고 걷는 가운데, 코 큰 외국인과 자연스럽게 대화를 나누며 걷고 있는 것을 몇 번 본 적이 있었다. 1950년대 후반, 우리가 살고 있던 읍 단위의 도시에서 외국인을 보는 것은 썩 드문 일이었고, 키 크고 잘 생긴 외국인과 한국 사람이 같이 대화를 나누며 걷는 모습은 어린 아이들에게는 드문 구경거리였다. 어느 날은 경희가 우리 집에 나를 급히 데릴러 와서 나를 끌고 나갔는데, 바로 그 영어선생님이, 영국의 포인타 종류의 키가 크고 꼬리가, 잘린 것처럼, 짧은 개를 데리고 자기 부인과 함께 근처에 관광을 온 외국인 부부와 같이 대화를 하며 걷는 장면을 나에게 보이기 위한 것이었다. 그녀는 부끄러운 것조차 완전히 잊어버리고 내가 딴 곳을 보아서는 안 된다는 듯 내 손을 꼭 잡고 그 선생님을 따라 나를 계속 끌고 갔다. 경희는 그 선생님이 더욱 존경스러운 것 같았고, 나는 경희의 존경을 듬뿍 받고 있는 그 선생님이 몹시 부러웠다. 물론 그 분이 영어회화를 아주 잘하는 것이 샘이 나게 부러웠던 것도 사실이다.

경희는 피아노를 잘 쳤다. 언니가 서울에서 음악대학에 다니고 있어서인지, 아버지가 공립중학교의 선생님이었던 그녀의 집은 항상 음악소리가 그치지 않았던 것 같다. 보통 우리가 듣는 유행가가 아니라 경희가 '클래식' 이라고 말한 이태리 가곡이나 오스트리아의 낭만파 시대의 작곡가인 슈베르트의 가곡 등을 그녀의 집에서 들을 수 있었고, 음악을 아주 좋아하는 경희 어머니의 취향 때문인지 그 집 식구 모두가 음악 애호가들이었다. 그녀는 초등학교에 들어가기 전부터 피아노 학원에 다니며 연주 솜씨를 익혔고, 집에 어른들이 없는 방학 때는 나를 자기 집에 불러 놓고, '소녀의 기도'나 '엘리제를 위하여' 등을 나를 위해 연주해 주기도 하였다. 피아노 소리가 그렇게 감미롭고 아름다운 줄을 나는 그 때까지 전혀 몰랐다. 갑자기 솟아오르는 영감처럼 경희가 치는 피아노 소리는 나를 신선하고 전혀 낯선 세계로 끌고 갔으며 나는 그 세계가 설명할 수 없이 좋았다. 피아노를 치는 동안 경희는 꿈꾸는 숲 속의 소녀 같았으나 가끔 나에게 미소를 던져주어 그녀가 이 세상, 나와 가까운 곳에 살고 있음을 확인해 주곤 하였다. 어디서 구해왔는지 경희는 플로렌스 나이팅게일이 간호복을 입고 하얀 캡을 쓰고 찍은, 전신이 드러난 흑백사진을 피아노 옆의 벽에 걸어 두었는데, 나는 그 사진을 볼 때 마다 경희가 천사 같은 모습으로 전쟁터에서 군인 환자들을 돕고 있는 광경을 상상하곤 하였다. 그러한 모습은 그녀의 어린 시절부터의 꿈이기도 하였다.

중학교 3학년 가을에 우리는 교회에서 해마다 가는 가을 산상예배에 동행하였다. 나는 항상 가을에 산에서 온 교인들이 모여 하루를 즐기는 이 산행을 좋아하였는데, 그 해에는 다른 해 보다도 더 좋은 프로그램이 많아서 우리는 모두 즐겁고 행복하였다. C읍에는 초산과 외산이라는 두 개의 산이 있었는데, 외산은 평소에 사람들이 접근하기에 쉽지 않은 가파른 산줄기와 험한 계곡들이 있어서, 토요일이나 일요일에 우리는 주로 경사가 완만하고 어린이 놀이터까지 중턱에 마련되어 있는 초산에 친구들과 함께 오르곤 하였다. 그러나 일 년에 한 번 있는 가을 산상예배에 우리는 항상 등산하기 어려운 외산을 택하곤 하였다. 목사님의 설명에 의하면, 세상에 살아 계실 때 예수님은 항상 편하고 쉬운 길을 택하지 않고, 약한 자, 병든 자, 삶이 어려운 자들 편에 서는 어려운 삶을 택하셨다. 우리도 예수의 그러한 삶을 상기하는 날을 일 년에 하루쯤은 가져야 되지 않겠는가. 예수님이 우리 앞에 가셨으니 우리도 그의 뒤를 보며 어려운 길을 따르는 심정으로 초산보다는 힘든 외산으로 올라가는 것이라고 교인들을 열심히 설득하였다. 그러면서 항상 오십 줄을 넘기신 목사님이 모든 교인들의 선두에 서서 사모님의 손을 잡아주며 산행에 앞장을 스셨다. 아무도 이의를 제기할 수 없는, 의미 있는 산행이었다. 다행스러운 것은 초산이 오르기는 편하나 산봉우리에 여러 사람이 같이 쉴 만한 넓은 장소가 없는데 비하여, 외산은 오르기는 힘들지만 산봉우리에 넓은 공터가 있어, 그 곳에서 교인들이 달리기도 하고 보물찾기도 할 수 있었다. 산 위에서 부르는 찬송가는 누구에게나 신나면서도 거룩한 느낌을 주었고, 항상 길지 않은 산뜻한 산상설교는, 교인들에게, 평소의 약간 지루해지기도 했던 주일 설교를 이의 없이 용서하게 만들었다. 그 날 경희는 점심식사 후의 찬송가 경연대회에서 금상을 받았고 나는 50m 달리기 시합에서 일등상을 받았다. 우리는 기분이 한껏 좋았다. 그런데 마지막 무렵에 문제가 생겼다.

남녀 학생의 화합을 위해 각 학년 별로 남녀 한 쌍씩을 각기 한 쪽 발을 끈으로 단단히 묶고 뛰는 협동 경기가 있었는데, 나와 한 짝이 된 경희가 일등을 하고 싶어 너무 빨리 뛰려는 나와 보조를 맞추려다 무리가 되었는지 결승전의 끝 무렵에 한 쪽 발을 삐끗하여 그만 넘어져 버린 것이었다. 나도 같이 넘어지긴 했으나 두 다리가 멀쩡했고 경희만 정강이 근처가 쿡쿡 쑤시고 퉁퉁 부어, 응급처방을 하긴 했지만 제대로 걸을 수 없는 부상자가 되어버렸다. 모든 순서가 끝나 하산해야 했는데, 통증 때문에 걸을 수 없는 경희를 부축해서 내려갈 일이 큰 걱정이었다. 처음에는 여학생 둘이 경희의 한 쪽 어깨씩을 양쪽에서 부축하여 내려가기 시작했는데 속도가 느려 차츰 뒤로 처졌고, 결코 쉬운 길이 아니었기 때문에 그녀들은 금방 지치고 말았다. 나는 그들 뒤에 따라가며 길이 험한 곳에서 조금씩 거들곤 했는데 약간 늦게 하산을 시작해서 그런지 해가 금방 질것 같았다. 약간 앞서 가던 경희의 아버님이 합세하여 우리는 일행의 맨 뒤에서 길을 재촉했는데 산의 반쯤을 내려왔을 때 우리는 다른 일행과 완전히 멀리 떨어져 있었다. 하지만 우리는 같이 찬송가를 부르거나 좋아하는 노래들을 불러가며 서로 힘을 북돋우며 천천히 산을 내려왔다. 하산 길의 사분의 일 쯤을 앞두고는 길이 완전히 어두워졌다. 우리의 걸음은 어둠 때문에 더 느려졌고 처음부터 경희를 부축해오던 두 여학생은 완전히 탈진해버렸다. 경희 아버지의 결정에 따라 우리는 그 두 여학생을 먼저 내려 보냈다. 결국 나와 경희 아버지가 경희를 양쪽에서 부축하여 조심조심 산길을 내려왔다.

그 사이 우리는 서로 여러 가지 이야기를 나눌 수 있었는데, 경희 아버지는 나의 학교생활과 집안에 대하여 물었고, 나는 대강의 학교생활과 아버지 없이 어머님과 형, 누나 그리고 남동생과 여동생이 있는 우리 집안 이야기를 있는 그대로 말씀드렸다. 형과 누이는 그 때 집안 형편이 여의치 않아 입주 가정교사로 남의 집에 가서 살고 있었다. 경희 아버지는 나의 장래 희망에 대해서도 질문을 하였는데, 나는 초등학교 때 담임선생님에게 적어 냈던 대로 대학교수가 되는 것이라고 대답하였다. 어렸을 때는 나중에 커서 무엇이 될지에 대하여 별로 생각해 본 적이 없었는데, 초등학교 오학년 때인가 담임선생님이 장래 희망을 써내라는 말에 나는 한 동안 생각하다가 머리가 희끗희끗하고 두툼한 책을 옆구리에 낀 대학교수가 멋있을 것 같아 그렇게 써냈다. 경희 아버지는 대학교수가 되려면 공부를 아주 많이 해야 되고 그러려면 머리도 좋아야 하지만 돈도 많이 들거라면서 결코 쉽지는 않겠지만 절대 꿈을 버리지는 말라고 격려까지 해주었다. 경희에게도 내 미래의 꿈에 대하여 이야기한 적이 없었기 때문에 경희도 그 날 내 희망을 듣고 약간 놀란 것 같았다. 사실 그 당시나 지금이나 우리 C읍엔 대학이 없어서 대학교수가 된다는 것은 저 하늘의 별나라로 가는 것만큼이나 가능해 보이지 않는 꿈이었다. 점차 어둠이 짙게 깔리자 하늘에 별이 하나 둘 보이기 시작하였고 우리의 하산은 더 힘들어지긴 했으나 이런 저런 이야기를 하느라고 나는 힘든 것을 잊어버리고 있었다. 산 아래에 내려왔을 때 경희 아버지는 몹시 지친데다 평소에 좋지 않았던 허리의 통증까지 겹쳐 몹시 괴로워하시는 것 같았다. 결국 내가 경희를 업을 수밖에 없었다. 그러나 별로 무겁다는 생각이 들지 않았다. 경희는 창피하다면서 업히지 않으려 했으나 아버지의 명령으로 할 수 없이 업혔는데, 놀랍게도 집에 도착할 무렵에는 내 등에서 잠이 들어 있었다. 경희 아버지는 어이없다는 듯 웃었고, 경희는 두고두고 자기가 결코 잠들지 않았고, 잠든 척 했을 뿐이라고 우겼다.

J시로 유학(?)을 간 뒤에 경희는 용감하게도 우리 집 주소로 편지를 보냈는데, 야단을 칠 것 같았던 어머니는 웬일인지 아무 소리도 안하시고 매 번 경희의 편지를 봉투도 뜯지 않은 채 얌전히 내 책상 위에 올려놓으시곤 하였다. 어머니는 누나를 통해서인지, 교회에서 가끔 성가대 반주를 하는 경희를 익히 보아서인지, 내가 경희에게 관심이 있는 것을 알고 계셨던 것 같았다. 어머니는 또 경희의 품행에 대해서도 어느 만큼 신뢰를 하고 계신지도 몰랐다. 나도 경희의 하숙집 주소로 답장을 하였다. 방학 두 주 전의 편지에서 경희는 자기가 초등학교 국어 교과서에 나와 있는 베토벤의 「월광」을 그 동안 자신 있게 연습하였으니, 방학이 되어 집에 오면 나를 초대해서 들려주겠다고 말하고 있었다. 나는 초등학교 5학년 때인가 베토벤이 눈 먼 신기료장수의 딸에게 창밖의, 구름에 따라 얼굴이 가리워졌다 밝아졌다 하는, 달 빛을 보며 즉흥적으로 연주해 주던 피아노곡에 대한 이야기를 교과서에서 읽고 그 곡에 대한 환상을 가지고 있었기 때문에 그 편지를 받고부터 방학이 빨리 시작되기를 은근히 기다리

고 있었다.

그 해 여름방학은 어쩌면 나의 생애 속에서 가장 행복했던 시간이었다. 일부러 달이 훤하게 뜬 보름 무렵 부모님이 없는 날 경희가 나를 특별히 초청해서 베토벤의 피아노 독주곡 「월광」을 들려 준 밤은, 지금 돌이켜보면, 이 세상에 존재했던 시간이 아닌 것 같다. 그녀는 어디서 구해 왔는지 포도주까지 한 잔 씩, 손잡이 부분이 날씬하게 솟아 오른 둥근 포도주 잔에 따라 놓고 있었고 이것저것 맛있는 과자와 초콜렛, 그리고 아직 어디서 내가 본 적이 없는 상표가 붙은 아이스크림 통까지 응접실의 테이블 위에 올려놓고 있었다. 마치 왈츠의 세 박자에 맞춘 듯 세 개의 저음이 계속해서 건반 위에 울려 퍼지며 시작하는 「월광」은 나를 완전히 이 세상과 다른 나라로 데려갔다. 그 곳은 달나라였고 나는 그 나라의 정적에 잠긴 숲 사이를 사색에 잠겨 걸으며 달나라의 밝았다 어두워지기를 반복하는 하늘을 아무 생각 없이 쳐다보고 있었다. 나는 경희조차 잊어버렸고 나의 집, 나의 친구들, 어머니까지도 잊어버렸다. 나는 완전한 무중력의 상태에서 밤에 베토벤이 우연히 찾아갔던 신기료장수의 허름한 집을 생각하였고, 더러운 세상을 눈으로 보지 않아, 마음이 산골짜기 사이를 흐르는 물처럼 맑았을 그의 눈 먼 딸을 내내 생각하였다. 경희가 연주를 끝낸 것도 나는 의식하지 못한 채, 내 머리 속으로, 내 가슴 속으로 나는 계속, 더 두들겨 지지 않는 피아노의 건반을 통하여, 베토벤의 즉흥연주를 듣고 있었다. 경희도 내 기분을 알았는지 연주를 끝내고도 나를 건드리지 않았고 얼마 후에야 나는 경희가 내 뺨에 갖다 대는 아이스크림의 차가운 감촉 때문에 경희의 방과 경희의 눈동자 속으로 돌아왔다.

우리는 그 날 한 학기 동안 나누지 못했던 밀린 이야기를 나누느라 열두 시를 알리는 통금 사이렌 소리가 울릴 때까지 서로의 이야기 속에 빠져 있었었다. 경희는 간호학교에서 겪은 새로운 경험들을 가능한 한 자세하게 나에게 이야기하였기 때문에 나는 마치 내가 간호학교 캠퍼스에 들어가 있는 듯한 느낌을 받았다. 성이 소씨인 음악선생님이 기말에 음악성적을 매기기 위해 학생들에게 부르게 했다는 헨델의 「라르고」이야기로부터 그녀가 J시에서 다녔던 교회이야기, 고등학생부 이야기, 영어회화를 가르치러 오는 수녀이야기, 대학교수인 성가대 지휘자가 지휘하는 모습이나 그가 그녀의 반주솜씨를 칭찬해 주던 이야기 등, 경희의 이야기는 내가 하는 이야기보다 훨씬 재미있었다. 그 소 선생님은 라르고의 시작 부분인 '옴(ohm)'의 라음을 될 수 있는 대로 쉬거나 멈추지 않고 긴 호흡으로 부른 학생에게 좋은 점수를 주는 것으로 소문이 나서 자기도 첫 라음을 멈추지 않고 길게 빼느라 끝 무렵에는 숨이 멎어 죽는 줄 알았다고 경희는 말하였다. 모든 학생이 다 마찬가지로 숨이 넘어가는 줄 알았는데, 어떤 학생은 시계를 앞에 놓고 누가 더 오래 계속 숨을 참았는지 시간을 초 단위까지 측정하고 있었다고 하였다. 경희가 따라준 포도주는 그냥 내게는 씁쓸하기만 하였는데, 경희는 그 술이 교회의 목사 딸인 자기 친구에게서 딱 두 잔 정도 얻어온 것이라고 나중에 말해 주었다. 교회에서 매년 한 번 치르는 성찬식에 쓸 포도주 중에서 그녀의 엄마 몰래 딸이 슬쩍 빼돌린 것이었다. 나는 그 성스러운(?) 포도주에 의해 경희와 나의 관계가 세속의 다른 남녀들의 평범한 관계와는 다른 신성한 관계로 승화되는 것 같아 그것을 마시면서 마음이 몹시 엄숙해지기까지 하였다. 경희는 반 잔 쯤 마시고 얼굴이 빨개졌는데, 나는 아무렇지도 않았다. 경희는 내가 술을 아주 잘 마실 소질이 있다면서 앞으로 조심하라고 경고까지 하였다. 나는 나중에 경희가 남긴 포도주까지 다 마셨는데도 아주 멀쩡하였다. 틀림없이 술꾼이 될 소질이 충분한 것 같았다. 경희가 가게에서 포도주를 사지 않고 어떻게 목사의 딸에게 그런 부탁을 할 생각을 했는지, 나는 그 날 이후로 가끔 그 생각을 하며, 경희에 대한 나의 마음을 순수하게 가지려고 몸을 여미곤 하였다. 신 앞에 부끄러움이 없는 관계, 그게 그 때 마다 내 머리에 떠오른 생각이었다. 그렇다고 내가 경희에 대하여 어떤 부끄러운 생각을 했다는 것은 아니다. 나는 우리 둘만 그 집에 있었던 그 시간에 조차도 한 번도 경희의 손을 잡을 생각조차 한 적이 없었다. 전혀 그런 생각이 들지 않았다. 같이 서로 얼굴을 보며 이야기하는 것으로 나의 마음은 충분히 들떠 있었고 부족함 없이 가득하였다.

경희가 C읍보다 큰 J시에서 그녀의 몸에 묻혀온 다양한 도시의 채취들은 예민한 감수성을 지닌 내 또래의 소년들에게는 놀라운 자극이었다. 우리가 좁은 C읍에서 경험해보지 못한, 다른 언어와 얼굴모양 그리고 문화를 지닌 외국인과의 접촉이나, 유명인들의 연주회에 대한 느낌, 그리고 동년배 학생들의 문학서클 같은 다양한 과외활동 등에 대한 정보는 더 넓고 더 높은 세계에 대한 나의 갈망을 키워주었고, 그러한 갈망의 세계에 도달하기 위해선 지금보다 더 죽어라고 열심히 책도 읽고 음악도 듣고 외국어 공부 특히 영어회화 연습도 많이 해야 되겠다는 생각을 하게 만들었다. 경희의 새로운 경험은 교회에서 만나는 우리 또래의 친구들에게 신선한 정신의 세례를 경험하게 하였고, 더 큰 꿈을 위하여는 더욱 분발해야 되겠다는 새로운 각오를 다짐하도록 자극하였다.

그러나 그 해 여름방학의 여러 가지 일들 중, 경희와 나를 정신적으로 더욱 친밀하게 만든 것은 8월 중순 무렵의 무더위에 깊은 산속에 자리 잡은 기도원에서 개최된 부흥회였다. 기도원이라는 단어가 주는 은밀하고 배타적인 느낌이나 부흥회가 풍기는 약간의 광신적 분위기를 불식시킬 만큼 그 해의 여름 부흥회는 개방적이고 통쾌하였다. 우선 기도원이 위치하고 있는 C도의 산 속의 풍경이 답답하거나 음침한 구석이 전혀 없었다. 산 속에 어떻게 이렇게 넓으면서도 아늑한 공간이 있었을까 하고 놀랄 만큼 부흥회 장소는 사방이 탁 트인 느낌을 주면서도 오붓한 느낌을 동시에 주었다. 꽤 넓은 공간을 가진 흙과 짚으로 이어 만든, 기도원의 예배당 내부가 우선 찌는 듯한 여름 더위로부터 참석자들을 격리시켜 주었고, 예배당 아래로 보이는 넓은 개울이 시원한 느낌을 배가시켰다. 굉장히 큰 바위들 사이를 혹시 기죽을세라 제법 큰 소리를 내며 흘러내리는 개울물은 그야말로 장관이었다. 그 계곡은 작고 큰 폭포가 내는 소리와 엄청난 수량을 지니고 있었는데, 그 넓은 개울은 산의 꽤 높은 곳으로부터, 우리 기도원이 있는 곳을 지나 훨씬 아래쪽으로 길게 흘러내리고 있었다. 바위와 바위 틈 사이로는 적당한 크기의 그늘을 만들어 주는 나무들이 작은 바람에도 그 여린 이파리들을 가벼이 흔들며서 있었고, 그 나무그늘 아래로는 서너 명으로부터 열 사람 정도의 사람들까지 돌아앉을 수 있는 평평한 바위들이 자리를 펴고 있었다. 예배당 건물과 개울의 주변, 넓고 광활해 보이는 산과 하늘 아래로는, 수백 그루의 늙고 젊은 나무들이 울창한 초록색 숲을 이루어 참가자들의 눈을 시원하게 해주었다. 강사들의 설교 수준이나 내용도

학구적인 데가 있어서 평소에 교회의 설교에서 애매하다고 생각했던 성경의 내용들에 대한 분석적 접근을 보여주고 있었다. 젊은이들의 기독교에 대한 이성적 비판을 세밀하게 검토하여 그 비판들에 대하여 납득할 만한 해답을 제시하고 있는 설교들과, 파스칼이나 루터가 경험했으리라고 기록된 신의 드높은 은총을 느끼게 해주는 설교들이 잘 섞여져 있는 부흥회였다. 종교 속에 깃들어 있는 신적인 부분과 인간적인 부분이 골고루 다루어진, 보통의 부흥회에서 듣기 어려운 설교의 내용들이 참석자들의 영혼을 고양시켜 주고 있었다.

인도자의 감동이 철철 넘치는 찬송인도와 수많은 참석자들의 열띤 화답으로 이루어진 찬양예배의 순서가 끝나고 나면, 우리는 삼삼오오 짝을 지어 곳곳에서 우리를 기다리는 나무그늘 아래 바위 평상 근처로 흩어졌고 우리는 그 곳에서 아직 남아있는 예배의 열기를 천천히 식히며 설교의 내용 중 우리를 자극했던 내용이나 새로운 의문 사항들을 가지고 기분 좋은 토론을 벌였으며, 토론의 끝은 항상 모두의 깊은 공감을 아우르는 '아멘-' 과 새로 배운 찬송가 부르기였다. 그러한 분위기 속에서 우리는 복잡한 학교 공부를 잊었고, 잡다한 일상의 걱정들을 푸른 하늘 저 편으로 날려버렸으며, 무엇인가 분명치는 않았으나, 가슴 벅찬 희망과 꿈, 저 천상의 알 수 없는 존재에 대한 그리움, 그런 것들로 인하여 서로 사이에 생기는 공감의 따스함과 우정 속으로 빠져들곤 하였다. 그것은 너무도 신선한 경험이어서 우리는 마치 그 순간 그 곳에서 우리가 한 무리의 성인이 되고 있다는 강렬한 느낌을 받았다. 특히 새벽 예배가 끝난 뒤의 계곡의 신선한 바람과 폐부 깊숙이 스며드는 맑은 공기는 우리를 지금까지 한 번도 느껴본 적이 없는 거룩한 경건의 침묵 속으로 끌고 갔다.

그 여명의 햇빛 속에서는 잠시 고양이처럼 세수하는 일도, 칫솔에 치약을 묻혀 이를 닦는 일도, 전혀 다른 차원의 세계의 일 같았다. 나는 지금도 그러한 순간들 속에, 내 앞이나 옆 아니면 저 아래 쪽 바위 곁에서 보았던 일들이, 또는 수건을 목에 건 채 세수를 끝내고 자기의 자리로 돌아가던 사람들의 얼굴과 모습들이, 일상의 세계와는 다른 공간과 시간의 배경 속에 조용히 멈춰있는 느낌을 가지고 있다. 그것은 내가 그 전에 숨 쉬고 있던 대기와는 다른 별의 대기, 다른 세계의 빛, 다른 혹성의 감각 속에 있는 것 같은 시간들이었다. 경희는 주로 자신의 가족이나 여자 친구들과 어울려 움직였고 나도 주로 교회의 친구들이나 가족들과 같이 움직였다. 이른 새벽 세수를 하러 비누와 수건을 들고 개울로 내려가거나 올라갈 때, 예배당에 들어가거나 나올 때 우리는 마주치기도 했지만 특별히 따로 만날 엄두는 내지 못하였다. 주위의 분위기가 어쩌면 너무 엄숙하고 경건하였기 때문일까. 우리는 우연히 마주칠 때마다 가벼운 미소를 나누거나, '기도 많이 했어?' 라거나 '견딜만 해?' 정도의 인사말을 교환했을 뿐이었다. 그러나 그 미소와 간단한 인사말의 여운 속에 우리는 부흥회가 끝나 하산한 뒤의 깊은 만남을 수없이 약속하고 또 약속하였다. 따로 만나지 못하고 멀리서 보는 그리움 속에, 경희와 나의 영혼은 우리도 의식하지 못할 만큼 크게 성숙하고 있었고, 세속의 세계를 잊게 해주는 계곡 안의 새벽과, 그 뒤로는 다시 그런 느낌으로 들을 수 없었던 영적인 설교들이, 우리를, 우리의 의식이 예전에 겪어보지 못한 높이로 고양시키고 있었다. 그 부흥회 이후 경희와 나는 우리가 만나는 마음의 장소가 그 이전의 장소와는 달라진 것을 의식하였고 그 느낌 때문에 우리는 놀라고 감격하였다.

그러나 시간의 흐름은, 계곡에서 흘러내리는 물들이 그 물줄기가 만나는 나무뿌리나 크고 작은 바위 또는 계곡의 특수한 지형에 따라 여러 모양으로 변하듯이, 인간들이 세월 속에서 만나는 예측할 수 없는 상황에 따라 그들의 삶의 모양을 여러 가지로 바꿔놓고 만다. 우리 집에 닥쳐 온 변화는 우리가 전혀 예기하지 못했던 심각한 것이었다. 자신의 빼어난 바느질 솜씨에 의지하여 홀로 조그만 양장점을 꾸려오던 어머니가 갑자기 폐렴으로 병원에 입원하셨고, 어머니의 지원을 받지 못하게 된 형은 다니던 대학에 휴학계를 내고 자원하여 논산훈련소에 입소하였다. 누나는 서울에 홀로 남겨졌고 어떻게든 대학을 마쳐보겠다고 입주 가정교사를 하던 집에서 안타깝게 버티고 있었다. 하루 두 끼 밥을 먹여주고, 겨우 점심값과 버스요금을 때울 수 있을 정도의 용돈으로 누나는 버티고 있었다. 가끔 어머니에게 원조를 청하던 누나는 어머니의 병원 생활이 예상 외로 길어지자 점차 편지를 보내지 못하였다. 편지를 보내 보았자 어머니를 더 괴롭게 하거나 스스로가 더 초라해 보이기 때문일 것이었다. 나 자신도 아마 입학시험에서 장학금을 받지 못했더라면 학교를 그만 두었어야 할 형편이었다. 그만 두고 어머니의 입원비라도 벌어 보려고 휴학을 생각하기도 하였으나, 그 이야기를 꺼냈다가 어머니에게 크게 호통을 당한 뒤로, 어떻게든 하루 빨리 고등학교라도 마쳐야겠다는 쪽으로 생각을 바꿔야 했다. 어머니는 내가 만일 학교를 그만 두면 당장 죽더라도 병원에서 나가시겠다는 강경한 입장이셨고, 어떻게든 병원비는 친척들을 통하여 융통할 수 있으니 절대 경거망동하지 말라고 울면서 애원까지 하셨던 것이다. 이러한 일이 나의 고등학교 2학년과 3학년 동안에 일어났고 3학년 겨울방학 중 우리 식구는 나를 제외하고는 모두 근처 시골에 사시는 이모 댁으로 추위를 피하러 떠났다. 당장 땔감을 살 돈이 궁했던 것이다. 나는 비록 춥긴 했지만 공부를 위해서 홀로 냉골 방에 남기로 하였다. '설마 얼어 죽지는 않겠지.' 라는 마음의 결의가 나의 마지막 보루였다. 다행히 집에 있는 요와 이불이 옛날의 좋은 솜을 두둑이 넣어 만든 두툼한 것이어서 웬만한 추위는 견딜 수 있을 것 같았다. 그리고 나는 무쇠처럼 튼튼한 젊은이였다.

나는 요대기를 반으로 접어 두 겹으로 깔고 이불을 뒤집어 쓴 채 밥상 위에 책을 펴놓고 읽었다. 견딜 만 하였다. 나는 정말 못 견디게 추워지면 가까운 산에 가서 나무를 해 올 작정까지 하고 있었다. 비록 대학에 합격한다 해도 입학금이 없어 진학은 못하겠지만 적어도 최선을 다해 공부하여 시험이라도 쳐보고 그만두겠다는 것이 당시의 내 심정이었다. 추위 때문이었을까? 의외로 집중이 잘 되었고 공부의 진도도 빨랐다. 아마 밥상 위에 켜놓은 호롱불이 만드는 차분한 분위기 탓도 있었을 것이다. 그 뒤로도 가끔 그 시절의 호롱불 켜진 내 방의 모습이 떠올라, 흩어지곤 하던 내 마음을 숙연하게 붙잡아 주곤 하였다. 깊은 밤, 추운데, 밖에 있는 화장실에 나가기 싫어 참고 참다가, 전투하듯 잽싸게 다녀와 방문을 열었을 때 내 눈에 들어온 호롱불 켜진 방의 쓸쓸하면서도 호젓한 분위기는 나를 금방 다시 공부에 몰두할 수 있게 해주었다. 그 때 그 차갑고 외로운 방의 분위기는 시간이 지나면서, 합격해도 대학에 들어갈 수 없는 수험준비를 하는 나에게 매서운 결기를 불어 넣어 주었고, 그 결기로 인하여 생긴 절망적 용기는 한 겨울의 맹렬한 추위 속에서 나를 지켜주었다. 호롱불 켜진 방 안에서 매 순간 뿜어져 나오는 견디기 어려운 냉기는 어쩌면 죽기 아니면 살기라는 아직은 어린 나의 차가운 결단에 꺼지지 않는 뜨거운 불이 되어 주었다. 추울수록 나는 더욱 더 내 안의 독기를 돋구어 가며 뜨겁게 공부에 매달렸다.

그러던 어느 날 밤중이었다. 아마 새벽 두시나 세시쯤이었다. 누가 내 방의 창문을 가만히 두드리는 소리가 들렸다. '이 밤중에 누가?' 라는 생각으로 나는 '내가 잘못 들었겠지' 라며 책으로 다시 눈을 돌렸다. 그러나 잠시 후 다시 조심스러운 노크 소리가 났고 곧이어 '동수야 나야!' 라는 숨죽인 목소리가 들렸다. 틀림없는 경희의 목소리였다. 나는 깜짝 놀라 일어섰고 외투를 걸칠 틈도 없이 공부하던 그대로의 옷차림으로 튀어나가 문을 열었다. 내가 문을 열자마자 외투를 걸친 경희가 나를 쳐다보지도 않고 내 방을 향해 뛰어갔고 나는 엉거주춤 경희의 뒤를 따라 방으로 들어갔다. '야, 방이 뭐 이래, 너무 춥다!' 그러면서 경희는 내가 앉아있다 튀어나온 그 자리로 재빨리 들어갔다. 나는 그 앞에 놀란 표정으로 서 있었는데, 경희는 고개를 들어 나를 쳐다보더니, '뭐해? 이리 들어와' 라며 손을 내밀어 나를 이불 속으로 끌어들였다. 나는 호롱불이 꺼질까 조심하면서 경희의 곁에 앉았는데, 경희는 '너 계속 이러고 있었어? 이 추운데, 이리 가까이와. 얼어 죽지 않은 게 신통하네.' 라면서 나를 두 손으로 꼭 안아주었다. 경희의 그러는 품이 너무 자연스러워 나는 잠시 그녀의 가슴에 안겨 가만히 있었다. 마치 갑작스레 아이가 된 기분이었다. 사실 나는 그 즈음 공부와 사투를 벌리고 있었기 때문에 아무 데도 밖에 나가지 않았고 심지어는 주일 날 교회에도 나가지 않았다. 하느님이 이해해 주시리라고 나는 믿고 있었다. 경희도 사실은 그 즈음 나를 찾지 않았고 우리는 한동안 소강상태였다. 우리

집 형편을 그녀도 대강 알고 있었으며, 나는 대학도 갈 수 없는 형편에 그녀를 만나지 않는 것이 좋겠다는 생각이 들어 고등학교 시절의 마지막 겨울방학이었지만 그녀를 찾지 않았었다. 경희는 아마 간호학교 졸업 후 간호사로 어디 취직할 궁리로 바빴을 것이었다.

'동수야 춥다, 어떻게 좀 해봐!' 앉은 자세가 불편하였고 그 자세로는 아무래도 추위를 견디기가 힘들었는지 경희가 나를 쳐다보며 재촉하였다. 난로도 방에 없고 방에 불을 땔 나무도 없었기 때문에 나는 마음이 옹색해 졌다. 내가 궁리해 낸 것은 밥상을 윗목으로 밀어올리고 반으로 접었던 요를 펴서 그 위에 이불을 넓게 펴 경희를 그 속에 눕게 하는 것이었다. 나는 밥상 옆에 앉았는데 경희는 '야 너는 안 춥냐? 이리 들어와, 얼른―' 하면서 나를 이불 속으로 끌어들였다. 두 사람 모두 완전히 옷을 입고 있었기 때문에 약간 거북스럽긴 했지만 그렇게 나란히 눕게 되자 차츰 이불 속이 따뜻해지는 것 같았다. 그런데 웬일 일까, 조금씩 따뜻해진다고 느끼면서도 나는 계속 몸을 떨고 있었다. '왜 이러지?' 나는 스스로도 이상해서 떨지 않으려고 심호흡을 하며 마음을 느긋하게 하려고 애썼지만 잘 되지 않았고 몸의 떨림은 계속되었다. '동수 너 왜 그렇게 떨어, 나까지 떨리잖아, 왜 그래, 이리 가까이 와봐.' 경희는 내 쪽으로 몸을 돌려 눕더니 나에게 몸을 밀착시켜 나의 떨림을 진정 시키려는 듯 한 손으로 나를 꼭 끌어안았다. 그래도 나는 계속 떨고 있었다. '이상하다, 추운 것 같지는 않은데 웬일이지?' 그러면서도 나는 계속 떨었다. 경희는 '너 계속 떨고 앉아서 공부해서 그런가보다, 어쩌지?' 하며 내 뺨을 손으로 만지거나 옷 위로 내 어깨나 팔뚝 그리고 다리 등을 두드리거나 손으로 문질러 주기 시작했다. 그런데 웬 일 일까,

그녀가 내 몸을 문지르기 시작하자 내 몸에 약간 이상한 변화가 생기는 듯하였다. 나는 반듯이 누워 있었는데 몸의 아래 부분이 차츰 가득 차 오는 느낌이 드는 것이었다. 그녀가 내 몸을 두드리거나 문지를수록 그 느낌은 더욱 강렬해졌고 나는 문득 그것이 나의 '그것' 때문인 것을 알게 되었다. 가끔 혼자 잠결에 그런 느낌을 받은 적이 있기도 하고 아침에는 항상 예외 없이 '그것'이 솟아있는 것을 느끼곤 했던 것이다. 어쩌다 잔뜩 부풀어 오른 느낌을 견딜 수 없어 손으로 그것을 만지작거리다 중학교 때 체육선생님에게서 배운(?) 자위를 한 적은 있었으나, 누가 나의 몸을 건드림으로써 이런 일이 생기리라고는 전혀 생각지 못하고 있었다.

나는 깜짝 놀라 어쩔 줄 모르고 꼼짝도 못한 채 그 자세로 누워있었는데, 어느새 경희도 그 눈치를 챈 것 같았다. 나의 그 부분 옆으로 오르락내리락 하며 내 몸을 문지르던 그녀의 손에 어느 순간 그것이 감촉되었던 것이다. 그녀는 그 순간 약간 주춤하는 것 같았는데, 그녀의 손끝에 약간 닿았던 나의 그것은 그 순간 맹렬한 기세로 솟구쳐 오르고 있었다. 나는 너무 창피해서 그 순간 몸을 그녀의 반대쪽으로 돌려 누웠다. 그녀는 내 어깨에 손을 올린 채 잠시 가만히 멈추어 있었는데, 경희가 문득 내 어깨를 툭 치더니 '너 뭐 느꼈지? 나는 다 알아, 학교에서 병원 실습시간에 그걸 보기까지 했는데 뭐.' 라고 말하였다. '뭘 보았는데?' 라고 나는 금방 물었고 그녀는 대답 대신 내 등 뒤에 손을 댄 채 큰 소리로 한동안 웃었다. '남자 그거 여자가 만지면 자연스럽게 그렇게 되는 거야. 아주 정상적인 반응이지. 네가 성불구자가 아닌 정상적인 남자라는 증거야. 그러니까 부끄러워 말고 이쪽으로 돌아누워, 응?' 하며 내 몸을 자기 쪽으로 돌려 누이려 하였다. 하지만 나는 완강하게 버텼다. 그것이 전혀 가라앉지 않았기 때문이었다. 나는 경희가 내 몸의 상태에 대하여 그렇게 말하는 것이 놀라웠고 그 때 처음으로 그녀가 간호학교 졸업반이라는 것을 제대로 안 것 같았다. 곧 병원으로 나가야 할 시기니까 그 동안에 인간의 몸 특히 환자의 몸의 여러 가지 증상에 대하여 많이 배웠을 것이었다. '그러니 이 깊은 밤에 둘이만 있는 방의 한 이불 속에서 일어난 나의 불상사에 대하여 그렇게 침착하게 웃기까지 하며 이야기를 하고 있는 것이구나.' 나는 그런 생각을 하며 경희에게 '미안하다'라고 말했는데 경희는 뭐가 미안하냐며 자기는 오늘 밤 아주 정상적인 한 남자의 성 반응 테스트를 한 셈이 되었다고 내 어깨를 툭 쳤다.

'사실은 나 오늘 밤 너랑 이야기를 좀 하고 싶어서 왔어, 나 용감하지? 하지만 너와 나 사이에 요즘처럼 그냥 만나지도 않고 지내다가 어떻게 헤어져 버리거나 남남이 되어버리지 않을까 생각하니 참을 수 없어서, 이렇게 온 거야. 솔직히 말하면 난 요 근래에 내가 좀 나쁜 여자가 아닌가, 그런 생각을 했어. 너의 집 형편이 차츰 난처해지고 있다는 걸 들으면서, 선뜻 너를 위로해 주려고 찾아 온다던가 편지 한 장 쓰지 않고 있었거든. 내가 왜 이런 거지? 라고 스스로에게 물으며 답을 찾아보려 했는데 분명하게 그걸 찾지 못했었어. 그러다가 요 며칠 전 어떤 심리분석에 관한 책을 읽다가, 이런 내 마음의 상태가, 약한 것에 대한 인간의 본래적 거부감과 관계가 있다는 생각을 했어. 약하다는 말 속에는 여러 가지 뜻이 있어. 육체적으로 강하지 못하다는 뜻에서부터 어떤 사람의 형편이 악화되고 나빠진 것까지를 모두 내포하는 포괄적인 개념이야. 나도 역시 인간이기 때문에 약한 것이나 약해진 것에 대하여 심리적 거부감을 가지고 있었나봐. 지금도 마찬가지야. 책에서 그런 사실을 읽은 후로 반성하는 마음보다 오히려 그런 나 자신에 대해 안심이 되는 거 있지. 아, 내가 특별히 나쁜 아이는 아니구나. 모든 인간이 다 나 같은 상황이 되면 그러는 것이구나 라고 말이야. 하지만 지금까지 한 이야기는 전부 나의 머리에서 나오는 이성적 사고의 결과야. 이성은 내가 특별히 나쁜 사람이 아니라고 나를 안심시키는데, 이 가슴은, 내 감정은 전혀 안심이 되지 않고 두근거리며 초조해 지는 거야. 안심이 되는 순간은 짧고 초조하고 양심이 자꾸 찔림을 받는 순간은 길고, 뭐 그런 거야. 동수야, 나 어떡하지, 나 나쁜 애지? 그렇지.' 그러면서 경희는 내 몸을 자기 쪽으로 억지로 돌려 내 가슴에 머리를 기대왔다. 그녀의 이야기를 듣는 동안 내 몸은 떨림을 멈추고 있었고, 그 곳도 잠잠하게 가라앉아 있었다. 나는 그녀의 질문에 뭐라고 대답해야 할지 알 수 없었다. 경희가 나쁜 아이라거나 못된 여자라고 대놓고 말할 수 있을 것 같지도 않았지만, 그렇다고 좋은 여자라고 말할 수 있을 것 같지도 않았다. 나는 아무 말도 하지 못한 채, 내 가슴에 기댄 경희의 머리카락을 천천히 아주 천천히 쓰다듬고 있었다. 그것은 내 마음을 천천히 가라앉히려는 본능적 몸짓이었다. '그 사이 우리는 이렇게 멀어져버린 걸까? 우리 집안의 몰락(?)이 그렇게 가까웠던 여자의 마음을 나로부터 천천히 떠나가게 하고 심리적 거부감을 느끼게까지 해버렸단 말인가. 이 여자를 야단칠 수 있을까. 아니면 곧 재기할 수 있으니 나로부터 멀리 가지 말라고, 심리적 거부감을 거두어 버리라고 용감하게 큰 소리를 쳐볼까?'

내가 생각에 잠긴 채로 그녀의 머리카락을 무의식적으로 쓰다듬고 있는 동안 그녀도 그녀가 머리를 기댄 내 가슴 언저리를 천천히 쓰다듬고 있었다. 그녀는 내가 무슨 말인가 해주기를 초조한 마음으로 기다리고 있을 것이었다. 그녀가 나를 쓰다듬어 주는 것은 나를 위로하기 위해서일까 아니면 자신의 마음의 혼란을 가라앉히기 위해서일까. 내가 계속 입을 열지 못하고 있자 경희가 내 가슴을 툭 치더니 자신에게 말하듯 나지막하게 중얼거리듯 말하였다. '그래, 네가 무슨 말을 왜 못하는지 알 것 같아. 너는 속으로 그러겠지. 그래 가고 싶은 쪽으로 가는 거지. 나를 떠나도 네가 행복하다면 말없이 보내준다. 그런 거겠지. 넌 마음이 좋은 애니까. 하지만 나도 알아. 상대방이 약해 보일 때 대부분의 여자들은 오히려 그 약함 때문에 동정하는 마음이 생겨 상대방을 더 배려하고 모든 것을 다 바쳐서라도 그를 강하게 해주려고 노력할 수도 있다는 걸. 나도 그런 생각이 없는 건 아니야. 네가 한없이 측은해 보이고, 안됐고, 금방 달려와 너의 머리를 안고 마음을 다해 위로해 주고 싶었어. 마음은 정말 그랬어. 그런데 나는 왜 너한테 달려오지 않은 걸까. 그것이 나 스스로도 이해가 잘 안되었어. 그런 내가 가증스럽기도 하고 밉기까지 했어. 그런데도 나는 너의 약함을 향하여 너에게 닿을 만큼 멀리 손을 내밀지 않고 있었던 거야. 그래서 사실 괴롭기도 했어. 내가 아까 너에게 물었지? 내가 나쁜 여자냐고. 나쁜 여자가 맞을지도 몰라. 그런데, 그런데, 마음의 다른 구석에, 그리고 어느 순간에는 너에 대한 그리움이 상상하기 어려울 만큼 부풀어 올라 아무것도 할 수 없을 때도 있다는 사실을 난 부정할 수가 없는 거야. 어쩌지 나, 동수야, 어쩌지?' 나는 경희가 지난 2년 여 동안 상당히 변하고 있다는 걸 어렴풋이 느끼고 있었다. 그녀는 자기 학교에서 꽤 평가를 받고 있는 것 같았다. 피아노 솜씨가 인정을 받아 여러 곳에서 결혼식 때의 반주자로 그녀를 자주 초청하였고, 학생들의 서클활동에서 그녀는 두각을 나타내고 있는 것 같았다. 얼굴이나 몸매도 한 몫을 했을까. 영어회화 실력도 상당히 향상되어 있었다. 그녀가 회화를 배우는 수녀는 그녀를 다른 남자 외국인들 에게도 소개를 해주는 것 같았고 그녀는 그들 사이에서 꽤 인기가 좋은 것 같았다. 그런 상황에서 그녀가 C읍의 생활과 사람들에 대하여 어떤 감정의 변화를 겪을지, 옛날 중학교 시절이나 고등학교 1학년 여름방학 때처럼 생각하지 않을 것은 분명하였다.

간호학교 2학년과 3학년이 되면서 나는 C읍에 대한 그녀의 감정이 조금씩 달라지고 있는 것을 느껴오고 있었다. 나는 약한 자이기 이전에 그녀에게 C읍 시골의 촌놈으로 보이고 있었을지도 몰랐다. 설사 나에 대한 애정이 깊다 할지라도 더 높고 더 세련되고 더 좋아 보이는 것에 대한 갈망이 큰 경희에게 J시에서 그녀가 만나는 사람들과 나는 그녀의 무의식 속에서 서로 비교되었을 것이며, 그러한 비교 속에서 나는 아마 뿌리치기 어려운 존재이면서도 점차 왜소해 보이는 존재였을 것이었다. 거기에다 우리 집안은 당분간은 회복하기 어려운 침체 속에 기울고 있었으니 그녀의 나에 대한 느낌이 어떠하였을지 짐작이 갈 것 같기도 하였다. 사실 나는 지난 이년 여 동안 의식적으로 그녀를 나로부터 조금씩 밀쳐내고 있었다. 아마 그것은 나의 자존심 때문이었을 것이다. 나의 주변의 상황이 악화되고 있는 것이 나를 위축시켰고 위축된 나는 그녀보다 작아 보이기 시작했기 때문이었다. 그녀가 나를 만나주는 것이 나에게 선심을 쓰는 행위로 보여 지기 시작했기 때문에, 나는 그녀의 동정의 대상으로 전락하고 있다는 느낌이 조금씩 들기 시작했으며, 그러한 느낌은 그 이전까지 그녀보다 내가 약간은 더 우위에 있다고 생각하고 있던 나의 자존심을 무참히 짓밟아 오고 있었다. 그래서 나는 방학 중에도 일부러 그녀가 눈치채지 못하게 그럴듯한 핑계를 대며 그녀가 나에게 다가오는 것을 피하려고 했었다. 이러한 나의 태도는 어쩌면 경희가 느낀 약한 것에 대한 인간의 본능적 거부감과 맞물리면서 그녀를 나로부터 조금씩 멀어져 가게 했는지도 모를 일이었다. 그러나 나는 오늘 그녀가 그 동안 나에 대한 감정 때문에 오랫동안 계속 마음의 갈등을 느껴왔다는 것을 비로소 확연하게 느꼈으며, 나에게 전해지는 그녀의 갈등의 진지성은 얼마쯤 나의 자존심을 세워주고 그녀에 대한 나의 날 선 감정을 누그러뜨리는 것 같았다. 그래서 그런지 그녀의 '약한 것에 대한 본능적 거부감'을 용서해 주고 싶은 생각까지 들었다. 아니 내 스스로 자진하여 그 감정을 이해하고 용서해 줄 수 있을 것 같았다. '너의 감정에 충실한 게 좋겠지. 억지로 지나간 우정을 생각해서 거짓 감정을 드러낼 필요는 없을 거야. 나에게도 그것이 마음이 편할 거야. 네가 나에 대한 동정의 마음이나 상투적인 의리 때문에 나에게서 떠나지 못하고 괴로워한다면 그것은 나를 정말 견디지 못하게 만들 거야. 난 아직은 내 자존심을 지키고 싶거든.' '동수야, 혹시 내 말이 그렇게 들렸다면 그건 오해야. 어림도 없는 오해야. 난 네가 나를 피하려 들지 말고 있는 그대로 나에게 너 자신을 열어 놓고 다가와 주었으면 해. 그러면 아마 너의 그 진심 때문에 내 마음 속 그 못된 본능은 멀리 달아나 버릴 거야. 아니 내 마음 속에서 스스로 자멸해 버릴 거야. 그러니까 동수야, 나 슬슬 피하지 말고 강하게 다가와 줘, 응' 그러면서 경희는 내 가슴 속으로 파고들며 나를 온 힘을 다해 끌어안았고 나는 그 힘에 끌려 그녀의 몸과 마음에, 분별을 놓아버린 채, 강렬하게 밀착되었다.

그녀는 나를 내 마음 가는 대로 놓아 보내지 않겠다는 듯 나의 가슴에 얼굴을 묻고 나를 깊이 끌어안았으며 나도 그녀를 처음으로 세차게 끌어안았다. 나도 결코 그녀를 놓치고 싶지 않았다. 나야말로 그녀가 정말 필요하였다. 우리는 얼마나 긴 시간 동안 서로에게 끌려 왔던가. 얼마나 오랫동안 꿈속에서라도 나는 그녀를 잊고 싶지 않았으며, 그녀는 얼마나 많은, 마음이 담긴 편지를 나에게 써 보냈던가. 어쩌면 우리는 아마 서로 보지 못하는 사이에도 마음속으로는 계속 편지를 쓰고 있었다. 경희는 나에게, 나는 경희에게. 경희는 나에게, 볼수록 그리운 아이였던 것이다. 그런데 내가 그녀를 스스로 멀리 하다니, 말이 되지 않는 일이었다. 그것은 거짓이었다. 나는 눈을 감은 채, 조금도 거리낌 없던 지난 날의 그녀를 머리에 떠올리며 그녀를 나의 온 힘을 다해 나의 곁으로 끌어당겼다. 그 순간 갑자기 그녀의 입술이 나의 입술에 닿았고 나도 모르는 사이 나는 내 입술을 벌려 그녀의 뜨거운 입술을 받아들이고 있었다. 그녀의 가슴이 나의 가슴의 피부에 느껴졌고 그녀의 손이 나의 옷 사이로 들어와 나의 가슴을 뜨겁게 더듬었다. 나의 육체는 그녀의 호흡에 호응하여 그녀의 가슴에 손을 얹었으며 그 순간 그녀는 온 몸을 떠는 것 같았다. '동수야, 내 가슴의 두근거림을 달래줘. 멈추게 해줘. 날 불안하게 하지 마. 꼭 꼭 내 가슴을 잡아줘!' 경희는 나의 손을 잡아 자기의 가슴을 짓눌렀다. 나는 숨이 턱 막히는 기분이었다. 비록 완전히 옷을 벗은 것은 아니었으나 나의 온 몸은 그녀의 몸의 뜨거운 열기 속으로 조금씩 침몰되어 갔다. 그녀는 내 얼굴을 손으로 감싼 채 나를 애원하는 눈짓으로 쳐다보았다. 나는 곧 그런 상태로 오래 견딜 수 없다는 것을 느꼈다. 자위할 때, 내 안의 격렬한 힘이 흰 액체가 되어 나의 그것의 끝으로부터 뿜어져 나오기 직전의 상태를 나는 느꼈고, 나는 경희의 귀에 대고 가만히 '더 못참겠어' 라고 말하였다. 그녀도 나와 마찬가지 상태인 것 같았다. 그 뒤의 일은 어떻게 되었는지 나는 잘 모르겠다. 나는 무아지경이 되었다. 나는 그녀 속에 들어간 것 같기도 하고 그렇지 않은 것 같기도 하다. 그러나 자위할 때와는 다르게 나는 어느 따뜻한 곳에 내 떨리는 온 몸을 풀어 내린 것 같다. 나는 곧 잠들었고 내가 깨어났을 때는 한 낮이었다. 물론 경희는 가고 없었다. 밥상 위에 경희가 남긴 짧은 메모가 덩그러히 놓여 있었다. '너에게 내가 가진 가장 귀한 것을 주고 싶었어. 항상 네가 보고 싶을 거야. 경희.'

나는 그 유난히 추운 겨울을 냉방에서 났고, 내가 가고 싶었던 K 대학교에 합격하였다. 그러나 나는 대학생이 될 수 없었다. 입학금을 마련할 길이 없었던 것이다. 나는 나의 합격발표를 보러 서울에 간 김에 도심의 어느 공사현장에 찾아가 인부로 취직하였고, 다음 해 가을에 시험을 보아 공군사병으로 자진 입대할 때까지 그 곳에서 내 육체를 혹사하였다. 그러나 나는 쓰러지지 않았고 그 힘든 노동을 이겨내었다. 잠은 인부들과 함께 합숙소에서 잤으며, 식사도 그들과 같이 공사장 간이식당에서 함께 하였다. 돈이 조금 모이면 시골의 어머니에게 그리고 서울에서 고학하는 누이에게 가끔 보냈다. 서울에서 누나는 일부러 만나지 않았다. 나의 꺾여 진 자존심은 누님까지도 멀리하게 하였다. 나는 이 공사판이 나의 마지막 일터라고 생각한 적이 있었다. 잠시 나는 그 곳에서 나를 채찍질하고 싶었던 것이다. 삶의 맨 밑바닥을 경험해 보고 싶었다. 그래서 거기서 대지의 기운을 몸에 얻어 다시 새로운 날개로 부활하고 싶었다. 가끔은 일부러 몇 끼씩 굶기도 하였고, 어떤 때는 그 동안 마셔 본 적이 없던 도수 높은 깡 소주도 동료 노동자들처럼 병째로 들이키기도 하였다. 그러나 나의 몸은 아직 청춘이었고 그 정도로는 꺾이지 않았다. 대전에 있는 항공병 훈련소에 입교했을 때 나는 새로운 인생을 헤쳐나갈 만반의 준비가 되어 있었다. 세 달의 훈련을 받는 동안 나는 동기생들 중 가장 체력이 뛰어난 축에 속하였고, 훈련을 마쳤을 때 나는 일등의 성적으로 항공병학교 교장상을 수상하였으며 상장과 병장의 계급장을 선물로 받았다. 나는 그 힘든 훈련 중에도 영어의 단어장을 놓지 않았다. 입교할 때 가지고 들어간 미국소설 「호밀밭의 파수꾼」의 원서를 틈나는 대로 씹어 삼킬 듯이 읽고 외웠다. 그 책을 훈련이 끝날 때 까지 완전히 날로 소화시켜 버리겠다는 강렬한 의지가 고된 훈련기간 동안 나를 지탱시켜 주는 버팀목이 되어주었다. 훈련이 끝날 무렵 나는 그 책을 거의 외우고 있었다. 그것이 내 공부의 새 출발점이었다.

나는 집에 가끔 잘 있다는 소식을 전했으나 집에 들르지 않았다. 집은 경희를 생각나게 하였고 나는 이대로는 경희집 근처에 갈 수가 없었던 것이다. 경희는 졸업 후, 초등학교에서 일 년쯤 간호교사를 하다가 다음 해에 서독의 간호사로 나가는 시험에 합격하여 한국을 떠났다. 나는 그 날 밤 이후로 그녀를 만난 적이 없었지만 마음은 항상 그녀와 함께 있었으며 그녀는 항상 내 곁에 머무는 채찍이었다. 그녀의 채찍에 쫓겨다니는 군인이면서도 밤이면 대부분 술 대신 부대 내의 도서관에서 살았고 스스로 책벌레를 자칭하였다. 그것은 곧 소문이 나서 밤에 일어나는 부대 내의 이런 저런 상황으로부터 대부분 나를 열외로 만들어 주었다. 내무반장들이 나를 다른 부대원들과 다르게 보아, 내 공부를 방해하지 않기를 바랐기 때문이었다. 진흙탕 속에도 항상 꽃과 같은 마음은 있는 것이다. 나는 그 독기가 서린 관성에 따라 계속 공부에 열중하며 오년 육 개월 간의 하사관 생활을 중사의 계급으로 마쳤고, 제대하자 곧 지방대학의 독문학과에 진학하였다. 경희가 독일에 살고 있기 때문에 내가 독문학을 선택했는지의 여부는 잘 모르겠다. 그러나 온전히 그 이유만은 아니었을 것이다. 나는 헬만 헤세의 「데미안」에 감동하였었고 괴테의 「파우스트」는 두고두고 사랑과 구원의 테마로 나의 영혼을 고양시켜 왔었다. 만학도의 열정을 알아 본 교수들에 의해 실력과 끈기로 인정을 받아 대학원 진학을 권유 받았으며, 내친 김에 서울에 있는 K대학에서 석사와 박사과정까지 거의 십여 년을 도서관과 방구석에 쳐 박혀 경희의 보이지 않는 채찍을 견딘 끝에 나는 마침내 문학박사 학위를 받았다.

긴 공부의 시간 중 틈틈이 그녀와의 결별이 주었던 아픔이 나를 엄습했지만, 그 아픔은 동시에 나에게 결코 중도에 포기할 수 없다는 서릿발 같은 결단을 새롭게 다지게 하는 긍정적 효과를 발휘하곤 하였다. 졸업한 후 K대학의 독문학과 강사 노릇을 이년 쯤 해냈을 때 마침 정권이 바뀌었다. 정권이 바뀐 다음 해 봄에 대학생 입학정원이 전국적으로 두 배 정도 늘어나는 대학교육의 대변혁이 생겼다. 나는 적어도 이전의 반(半) 배 쯤은 증원되어야 했던 교수정원의 증가에 따라 대학교수 공개채용시험을 거쳐 운 좋게도 내가 졸업한 지방대학의 전임강사로 임용되었다. 대학으로부터 임용통지서를 받은 날 나는 경희가 어디에 있는 줄 알지 못하였으나, 나는 나의 마음속에 그녀를 불러내었고, 그녀에게 나는 정식으로 대학교수 임용신고를 하였다. 그녀가 발이 다쳐 나와 그녀의 아버지의 어깨에 기대어 산을 내려오던 날, 그녀의 아버지의 나의 미래의 희망에 대한 질문에 나는 '대학교수' 라고 대답하였었고, 경희는 내 등에 업혀 그 이야기를 듣고 놀라던 것을 나는 분명히 기억하고 있었다. 그녀를 기억 속에 떠올리는 일은 항상 마음 속 저 깊은 곳에서 조금씩 아물어 가는 상체기를 후비는 것처럼 쓰리고 고통스러운 일이었다. 그러나 그 아픔은 동시에 내 의식을 가장 예민하게 일으켜 세우는 각성제였다. 경희와 나는 그날 밤 이후로 십년이 훨씬 넘는 세월 동안 서로 만나지 못하였으나, 그녀는 나의 내부에서 내가 지쳐 쓰러지려 할 때마다 내 이름을 불러 내 어깨를 부축해 주었다.

'경희야, 나 해냈어. 나 교수 먹었어. 정식으로 신고한다. 나 서 동수는 198x년 3월 2일부로 xx대학의 독문과 교수로 임용되었음을 삼가 경희에게 신고한다. 네가 나에게 너의 가장 귀한 것을 주고 싶었듯이 나도 항상 내가 해낼 수 있는 가장 값진 것을 너에게 바치고 싶었다. 경희, 이제 안녕. 나도 죽는 날까지 네가 보고 싶을 거야. 동수!'

바닷가 공민학교의 추억

P시에 있는 천주교 본당에서는 P시에서 그렇게 멀지 않는 농촌이나 어촌의 분당에, 그 곳 신도들의 도움을 받아 몇 개의 고등공민학교를 개설하였다. 가정 형편이 어려워 중학교에 가지 못하고 집안일을 돕고 있는 십삼 세에서 이십여 세 사이의 소년 소녀들의 학업을 돕기 위해서였다. 나는 그렇게 설립된 한 분당의 공민학교에 우연하게도 교사로 임명되었다. 나는 그 무렵 P시에서 버스로 두 시간 정도 거리에 있는 K읍에서도 한 시간 쯤 더 버스를 타고 들어가야 하는 D리라는 곳에 위치해 있던 한 공군부대의 사병으로 근무하고 있었다. 분당 주임신도의 부탁을 받은 부대의 책임자가 사병들 중, 중요한 과목이라고 여겨지는 국어, 영어, 수학, 사회 등을 가르칠 수 있는 교사를 선발하여 그 공민학교에 파견하였는데, 그 중 나는 영어를 가르치는 교사로 뽑혀 나갔다.

우리 중대에는 그곳 도청소재지의 명문 사범대학의 영문과를 졸업하고 중대의 선임 장교로 근무하는 영어교사 자격증을 소지한 장교가 있었는데, 그는 우리 중대에서 하는 항공관제 업무에 사용되는

군사용어가 아직은 모두 영어였기 때문에 근무능력의 향상을 위하여 자주 영어로 된 태평양 공군 교본들 중 중요하다고 판단되는 교본들을 선정하여 사병들에게 읽게 하고 그 교본에 대한 시험을 치르게 하곤 하였다. 질문이나 답안을 모두 영어로 하도록 되어 있어서 시험 공고가 나면 우리는 참 죽을 맛이었다. 그러나 항상 수석을 차지한 사병에게는 열흘간의 포상 휴가가 주어지기 때문에 그야말로 경쟁은 치열하였다. 24시간을 4개의 조가 돌아가면서 근무하는 시스템이었는데, 근무 중 업무가 좀 한가한 밤 근무 시간에는 모두 시험에 대한 준비를 하느라고 우리는 아주 열심이었다. 자신의 기본 영어실력과 기억력이 가장 중요한 관건이었다. 이 시험에서 나는 지난 해 연말 뜻밖에 99점이라는 나도 놀랄 성적으로 수석을 차지하였고, 나는 크리스마스를 낀 그야말로 황금휴가를 다녀온 적이 있었다. 그 휴가를 자기에게 팔라고 술을 사가며 계속 조르던 동료 사병들도 있을 만큼 정말 끝내주는 시간대의 휴가였다.

내가 그 공민학교의 영어 교사로 선발된 것은 바로 이 시험성적 때문이었다. 중대장의 의뢰를 받은 그 선임 장교는 한 순간의 망설임도 없이 나를 추천하였고, 나는 사양이고 뭐고 할 틈도 없이 대대에서 내어 준 대대장 전용 지프차를 타고 다른 동료들과 함께 분당 예배소로 출발하였다. 거절할 이유가 없이 아주 좋은 근무처였다. 우선은 학생들이 모두 저녁 식사 후 밤에만 학교에 올 수 있었기 때문에 우리는 우리 사이에서 별로 인기가 없던 밤 근무에서 면제 되었다. 또 한 가지는 분당에 우리가 가르치지 않는 동안 머물 곳이 마땅치 않아, 분당 주임신도는 우리를 위하여 공동으로 쓸 수 있는 적당한 방을 한 칸 마련해 주었다. 이곳은 엄격한 규율 안에 갇혀 있는 느낌을 주는 부대로부터 우리를 짧은 시간이나마 자유롭게 풀어주는 피난처가 되어줄 것이었다. 우리에게는 수업이 있는 월요일부터 토요일까지 저녁 6시부터 12시까지의 정규 외출증이 발급되었고 수업이 대강 끝나는 밤 10시부터 적어도 두 시간은 매일 자유시간이 영외에서 주어지는 셈이었다. 사실 이 두 시간 동안은 학생들 과제물 검사나 다음 날의 수업 준비를 위해 주로 쓰였지만 그래도 두 시간 동안 부대에 들어가지 않아도 된다는 심리적 해방감은 처음에 우리를 상당히 들뜨게 하기에 충분하였다.

주임 신도의 안내를 받아 들어간 첫 수업시간의 교실 풍경은 지금도 잊히지 않고 뇌리에 정확히 사진으로 박혀 있다. 약간 큰 규모의 기와집을 빌려 사용하고 있는 예배소는 그 곳에 앉아있던 15명 정도의 학생들이 같이 공부하기에 아주 적절한 높이와 넓이를 갖고 있었다. 우리는 주임신도가 거처하는 방의 쪽문을 통하여 예배소로 들어갔는데, 좌측으로 연초록색의 나무 틀 속에 두꺼운 불투명 유리가 끼어 있는 출입문이 보였고, 우측은 예배 시 설교자가 말씀을 전하는 곳이었으며, 그곳은 바로 가르치는 선생이 서게 되는 교단이기도 하였다. 교단이 있는 쪽 위와 좌우 벽에는 성모 마리아 상을 비롯한 예수상과 놋쇠로 된 촛대들이 질서정연하게 배열되어 걸려 있었고 좌우 벽의 기둥들에는 여섯 개 정도의 밝은 호야 등이 실내를 밝히고 있었다. 아직 전기불이 들어오지 않는 동네였던 것이다. 호야등의 불빛은 마치 큰 촛불처럼 실내에 아늑한 분위기를 만들어 주고 있었고 창문 밖으로부터 희미하게 들리는 파도소리와 어울려 마치 이 세상으로부터 약간 격리된 호젓한 느낌을 갖게 해주고 있었다.

학생들은 열 세 살쯤부터 스무 살을 약간 넘은 듯 보이는 학생들까지 다양했다. 나이가 어린 쪽은 주로 초등학교를 졸업한지 얼마 안 되는 남학생들이 다수였고 나이가 조금 더 들어 보이는 쪽은 여학생들이 다수였다. 주임신도의 설명에 의하면 스무 살 근처의 여학생들은 대부분 해녀들이었다. 그래서 그런지 모두 튼튼해 보였으나 후에 보니 수업시간에 많이 조는 학생들이 바로 그들이었다. 낮에 그들이 바다에서 해야 하는 자맥질이 너무 힘들기 때문이었을 것이다. 수업을 제대로 진행하려면 그들을 깨울 수밖에 없었는데, 이름을 호명하거나 옆에 가까이 가서 분필로 어깨를 쿡 찔렀을 때 그들이 얼마나 당황해하고 미안해하는지 다음부터는 그렇게 깨우기가 미안할 지경이었다. 그래서 다음 시간부터 그 '누나들'을 깨우는 일은 반장인 남학생에게 일임할 수밖에 없었다. 밤에 한 2-3km를 걸어야 하는 곳에서 오는 학생들도 적지 않았다. 큰 누나부터 막내 남동생까지 세 사람이 같이 다니는 가족 학생도 있었다.

대대장은 우리를 지프차에 태워 내보내기 전 그의 근무실로 우리를 불러, "우리 부대에서, 주둔지의 못 배운 소년 소녀들을 위해, 작은 도움이나마 주려고 계획한 일이다. 부대에서 자기가 맡은 일에 충실하듯, 가르치는 학생들을 위해서도 성심성의를 다하기 바란다. 알겠는가?"라고 훈시하였고, 우리는 당연한 말씀이라는 듯 큰 소리로 "옛!"하고 대답하였었다. 사대 출신의 중대 선임 장교는 "학생 개개인의 신상을 가능한 한 소상히 파악하여 각 개인에 맞는 교육적 배려를 해야 할 거야. 명심하게."라고 충고하였다. 교육심리학에서 배운 것일까? 각 개인들의 가정환경을 통하여 형성된 성격을 잘 파악하는 것이 교육에 크게 도움은 될 것 같았다.

각자가 집에서 하는 일이 무엇인지 학생들에게 물어보았다. 집에서 밥하고 빨래하는 일은 여학생들의 공통된 일이었고, 남학생들은 집안일보다 밭과 논에서 하는 일이 공통이었다. 그 외에 남학생들이 하는 일은 배를 타고 나가 아버지나 삼촌들을 도와 고기잡이를 하는 일이 가장 많았고, 여학생들은 바다에 나가 자맥질을 해서 미역이나 전복 등을 따는 경우가 가장 많았다. 그 외에 집에서 하는 가게 일을 돕는 여학생도 두세 명 있었고 음식점이나 작은 어물상을 하는 부모를 돕는 남학생도 있었다. 술을 파는 할머니를 돕는 외손자도 있었고 빵집을 하는 아버지를 도와 자신도 직접 찐빵이나 만두를 만들어 큰 솥에 넣고 찌는 일을 한다는 남학생도 있었다.

자기가 하는 일이 너무 힘들거나 죽어도 하기 싫은 학생이 있을 줄 알았는데 다행히 그런 학생은 없었고, 여학생 중에 딱 한 사람, 햇볕에 살이 까맣게 타서 창피해서 자맥질을 그만 두었으면 좋겠다는 여학생이 있긴 하였다. 그러나 나는 후에, 제주도에서 뭍으로 나와 해변의 어촌에서 품삯을 받고 자맥질을 하는 스무 살 전후의 여자들 중에는, 얼마나 열심히 피부 관리를 하는지 외출복을 갈아입고 나오면 전혀, 매일 바다에서 따가운 햇볕을 받고 일하는 해녀라고는 믿을 수 없이 피부가 하얀 여성들도 더러 있다는 것을 알았다. 놀라운 일이었다. 아름다움에 대한 젊은 여성의 관심이 불가능해 보이는 일을 가능하게 하는 것이다. 그러나 나이를 조금만 더 먹거나 결혼을 하고 나면 상당히 달라져 버린다고 하였다. 신혼 초가 지나고 나면 마음이 느슨해져서 피부 가꾸는 일에 소홀해 질 수밖에 없다는 것이다.

낮 동안의 노동의 무게에 겨워 조는 학생이 더러 있었지만, 수업시간은 항상 숙연하리만큼 진지하였다. 더 배운다는 것, 비록 중학교에 진학은 못했지만 자기도 그럴 기회가 주어지기만 하면 얼마든지 잘 할 수 있다는 것을 보여주고라도 싶은 듯 그들은 모두 눈을 환히 밝히고 가르치는 선생님들의 얼굴에 코를 박고 있었다. 최선을 다하지 않고는 견딜 수 없을 것 같은 교실의 분위기가 가르치는 선생님들조차 열정을 갖도록 끌고 가는 것 같았다. "선생님 글씨 좀 크게 써주세요"라거나 "말씀 좀 크게 해주세요."라는 요구가 교사들을 긴장시켰고, "다시 한 번 설명해 주이소"라는 나이 든 여학생들의 말이 수업의 분위기의 진지성을 고조시켜 주었다. 나는 영어의 알파벳을 가르치면서 집에 가서 몇 번씩 A부터 Z까지 26개의 철자를 써오게 하였는데, 필기체를 연습할 때는 집에서 써온 것 아래에 빈 칸을 넓게 남겨오도록 하여, 그 빈칸을 학교에 나와 다른 학생들의 글씨로 메우게 하였다. 자기 노트에 자신이 쓰는 것이 아니라, 다른 학생의 노트에 자기가 쓸 수 있는 가장 아름다운 필체로 써넣게 하는 연습이었다. 따라서 도저히 아무렇게나 흉내만 내서 쓸 수는 없고 최선을 다하여 정성스럽게 쓸 수밖에 없었다. 이런 식의 연습은 어려운 필기체를 될 수 있는 한 예쁘게 쓸 수 있게 만드는 데 상당한 도움이 되었다. 그들은 서로의 글씨를 대조해보며 신기해하거나 비웃곤 했는데, 자신이 자기의 글씨체를 다른 학생이 자기 노트에 써놓은 것과 비교하면서 가능한 한 예쁘고 근사하게 쓰려고 노력하는 것이 두드러지게 눈에 띄었다.

'I am a boy'를 가르치면서 '나는, 이다, 하나의 소년'이라고 영어의 순서대로 써놓으면 학생들이 순서가 틀렸다고 소리쳤고, 나는 내 잘못이 아니라 영국이나 미국 사람들이 그렇게 쓰기 때문이라고 대꾸하였다. 그러면 학생들은 왜 코 큰 그 사람들은 말의 순서를 틀리게 하느냐고 물었고, 나는 그 사람들이 틀린 것을 가르쳐 주려면, 우리말로 해서는 그 사람들이 못 알아들으니까 우리가 먼저 영어를 빨리 배워 그들에게 가르쳐 주어야 하지 않겠느냐고 되물었다. 그러면 학생들은 내가 첫 시간에 가르쳐준 'Yes, Sir!'를 큰 소리로 합창하곤 하였다.

나는 학생들이 열중하여 나를 쳐다볼 때의 눈동자가 너무 마음에 들었다. 그 눈동자는 조금의 거짓도 없는 진지한 눈빛을 띠고 있었고 나의 입에서 나오는 모든 말들을 당장, 학생들의 가슴 속에서 훨훨 타고 있는 작은 용광로 속에 받아들여 즉시 녹여버릴 기세였다. 나는 나 스스로 그 학생들의 용광로의 열기에 녹아들었고 순간 그들과 하나가 되었다. 그들과 매 순간 하나가 되는 일은 그동안 내가 해왔던 어떤 일보다도 나를 들뜨게 하였고 나는 그것이 너무 즐거웠다. 나는 학생들의 열다섯 개의 용광로에서 내뿜는 열기에 매 시간 타올랐으며 그 열기는 또 각 학생들의 용광로의 열기의 온도를 상승시켰다. 그리고 그 열기는 또 다시 나에게로 돌아와 내 몸의 열기를 끌어 올렸다. 우리들의 몸에서 나오는, 배우고 가르치는 가운데 발생하는, 열은 그렇게 서로에게 상승작용을 일으켰다. 학생들도 그것을 느끼고 알았으며 그래서 우리는 가까워 졌다.

처음에 길에서 만나면 부끄러워 슬슬 피하던 녀석들이 먼저 내 이름을 부르며 바짝 앞에 다가와 꾸벅 인사를 하였고 그 때마다 나는 너무 반가워 그 아이들을 안아주거나 손으로 어깨를 두드려 주곤 하였다. 그렇게 예쁘고 반가울 수가 없었다. 스승과 제자의 사이란 이런 것이었구나 하는 생각이 나를 감동시켰다. 우리가 학창시절 우리를 가르치던 선생님들의 마음도 이런 것이었을 것 같아 가끔 가슴이 벅차오르기도 하였다. 점차, 수업이 끝난 후나 토요일 오후에 찐빵 두세 개나 도넛 한두 개를 싸들고 우리가 같이 쓰는 방으로 찾아오는 학생들이 생겨났다. 그들의 형편을 잘 아는 우리는 그 빵들이 우리에게 얼마나 큰 선물인지를 잘 알았다. 처음엔 눈물이 핑 돌기도 하였다. 남학생들은 그들이 가지고 온 빵을 먹으라고 주면 몇 번 사양하다가 못 이기는 척 황송해 하며 받아먹기도 하였으나, 여학생들의 경우는 절대로 받아먹지 않을 뿐 아니라 아예 벽 쪽으로 돌아앉아 방을 떠날 때까지 선생님의 얼굴을 보려고도 하지 않기가 일쑤였다. 그러나 갖은 말로 달래어 조금 가운데 쪽으로 돌아 앉혀 놓고 "자, 먹어봐"라고 말하는 순간 그들은 또다시 벽 쪽으로 돌아 앉아 버렸고 마침내는 먹는 것을 권하기를 포기하는 수밖에 없었다. 그만큼 그들은 수줍음을 탔고 선생을 어려워하였다.

그러나 사실 무엇을 사들고 올 줄 아는 열다섯 살 이후의 여학생들은 가르치는 교사인 우리들과 나이 차이가 별로 큰 것이 아니었다. 물론 그 당시에는 우리 스스로도 그들과 나이 차이가 꽤 있는 걸로 착각하고 있었으나 실제로는 다섯 여섯 살 차이거나, 더 큰 학생의 경우 한두 살 차이에 불과한 경우도 몇 명 있었다. 그래도 그들에게 우리는 하늘같은 선생님이었고, 그들은 우리가 가르치는 제자였다. 가르치는 우리는 어른이었고 배우는 그들은 우리와 나이가 같아도 배우는 아이의 마음이었다.

학교의 수업이 어쩌다 늦게 끝나는 날이면 우리 교사들은 먼 곳에서 다니는 아이들을 집 근처까지 데려다 주곤 하였는데, 높은 하늘에서 비치는 달빛 아래 아이들과 바닷가를 걷는 것은 처음에는 길이 멀어 힘들어 보였지만 점차 큰 즐거움 중의 하나가 되었다. 처음에는 서로 멀리 떨어져 걷다가 인적이 점차 드물어지는 등대 근처 쯤 가게 되면 우리는 서로 가까이 모여 걸었고 그럴 때 학생들은 학교에서 일어난 일이나 각기의 학생의 동네나 가정에서 일어난 일들을 서슴없이 이야기 하곤 하였다. 아이들은 아주 사소한 일에도 자주 까르르 하고 웃었으며, 우리는 아이들의 그 웃는 소리가 재밌어서 같이 웃곤 하였다. 심심하면 가다가 달리기 시합도 하였고, 한 쪽 발을 두 손으로 잡고 외발로 서서 상대방을 몸으로 부딪쳐 쓰러트리는 놀이도 하였다. 으레 아이들끼리 처음 시작은 하지만 나중에는 학생과 선생이 같이 어울려 편싸움을 하기도 하였다.

바다 위에 비친 밝은 달빛 때문이었을까. 선생과 제자가 격의 없이 놀아도 우리는 조금도 무안하거나 부끄럽지 않았다. 몸 부딪쳐 쓰러트리기 시합에서 우리는 종종 열일곱 여덟의 남학생 뿐 아니라 그 또래의 여학생에 밀려 쓰러지기도 했는데, 그 때마다 아이들은 너무 신나고 좋아서 자기들끼리 박수를 치고 손가락을 걸며 전의를 불태우곤 하였다. 우리는 약간 창피하기도 하고 겸연쩍었지만 별 문제로 생각지는 않았다. 바다 속에서 오래 자맥질을 하고 수영을 하는 동안 그들은 여학생들까지도 상당히 힘이 세졌다. 도시에서 자란 우리들보다 힘이 센 경우가 많았다. 여학생들은 남자 선생님을 이긴 것을 오히려 창피하게 생각하는 경우도 있었으나, 이긴 건 이긴 것이었고 우리는 여학생들이 그렇게 생각할 하등의 이유가 없다고 가르쳐 주었다. 힘이 센 것은 약한 것보다 항상 우위에 있는 것이다. 여자라고 해서 힘이 센 것을 부끄러워 한다는 것은 잘못된 생각이라고 우리는 설명하였다. 우리가 저서 넘어지는 것을 학생들이 너무 좋아하기도 해서 우리는 때로 일부러 저서 넘어지기도 하였다. 우리는 그것이 또 즐거웠던 것이다.

놀이에 지치면 우리는 모두 손을 잡고 길 전체를 가로질러 걸으면서 노래를 불렀다. 초등학교 때 학생들이 배운 노래도 불렀고, 가곡도 불렀으며 유행가도 불렀다. 선생들이 가끔 외국어로 된 팝송을 부르면 학생들은 대단히 신기해하며 크게 박수를 치곤하였다. 외국어로 노래 부르는 것을 별로 들어 본 적이 없기 때문이었다. 노래를 부르고 걷다보면 달은 더 높이 떠오르고 바닷물은 더욱 잔잔해졌고, 어느 새 우리들은 아이들이 사는 동네에 가까이 와 있곤 하였다. 헤어질 때의 아이들의 그 환호 같은 "안녕히 가세요" 소리는 내내 우리를 따라오며, 우리끼리 돌아오는 길을 외롭지 않게 지켜주었다. 그런 날 밤 우리의 저녁잠은 얼마나 포근하고 감미로웠던가.

어느 때인가? 나는 한 번 큰 설사병이 난 적이 있었다. 부대의 내무반에서 우리는 어느 날 고참 하사의 집합 명령을 받았고 군기가 빠졌다는 이유로 팔굽혀펴기부터 원산폭격, 제1포복, 제2포복에 이르는 엄청난 기합을 받았다. 발단은 제대를 앞둔 고참 병장이 마음에 들지 않는 행위를 한 하급자를 주먹으로 몇 대 구타했는데, 그중에 한 방이 눈에 정통으로 맞아 눈이 무섭게 부어올랐고 결국 의무실까지 다녀왔으나 부기는 쉽게 가라앉지 않았다. 중대가 그 일로 우리 내무반에 곱지 않은 눈초리를 던지고 있었고 내무반장은 그 일로 선임 하사에게 불려가 부하들을 어떻게 관리했기에 그 모양이냐고 된통 야단을 맞은 것이었다. 내무반장은 그렇지 않아도 벼르고 있던 참에 화가 머리끝까지 올랐고 내무반 반원 전원을 집합시켰다. 그것은 군대에서 어쩌면 당연한 순서였다. 우리는 기합 뿐 아니라, 최고참부터 이등병에 이르기까지 고참 순으로 하급자에게 빠따를

치는 '군기문란 방지' 빠따 돌려치기 까지 당하였다.

결국 최하 졸병인 이등병을 빼놓고는 모두 자기 부하들에게 폭력을 행사했기 때문에 집합 해산 명령이 떨어진 뒤에도 우리는 한동안 침울한 기분으로 제자리에 앉아 있었고, 마침내 이 무거운 분위기를 깨려는 듯 내무반장이 "야, 술 마시고 싶은 놈들은 따라와"라고 말하며 몇 몇 고참들과 내무반을 나간 뒤, 우리들은 각기 내무반장을 따라 가거나 비슷한 기수끼리 따로 뭉쳐 부대의 BX로 나가, 더러워진 기분을 풀기 위해 과자 부스러기 같은 부실한 안주로 독한 소주를 물마시듯 들이켰다. 그 날 밤늦게 우리는 자발적으로 다시 내무반에 모여, 내무반장이 산 술을 한두 잔씩 더 마시고 몇 곡의 군가와 유행가를 합창한 뒤, 불침번만 남겨두고 모두 잠자리에 들었다.

그 날 우리는 모두 과음한 셈이었다. 자다가 일어나 화장실로 달려가 토한 사병들이 적지 않았고 나도 그 중의 한 사람이었다. 나는 원래 위장이 약하여 평소에는 소주를 잘 마시지 않았는데, 그 날은 그런 것조차 생각할 틈이 없었고 기분을 가라앉히느라 다른 사람들과 어울려 마구 입 속에 털어 넣은 것이었다. 그래도 그쯤만 했으면 어떻게 견디어 냈을 텐데, 다음 날 아침에 제대로 일어날 수가 없어 아침을 굶었고, 점심 무렵에는 점심도 먹고 싶은 생각이 없어 몇 몇 친구들과 밖에 나가 해장국을 사 먹자고 부대를 빠져나왔다.

바다가 바로 부대의 철조망 밖이어서 우리는 해장국 집을 찾아 철조망을 따라 지름길로 걸어가고 있었다. 그런데 마침 다른 정비중대의 가까운 친구가 철조망 아래 해안가에서 해녀들이 따온 전복과 해삼을 곁들여 해녀들이 싸온 보리밥을 먹고 있다가 우리 일행을 불러세웠다. 약간 내키지 않았으나 전복을 좋아하는 동료 중 한 명이 먼저 아래로 내려갔고 우리도 덩달아 바닷가 바위 위로 따라 내려갔다. 꼭 해장국을 먹어야 속이 좀 풀릴 것 같았으나 혼자 가만히 있을 수도 없어서 전복 안주에 그들이 거기서 마시고 있던 막걸리를 몇 잔 들이켰다. 국물 같은 건 아무 것도 없었다. 그리고 몸이 조금 더워지자 우리는 옷을 벗고 잠시 수영까지 하였다. 해녀들이 돌아가야 했으므로 우리도 곧 해장국집을 찾아 나섰는데, 웬일인가, 가는 도중 현기증이 나고 배가 뒤틀리기 시작하면서 나는 그만 쓰러져 정신을 잃고 말았다. 여름철이어서 더위에 막걸리까지 마신데다 수영까지 하였으니 어쩌면 탈이 나라고 몸을 들볶은 셈이었다. 나는 곧 의무실로 업혀갔고 며칠 간 입원하는 신세가 되고 말았다.

그 때 의무실장은 대위였는데, 마침 부인이 출산 때문에 친정인 T시에 가고 없어서 부대 밖의 집을 놔두고 부대에 들어와 있으면서 의무실 사병들과 같이 밥을 해먹으며 지내고 있었다. 의무실에 마침 확실한 지사제가 떨어지고 없어서 나는 긴급 환자용 아편을 물에 타서 마실 수밖에 없었다. 동료들이 시내로 나가 구해 온 어떤 지사제도 효과가 없었기 때문이다. 아편의 효과는 놀라워서 전혀 멈출 것 같지 않던 설사가 멈추었고, 나는 그날부터 쌀로 죽을 쑤어 먹어야 되는 환자가 되었다. 밥이나 과일 등은 목으로 넘어가는 순간 금방 뒤로 나와 버렸으며 기분 나쁜 복통을 일으켰다.

설사가 약간 멎자 의무실장인 이 대위는 나의 입원을 대단히 환영(?)해 주었다. 그는 아내가 없어 심심하던 차에 잘 들어왔다면서 같이 시나 읊조리자고 좋아하였다. 그는 권위 있는 문예지의 추천을 완료한 등단시인이었다. 나는 어느 날, 괜찮게 썼다고 중대 사무실에 근무하는 동료가 얇고 질이 좋은 종이에 타이핑해서 주었던 시를 호주머니에 넣고 다니다, 급하게 화장실에 들어갔는데, 아무리 둘러보아도 적당한 화장지가 눈에 띄지 않아 얇고 부드러운 그 종이를 화장지로 대신 쓰고 화장실 휴지통에 버리고 온 적이 있었다. 그것을 어느 날 우연히 그 화장실에 들렀던 이 대위가 화장실에서 무료한 나머지 뭐 읽을 것이 없나 두리번거리다가 내가 끄적인 시가 있는 그 양면괘지를 발견하였고 얼마나 심심했던지 그것을 펴서 읽었던 모양이었다. 괜찮은 시라고 생각했던 모양인지 그 종이 맨 끝에 적힌 내 이니셜을 들고 그가 극성스럽게 내무반마다 돌아다닌 끝에 우리는 만났고 그 뒤로 제법 가까운 사이가 되어 있었다.

나의 입원은 의무실장의 과장(?)으로 그의 부인이 돌아올 무렵까지 연장되었고 나는 마치 무슨 중환자인 것처럼 의무실에 입원하여 있었다. 군대식으로 하면 나는 나이롱 환자였다. 그렇게 장기 입원하는 환자가 없던 터라 마침내 중대장까지 병문안을 왔고 나는 중병이 든 환자 티를 내느라 애를 먹었다. 동료들에게 너무 미안했지만 내가 없다고 부대가 돌아가지 않는 건 아니어서 나도 배짱을 두둑하게 가지고 부실했던 몸도 돌볼 겸 의무실에서 몸을 추스르며, 이 대위와 시에 대해서 토론을 하거나 서로 자신이 쓴 시를 읽어주거나 상대방의 시에 대한 비평을 하면서 한 달여를 보냈다.

이 대위는 시를 읽는 솜씨가 보통을 훨씬 넘는, 아마추어 바이올리니스트에다 꽤 경력이 있는 바다 낚시꾼이기도 하였다. 우리는 보름달이 중천에 뜬 날, 어촌의 촌로들과 함께 뱀장어 낚시를 나가기도 하였는데, 나는 뱀장어 낚시보다, 그가 바람 한 점 없고 파도도 전혀 치지 않는 망망한 밤바다의 한가운데서, '찌고이네르바이젠'을 켜는 모습을 보는 것이 더 즐겁고 황홀하였다. 막 잡아 올린 뱀장어의 껍질을 벗겨 준비해 간 초장에 찍어 독한 막소주와 같이 들이키는 맛도 그야말로 일품이었다. 약간 몽롱한 기분으로 달빛 아래 듣는 애조를 띤 바이올린의 선율은 잔잔한 바다 위로 멀리 끝없이 춤추며 날아가는 것 같았고, 작은 전마선 위에서 간신히 몸의 균형을 잡고 조심스럽게 활을 당기고 있는 그의 모습은 그 진지함 때문에 더 깊이 나를 감동시켰다. 그 뒤로 나는 다시 그런 아름다운 밤을 가져보지 못하였다. 그 광경에 대한 회상만으로도 나는 잠시 환상 속에서 그 다시 돌아갈 수 없는 바다 위로 둥실 떠오르곤 한다.

그러던 어느 날 저녁 나는 학생들의 병문안을 받았다. 여름 방학 중이라 수업을 하지 않고 있었는데, 그들은 어떻게 알았는지 병원까지 내가 걱정이 되어 와준 것이었다. 너무도 고맙고 마음이 기뻐서 나는 부대의 BX에서 잔뜩 먹을 것들을 사다 돌아가는 그들에게 안겨 보냈다. 며칠 후 한 학부모의 집으로 초대를 받았는데, 학부모 대표의 이름으로 정식 초대장까지 만들어 보내는 바람에 거절하기가 아주 난감하였다. 우선 초청에 응하여 그 집에 간다고 하여도 나는 아무 것도 제대로 먹을 수 없는 위장 상태였고, 입원 중인 사람이 병원 밖으로 나가는 것도 어려운 일이었다.

그러나 이 모든 어려움은 결국 의무실장의 권한으로 모두 해결될 수 있었다. 내게 부대 밖의 병원에 가서 치료를 받아야 될 필요가 생겨서 자기와 같이 나가야 된다는 것이었고, 이의를 제기할 사람은 있을 수 없었다. 나는 이 대위가 직접 운전하는 앰뷸런스를 타고 당당하게 외출하였다. 초대된 집에 도착했을 때 나는 깜짝 놀라고 말았다. 어떻게 연락들을 하였는지 그 근방 학부모들이 모두 모여 있었던 것이다. 나는 바삐 살아야 하는 그들에게 우선 미안하였고, 나

한사람 때문에 이런 큰 모임을 갖게 된 것이 정말 송구스러웠다. 이 대위도 모임의 큰 규모에 놀란 듯하였고, 나를 쿡 찌르며 "이 하사, 너 못된 선생은 아닌가 보다"라고 나를 놀렸다. 학부모 대표라는 분의 초대 인사가 있은 뒤에, 아파서 그동안 무엇을 잘 못 먹었을 테니 오늘 고기랑 좀 실컷 드시라며, 예상외의 많은 음식이 담긴 큰 잔칫상 같은 것이 큰 마루 가운데로 나왔다. 나는 기쁘고 고마워 어쩔 줄 몰랐지만 유감스럽게도 그 많은 음식들 중 내가 먹을 수 있는 것은 거의 아무것도 없었다. 학부모회라는 것이 있다는 것도 나는 그 날 처음 알았으며 학부모회 대표라는 분도 그 날 처음이었다. 아마 그 날 나를 초대하기 위해 급조한 직함들이었을 것이다. 그동안 그런 모임이 전혀 없었기 때문이었다.

지금도 잊히지 않는 것은 서로 인사가 끝나고 음식을 먹는 시간이 되었는데, 나는 술이나 음식은 손도 대지 못하고 그 집 주인의 딸인 여학생에게 특별히 부탁한 따뜻한 물만 마시고 있었다. 나한테 음식과 술을 권하던 학부모들은 어쩔 수 없이 내 눈치를 보며 이 대위의 권유에 따라 음식을 들기 시작하였는데, 그 때 내 눈에 들어온 것은 시중을 들기 위해 학부모들 뒤에 앉거나 서있던 여학생들의 표정이었다. 놀랍게도 그들은 음식을 먹기 시작한 자기네 부모들을 아주 못마땅한 표정으로 지켜보고 있었으며, 그 집 주인 딸은 자기 어머니 뒤에 서 있다가 갑자기 어머니의 손을 건드리며 어머니를 눈으로 나무라는 것이었다. '선생님은 손도 아직 안 댔는데 왜 묵소?' 하는 소리가 내 귀에까지 들리는 듯하였다. 그 학생의 어머니는 무안하였던지 '언제, 아니다'라며 빨개진 얼굴로 가만히 수저를 내려놓았다. 나는 얼른 그 학생을 불렀고, 나는 괜찮으니 조금도 걱정 말고 어머님이 마음껏 드시도록 권하라고 일렀다. 그 여학생 – 이름이 순애였다 – 은 '어데예, 안 됩니더, 선생님 드시라고 차린 음식인데 다른 분들만 드시면 우얍니까' 하며 주위의 어른들을 몹시 못마땅한 듯 눈으로 둘러보았다.

'선생님, 미안 합니더, 여기 어른들만 이렇게 들고 계셔서–' 순애는 정말 미안한 듯 그렇게 말했고, 물 잔만 들고 있는 나를 물끄러미 쳐다보더니, 어떻게 해야 될지 몰라 몹시 당황스러운 듯 얼굴이 빨개진 채로 부엌으로 들어가 버렸다. 아무 죄 없이 아이들 눈치 보며 술과 음식을 들고 있는 학부모들 보기가 민망하여 나는 화장실을 핑계로 마당 밖으로 나왔고, 이 대위와 이야기를 나누다 학부모 대표에게 내 몸의 상황을 설명하고 병원에 가봐야 한다는 핑계로 조용히 자리를 떴다. 지금도 순애가 자기 어머니에게 눈치를 주던 모습, 아이들이 볼멘 표정으로 학부모들을 지켜보던 모습이 가끔 마음에 떠올라 내 눈시울을 적신다. 제대 후 대학을 졸업하고 정식 교사가 된 뒤에도 나는 그런 사랑을 다시 받아보지 못하였다.

우리 부대는 한국과 미국의 항공작전을 효율적으로 관리하기 위하여 한 조에 3-5명씩의 미 공군 요원들이 합동으로 같이 근무하였는데, 한 번은 예일대학 영문과 출신의 장교 한 사람이 좋은 필름이 있다며 학생들에게 한 번 보여주어도 좋을 것 같다고 하였다. 학생들에게 좋을 정도라면 그 동네에 같이 사는 어른들에게도 재미있을 것 같아 우리는 그 장교와 상의하고 부대의 협조를 얻어 마을의 중심이 되는 큰 우물곁에 기둥을 박아 흰 천으로 스크린을 만들고 영화를 상영하였다. 온 마을의 어른과 아이들이 거의 다 나왔고, 각자 아무데나 바위 위이건, 지붕 위이건, 길 가건, 다리 위이건, 근처 언덕 위이건, 적당한 곳에 서거나 앉아서 영화를 구경하였다.

그것은 놀랍게도 상당한 고급 수준의 무용예술 영화였다. 흑백 영화인데 내용은 인간이, 어머니의 자궁 속에 잉태된 순간부터 나이가 들어 대지로 다시 돌아갈 때까지의 과정을 무용으로 보여주는 것인데, 실제 무용수의 몸과 얼굴이 나오는 것이 아니라, 춤추는 무용수의 그림자만을 카메라로 잡아 스크린에 투사한 것이었다. 한 시간을 약간 넘는 시간 동안 상영되었는데, 놀랍게도 거의 한 사람도 중간에 자리를 뜬 사람이 없었다. 야학에 나오는 학생들이 그 자리에 모두 끝까지 앉아 있었음은 물론이다. 지루할 수도 있는 영화였는데, 작가가 여러 가지 에피소드를 삽입하고 약간의 코믹한 재미까지 곁들여, 인간의 일생과 무용을 높은 예술의 경지로 종합, 승화시킨 훌륭한 작품이었다.

다음 날 수업시간에, 어제 본 영화에 대하여 할 이야기가 있는 사람은 해보라고 했더니 아무도 말을 꺼내는 학생이 없었다. 그래서 나는, '여러분은 어제 영화처럼 그림자로 낳아서 그림자로 죽어도 상관없어요?'라고 물었더니 일제히 큰 소리로 '아니오!'라는 대답이 나왔다. 그 다음부터는 말릴 사이도 없이 갖가지 질문들이 두서없이 쏟아져 나왔는데, 그 중에 가장 흥미 있는 질문은, '춤추는 사람들이 얼굴도 없이 그림자로만 왔다 갔다 했는데 왜 재미가 있었는지 모르겠어요.'라는 약간은 의외의 질문이었다. 모두들 그 질문이 맞다는 듯 여기저기서 '그래요 참 이상해요'라며 동감을 표현하였다. 쉬운 말로 대답하기가 어려워서 나는 '그게 바로 예술이라는 거야'라고 말을 꺼냈다. 학생들의 얼굴에 일제히 의문표가 떠올랐다. '그림자는 사실 우리가 매일 보는 거지. 달밤에 우리의 그림자는 수도 없이 많지! 아주 흔해서 우리는 그림자가 무슨 중요한 의미가 있다고 생각하지 않지. 그렇게 생각해 본 사람 있어요?' '없어요–.' 라는 대답이 금방 나왔다.

'바로 그거에요. 예술이란 것은 우리가 세상을 살면서 별 의미가 없다고 생각하는 것들을, 여러 가지로 재미있게 궁리를 해서, 우리가 그 동안에 그것과 관련해서 한 번도 생각해 보지 못한 놀라운 것들을 만드는 기술이에요. 여러분들 주변에서 보세요. 형이나 언니가 사람들 몰래 으슥한 곳에서 만나 손도 잡고, 남몰래 비밀스러운 이야기를 하거나 미소도 짓고, 둘이 뽀뽀도 하고 그러는 거 더러 보았지요?' '예–' 하고 즉시, 약간 들뜬 듯한 합창이 나왔다. '그런 거 보면 약간 부럽기도 하고, 흉물스럽기도 하고, 부끄럽기도 하고 그렇지만, 뭐 그렇게 아주 재미있다는 생각은 들지 않을 거에요. 그러나 그런 흔해 빠진 남녀의 연애이야기들을 소설이나 영화로 만들어 보세요. 연애영화 여러분 본 적 있어요?' 대답이 없었다. '이수일과 심순애 이야기 들었어요?' '예–' 하는 대답이 나왔다. 다행이다. 아마 국어를 가르치는 선생님이 이야기를 해주었나 보았다. 너무 고마운 선생님! '춘향이와 이도령 이야기 들었지요?' '예–' '그런 이야기들 재미없어요?' '재미있어요!'

그 당시 P시에서는 킹 노박이라는 여배우와 몽고메리 크리프트가 주연하는 '피크닉'이라는 제목의 연애이야기가 상영되고 있었으나, '미성년자 관람금지' 딱지가 붙어 있었다. 그 영화를 보라고 하면 되겠는데, 그렇게 말해 줄 수가 없어 괴로울 지경이었다. 그러나 아이들은 내 말의 뜻은 대충 이해한 것 같았다. 뒷줄에 앉은 나이 많은 여학생들은 약간 상기된 얼굴로 말이 없었고 나이가 조금 적은 앞줄의 남학생 중 한 명이 손을 번쩍 들더니 물었다. 철수라는 학생이었다. '선생님, 우리도 예술 해도 되죠?' '그럼 – 대환영이지. 예술하고 싶은 사람은 우리가 사는 인생을 사랑할 수 있어야 되니까, 먼저 연애부터 아주 잘해야 된다는데, 철수, 자신 있어요?' 철수는 잠시 무슨 소리인지 잘 모르겠다는 듯 나를 물끄러미 쳐다보다가, 옆에 있는 아이들이 '왜 니 연애하기 싫나?'라고 놀리듯 묻자 금방 나를 똑바로 쳐다보며 '예, 자신 있습니다'라고 큰 소리로 대답하였다. 학생들이 교실 바닥을 두드리며 일제히 재미있어 죽겠다는 듯 큰소리로 웃기 시작하였다. 얼마나 야단스럽게 웃었던지 예배소 옆 쪽방에 있던 주임 신도가 방문을 열고 빼꼼이 내다보기까지 하였다. 좀처럼 없는 일이었다.

여름철에는 비가 억수로 퍼붓는 날이 꽤 많았다. 한차례 그런 비가 내리고 나서 외출을 해보면 바닷물이 조금 불어난 것 같이 보였고 그래서 그런지 바다의 물고기들이 해변 쪽으로 더 많이 헤엄쳐 오는 것 같기도 하였다. 그런 비가 온 어느 토요일 오후였다. 비가 개인 뒤였지만 우리는 혹시 몰라 레인코트를 입고 외출하였다. 바닷물이 많아진 것은 사실이었다. 파도의 두께가 훨씬 커보였다. 저녁 무렵이라 햇살이 바다의 표면 가까이 내려와, 놀리듯이, 바다의 파도를 반사경 삼아 우리의 눈을 어지럽히곤 하였다. 파도를 타고 미끄러지듯 불어오는 바람도 참 선선하였다.

그런데 갑자기 야학에 다니는 병수가 선생님을 부르며 급하게 등대 쪽에서 뛰어왔다. 그 아이가 하는 말은 등대 쪽 바닷가 바위 위에 큰 문어가 한 마리 앉아 있다는 것이었다. 무료하던 참이라 우리는 곧 그 아이의 뒤를 따라 등대 쪽으로 빨리 뛰어갔다. 아닌 게 아니라, 해변에서 바다 쪽으로 10미터 정도의 거리에 솟아 있는 바위 위에 짙은 자주색을 띤 문어 한 마리가 의젓하게 앉아 저녁의 일광욕을 즐기고 있었다. 그 때 우리의 머리에 떠오른 것은 '저 문어를 어떻게 잡지?'라는 생각이었지, 같이 일광욕을 즐길 생각은 전혀 떠오르지 않았다. 바다의 물이 얕다면 당장 들어가 볼 수도 있겠으나 그럴 정도의 수심은 아니어서 우리는 한동안 망설이다 근처의 민가로 뛰어 들어갔다. 빨래를 널어놓은 빨랫줄을 받치고 있는 긴 장대를 보았기 때문이다. 우리는 그런 장대 두 개를 구해 그것을 우리의 손수건과 허리띠를 풀어 굳게 연결하였다. 바위에 앉아 있는 문어에게 한 번 내밀어 볼 작정이었다. '야, 문어가 바보냐. 발로 그걸 잡게!' 그러나 당장 다른 방법이 머리에 떠오르지 않았다. 그동안 야학에 다니는 아이는 어떻게 불러왔는지 다른 남학생 둘을 더 데려와 우리의 곁에 바싹 붙어 있었다. 아이들에게 이건 신나는 모험이었을 것이다. 긴 장대를 천천히 문어 쪽으로 내밀자 아무 표정 없이 문어는 그 장대를 보고 있는 것 같았다. 그러더니 장대가 자기 코앞에서 얼씬거리자 망설임 없이 자기 발 몇 개로 그 장대를 콱 휘어 감는 것이었다. 그런 행동을 기대하고 있긴 했으나 막상 문어가 그런 행동을 보이자 우리는 아연 긴장하였고 물속으로 자꾸 빠져드는 장대를 최대한으로 물 밖으로 들어 올리며 우리는 서서히 물이 없는 해변 쪽으로 장대를 잡아당겼다.

그 순간 우리는 문어가 뭍으로 왔을 때 어떻게 해야 될지에 대한 생각이 떠올랐고 우리는 순간 당황스러웠다. 문어가 장대를 감은 채 해변 쪽으로 거의 가까이 오는 순간, 병수가 어디서 구했는지 큰 가마니 한 장을 우리 옆으로 끌고 왔다. '선생님 여기다 넣어야 됩니더.

넣고 사정없이 발로 막 밟으라 했심더!' 문어가 물 밖으로 나오자마자 우리는 그 녀석이 우리에게 먹물 코피를 내뿜지 않을까 겁을 내면서 얼굴을 반대편으로 돌리고 얼른 문어를 아이들이 벌려 놓은 가마니 속으로 집어넣었다. 문어가 그 속에 들어가자마자 우리는 병수 말대로 사정없이 가마니 위를 내리 밟았다. 문어는 가마니 속에 들어가서야 위기를 느꼈는지 엄청난 먹물을 쏘아대었지만 작전은 끝난 뒤였다.

문어가 잠잠해지자 우리는 모두 그야말로 무슨 상륙작전에 성공이라도 한 것처럼 손을 쳐들고 만세를 불렀으며 그 소리가 얼마나 컸던지 가까운 동네 사람들이 모두 놀라 집에서 뛰어나올 지경이었다. 사람들은 우리를 마치 영웅들을 바라보듯 쳐다보았고 우리는 가마니채로 문어를 들고 의기양양하게 우리가 단골로 다니던 해병대 할매집으로 갔다. 꽤 나이가 든 그 할머니는 아직도 강단 있는 체격을 보여주고 있었다. 살이 많이 불지 않았고 군살 없이 단단해 보이는 인상이었다. 젊은 시절 전쟁 통에 남편을 여의고 자식도 없이 혼자서 살아왔다는 이 할머니는 성격이 얼마나 매서운지 실제로 쓸데없는 수작을 부리던 한 해병대 사병의 손가락을 부엌에서 쓰던 식칼로 단번에 날려버린 적이 있다는 소문이었다. 그러나 마음이 풀려 있을 때면 손자뻘 되는 군인들과 농담도 잘하였고, 특히 공군들에게는 두 말 없이 외상 딱지를 끊어준다고 해서 우리들 사이에선 인기가 아주 높았다.

문어는 그렇게 두들겨 맞고도 아직 안 죽었는지 가끔 꿈틀거렸다. 해병대 할머니 집의 주방에 이 문어를 풀어 놓자 할머니는 '이거 이런 놈 두 번째다' 그러더니 전에도 한 번 누가 이렇게 큰 놈을 가마니에 넣어 가져온 적이 있다고 하였다. '임자 만나면 꽤 큰 돈 받을 테니까 니들은 한 달 쯤 와서 공짜로 마시라!' 할머니의 신나는 명령이었고 우리는 실제로 몇 주간 외출 때마다 그 집에서 공짜로 술을 마셨다. 맛있는 안주도 곁들여 내 준 것은 두말 할 나위도 없다. 그야말로 화끈한 할머니였다. 문어를 발견한 일에서부터 생포하기까지 큰 공을 세운 병수와 그 친구들에게는 우리가 좋은 학용품 한 아름과 최고로 맛있는 도너츠를 큰 봉투에 가득 채워 안겨주었다. 이 아이들에게도 이 문어 생포 사건은 평생 잊지 못할 추억 거리가 될 터였고 이 사건은 야학의 학생들 사이에서 한동안 인구에 회자되었다.

아이들을 교육시킨다는 것은, 어떤 의미에서, 그들이 자라서 세상에 나갔을 때에 대비하여 미래에 필요하리라고 예상되는 지식을 가장 적절하다고 생각되는 과정과 단계를 따라 가르치는 일이다. 그러나 세상에는 우리의 상식적 예상이나 예측으로는 짐작할 수 없는 일들도 얼마든지 있어서 우리를 당혹하게 만들고, 아무리 지혜를 다해도 그 정체를 온전히 이해할 수 없는 다채로운 삶 앞에 우리를 무릎 꿇게 만든다.

부대의 수송부에 성 병장이라고 하는 잘 생긴 운전병이 있었다. 얼굴이 희고 항상 웃음 띤 얼굴이어서 모두 그를 좋아하였다. 아버지가 서울의 큰 부자라고도 하고 국회의원이라고도 하였다. 수송부의 운전병들은 돌아가면서 큰 차도 몰고 지프차도 몰고 소방차도 몰고 때로는 쓰리쿼터도 몰았다. 성 병장은 다른 운전병들과는 달리 옷도 항상 깨끗이 다려 입었고, 외출할 때는 공군의 푸른 제복을 그렇게 폼나게 입은 사병은 없을 것처럼 멋있게 입었다. 그가 부대차를 운전하여 자주 나갔던 P시에는 그를 쫓아다니는 여자들이 여럿 있었다는 소문도 있었다. 그의 돈 씀씀이도 넉넉해 보여서 주변의 동료들에게 가끔 술도 잘 샀고, 어려운 동료에게는 남모르게 도움을 주기도 하는 인정 많은 친구이기도 하였다. 그는 부대에서 가장 선망의 대상이 되는 사병이었고 누구나 그와 친구가 되고 싶어 하였다. 그런데 그 잘 생기고 행복해 보이던 그가 어느 날 스스로 바다에 빠져 삶을 버린 모습으로 부대로 돌아왔다. 대낮의 자살이었다.

미리 작정을 했던 모양으로 술을 많이 마신 상태였고 홀로 군화를 바닷가에 가지런히 벗어놓고 양말도 단정하게 군화 속에 넣어 놓은 채 바다 속으로 걸어 들어가 익사한 것이다. 현장에서 약간 떨어진 곳에서 미역 따는 작업을 하던 해녀가 그를 발견하였고 바다에서 찻길까지 뛰어나와 지나가던 부대 차의 운전병에게 알림으로써 그의 시신은 무사히 부대로 돌아올 수 있었다. 그 해녀는 우리 야학에 다니던 학생이었다. 작업을 하다 멀리서 보니까 주위에 사람도 없는데 어떤 공군 한 사람이 옷을 입은 채 단호한 태도로 바다로 걸어 들어오고 있어서 놀란 나머지 멀리서 그를 불러 보았으나 아무 소용이 없었고 죽자 살자 헤엄쳐 와 보았으나 이미 몸이 축 늘어져 있었다고 했다. 인공호흡을 해보려고 바닷가로 끌고 나왔으나 끌고 나오는 시간도 너무 힘들고 길었고 해안에 눕혔을 때는 이미 몸이 싸늘히 식어 있었다고 하였다.

부대의 군의관은 술을 아주 많이 마시고 바다에 들어간 것이 죽음의 가장 큰 원인이었다고 하였다. 술이 찬 바닷물 속에서 심장마비를 불러일으키는 원인이 되었다는 것이다. 성 병장이 왜 그런 짓을 했는지, 왜 자살을 하였는지 아는 사람은 아무도 없었다. 그렇게 싹싹하고 친절한 사람이었던 그에게 놀랍게도 한 사람의 가까운 친구도 없었다는 것이 그의 사후에 밝혀졌다. 사람의 일을 누가 다 알겠는가! 그를 발견하고 신고한 윤을녀라는 그 해녀는 바다에 걸어 들어오는 공군이 혹시 야학에서 자기들을 가르치는 선생님이 아닐까하여 죽을힘을 다하여 그가 물에 빠진 곳을 향하여 헤엄쳐 갔었다고 우리에게 말하면서 울었다.

우리의 부대가 그 곳에서 다른 곳으로 이동할 때까지 우리는 바닷가에 선 그 천주교 분당의 예배소를 지켰다. 그 곳은 우리에게 학교였고 우리는 그곳을 지켜야 될 파수꾼 같은 느낌이었다. 아이들은 저녁만 먹고 나면 죽어라고 뛰어 학교로 왔고 우리는 그들을 만나는 것이 매일 매일의 가장 큰 즐거움이었다. 왜 그렇게 되어버렸는지 우리는 알 수 없었다. 수업 중에 우리의 얼굴을 뚫어져라 쳐다보는 그 맑은 눈들 때문이었을까. 나이가 꽤 들었으면서도 우리 앞에선 마냥 아이 같던 해녀들 때문이었을까, 아니면 우리 선생들을 꼭 제형 따르듯 무조건 좋아하는 열 서너 살의 남학생들 때문이었을까, 아니면 선생들을 자기의 이룰 수 없는 사랑의 대상으로 생각하면서도 마냥 곁에 있고만 싶어 하던 열다섯 여섯 살의 소녀들 때문이었을까. 지금 생각해보면 아마 우리에 대한 무한한 신뢰와, 무엇인가를 더 알고 싶은 순결한 욕망으로 빛나던 그 진지한 눈빛 때문이었던 것 같다. 그 눈망울들은 지금도 내가 힘들 때 가끔 내 마음 속에서 반짝인다.

우리가 그곳을 떠나기 얼마 전 P시의 천주교 본당에서는 곳곳에 흩어져 있는 분당의 보통 공민학교 학생들을 대상으로 학력 테스트를 실시한 적이 있었는데, 결과는, 물론 공식적으로는 비밀에 부쳐

졌지만, 우리 분당 학생들의 성적이 월등하게 우수하였다고 한다. 이 소식을 가만히 떠나는 우리에게 알려 준 주임신도는 역시 공군이 최고라고 우리를 추켜세웠다. 그 소식은 학교를 떠나는 우리에겐 최고의 선물이었다. 지금도 그곳을 떠나는 우리들이 탄 트럭을 향하여 믿기지 않는다는 표정으로 손을 흔들던 아이들의 얼굴이 슬프게 눈에 떠오른다.

지금 그 아이들은 어디서 무엇을 하고 있을까—.

어동이의 생과 사

탄생

내가 맨 처음 본 빛이 어디서 왔는지 그리고 내가 처음 빛을 본 곳이 어디인지 그리고 그 순간이 언제였는지 나는 잘 알지 못한다. 그러나 어떤 알 수 없는 밝음이 먼지만큼이나 작았던 내 몸을 진귀한 보물을 다루듯 조심스럽게 안아 올리기 시작했을 때의 둥실한 황홀감을 내 몸은 지금도 기억하고 있다. 그 뒤론 온통 광휘였다. 지금 생각하면 그 어지러울 만큼 강렬했던 빛을 내 여린 육체가 어떻게 견딜 수 있었는지 신기하고 신비스럽기만 하다. 그것은 내 의지가 어떤 고통을 참는다든지 하는 느낌과는 상관이 없는 것 같았다. 그것은 육신이라는 상자 속에서 숨 쉬는 생명의 순결한 의지, 그 자체였다. 나는 생명의 본능적 의지에 얹혀 부유(浮流)하면서 새벽과 아침의 신선함과 부드러움, 정오의 열화와 열망, 저녁의 휴식과 밤의 무게를 열심히 가늠해 보고 있었다. 그것은 행복이나 불행 이전의 무중력의 공간이었다. 그것은 완전한 무의지이면서 동시에 맹렬한 의지, 아직은 눈 먼 의지였다.

그러던 어느 날 내가 눈썹 근처의 더 참을 수 없는 간지러움 때문에 번쩍 눈을 떴을 때, 아, 무엇이었을까. 가볍고 그러나 긴긴 어지러움 속에서 내 눈 먼 의지를 멈추게 하고, 눈부신 황홀 속에 내 가벼운 생명을 갑자기 알 수 없는 높이로 끌어올렸던 힘은? 그리고 끝없는 하강, 온통 오색의 뿌연 안개로 덮여 정처 없던 광활한 공간과, 바닥을 가늠할 수 없이 빠져들던 늪의 평안의 깊이. 그것은 존재하는 것과 존재하지 않는 것, 무의지와 의지, 욕망의 부재와 욕망의 생성 사이의, 느낄 수는 있으나 보이지 않는 경계선상의 공간이면서 동시에 그것을 초월하고 있는 세계였다. 그곳은 끝없이 눈을 뜨려던 처음과, 내가 망설이며 헤어 나오려던 늪의 끝이 동시에 감각되는 세계였으며, 순간으로 끝날 것 같으면서도 영원히 계속될 것 같은, 그러면서도 그 두 가지가 끊임없이 엇갈리며 얼굴을 내밀던 세계였다.

밝고 넓고 깊은, 환희와 평안이 가득한 세계에서도 생명은 오래 견딜 수 없다는 것은 그때 나에겐 놀라운 발견이었다. 나는 두고두고 이것을 새롭게 발견하였다. 나는 황홀하면서 지루하였고 그래서 다시 떠오르려고 결심하였으며, 그 때 부터 상승은 의지의 결과였다. 나는 생명으로 떠올랐다. 상승의 속도가 너무 빨라서 나는 이내 조금 놀라고 망설였으나 생명의 마지막 힘은 의지의 시위를 떠난 뒤였다.

어동(魚童)이의 기억은 이렇게 시작되었다.

그는 어느 따듯한 봄날 수초 사이에 산란되어 부드러우나 뿌리가 단단한 풀잎에 몸을 의탁하여 생명을 보전하였고, 며칠의 햇빛과 바람을 쏘이며 우주의 정기를 몸속에 깊이 축적하였다. 수억만 년의 세월 속에 매일 커졌다 작아졌다를 셀 수도 없이 반복해온 해와 달은 그동안 그들이 몸속에 오랫동안 간직해 온 생기를 기쁘게 그의 호흡 속에 불어넣어 주었으며, 마침내 그가 눈을 뜨고 밤과 낮의 빛을 감당할 수 있는 때가 되자 그의 몸 끄트머리에 항해할 수 있는 무색투명한 세 갈래의 꼬리를 달아주었다. 조금씩 자라면서 몸뚱이는 무색에서 흑색으로 변화되고 세월이 지나면서 잉어의 새끼처럼 청 흑색으로 바뀌었다. 그는 자기 몸의 색깔의 변화가 놀랍고 신기해서 맑은 물 속 모래 바닥에 제 몸을 비춰보곤 하였다. 푸른 하늘에 뜬 구름이 가끔 심술을 부려 큰 몸뚱이를 검은 망토로 감싸고 온 산의 숲과 골짜기를 뒤흔들며 차가운 빗물을 정신없이 쏟아 부을 때는 몹시 무서웠지만, 하늘은 어느새 검은 구름떼를 휘파람으로 몰아내고 금방 빛나는 얼굴과 맑은 눈으로 풀숲에 숨은 그를 찾아내었다. 그리고 아기의 손가락처럼 꼼지락 거리는 먼지같이 작은 먹이들을 찾아 그의 뻐끔거리는 입에 넣어주었다.

그는 한시도 쉬지 않고 부지런히 입을 벌려 하늘이 주는 먹이를 정신없이 받아먹었다. 빨리 빨리 커서 더 크고 넓은 세상으로 나가고 싶었기 때문이다. 가장 재미있었던 일은 작거나 큰 수초들 사이에서 자신처럼 아직 힘이 약하지만 장난을 좋아하는 개울의 어린 물살들과 노는 일이었다. 아직 조그맣던 어동이는 조용한 물살들 사이를 마구 휘젓고 다니는 것이 아주 신이 났다. 그러면 소리 없이 수초 사이에 잠겨있던 물살들도 함께 신이 나서 방향을 잡을 수 없이 설치고 다니는 그를 좇아 참방거리며 풀 사이의 짙은 고요를 순식간에 깨트려 버리곤 했다. 수초들은 이 장난에 몸이 밀쳐지거나 다리가 귀찮게 건들리곤 했지만 동네 누나들처럼 귀엽다는 듯 지긋하게 바라보며 몸을 피해주곤 하였다. 수초들은 비가 많이 내려 물살이 세어진 때에도 힘센 다리 사이에 어동이와 친구들을 감싸 지켜주었고, 맛있는 먹이도 다리 사이에 가두어 두었다가 배고플 때 문득 선물처럼 성찬을 차려주기도 하였다.

심심할 때면 물 위에 비친 하늘을 하염없이 바라보거나 개울 주변의 나무나 꽃의 그림자를 바라보며 이런 저런 상상에 잠기곤 하였다. 하늘은 여기서 얼마나 걸릴까? 하늘은 왜 저렇게 파랗지? 하늘을 가리며 가끔은 갖가지 아름다운 형상을 만들어 내는 뭉게구름은 어디서 갑자기 나타나 저런 요술을 부릴까? 항상 조금도 서두르는 기색 없이 구름들은 늦은 저녁 저 먼 숲이 있는 하늘가에 나타나 큰 산모양이나 원숭이의 모양, 산양의 모습이나 엄청나게 큰 고목 숲의 모양을 소리 없이 지었다가 사라지게 하곤 하였다. 개울 주변의 둔덕에 높이 자라있는 나무들이 각기 독특한 자신의 형상을 개울에 드리우는 황혼 무렵의 개울은 얼마나 황홀하였던가. 온갖 색색의 이파리와 여린 가지들이 큰 나무둥치를 타고 부드러운 바람에 이리저리 몸을 흔들며 개울 아래로 내려올 때, 물속의 생명들은 숨을 죽이고 그들을 받아 아무 생채기도 없이 강바닥에 눕게 하였다. 그곳에서 그들은 자신의 아름다운 자태를 마음껏 드러내 놓고 낮의 햇빛 속에 뜨거워진 몸을 식히곤 하였다. 나무의 몸뚱이를 연약한 손가락들로 쓰다듬으며 애무하는 개울의 물살들은 낮에 어동이와 장난치던 일을 까맣게 잊고 어느 새 상냥한 요조숙녀가 되어 의젓이 누워있는 나무의 가지들 사이를 얼굴을 붉히며 소리 없이 걸어 다니곤 하였다. 물에 누운 나무 가지들이 바람에 가벼이 흔들릴 때마다 어린 물살 소녀들의 가슴은 부르르 떨리곤 하였다. 어동이는 분위기를 깨지 않으려고 누나 수초들 사이에 납작 엎드려 있거나 아니면 눈에 잘 띄지 않는 개울 기슭의 바위 사이로만 슬금슬금 헤엄쳐 다녔다.

그러나 이렇게 아름다운 날들은 어동이가 태어난 지 두 달쯤이 지나면서 소리 없이 사라졌다. 그의 몸이 어느 때 부터인가 밝고 붉은 금색을 띄기 시작하면서부터 그는 다른 친구들과 뚜렷이 구분되기 시작하였고 어느 날 새벽 그는 그 정답던 개울에서 건져내어져 큰 트럭의 물탱크 속에 실리고 말았던 것이다. 하늘색 페인트로 벽을 칠한 좁은 물탱크 속에서 얼마나 트럭의 흔들림 때문에 몸살을 하였을까. 마침내 그가 내려진 곳은 어지러운 시장의 꽃가게 옆에 멍청하게 버티고 서있는 네모난 수족관 속이었고 하늘대신 어느 아줌마가 주는 먹이를 빼끔빼끔 받아먹으며 한동안 시장 통의 전시용 금붕어로 살았다. 비록 개울의 맑은 물속은 아니었으나 그들은 적당한 때 새 물을 길어와 산소가 희박해진 물 대신 갈아주었고 먹이도 부족함이 없이 공급해주었다.

가장 괴로운 것은 그가 이제 우주의 귀중한 한 부분으로서 여겨지지 못하고, 뭇사람들의 구경거리로 존재하고 있다는 것이었다. 그는 이제 한 생명으로 존재하기 보다는 금빛 나는 한 마리의 물고기의 값어치로 존재하고 있는 것이었다. 그는 모욕감에 치를 떨었으나 자신의 힘으로 어찌해 볼 수 있는 일은 아무것도 없었다. 하늘의 햇빛은 어항 속을 비추기도 했으나 전혀 그를 알아보는 것 같지 않았다. 그는 햇살 쪽으로 몸을 내밀고 큰 어항의 벽에 기대어 온 힘을 다해 금빛 몸을 흔들며 햇살에게 아는 체를 했으나 아무 소용이 없었다. 매일매일 사람들은 수족관 앞을 지나가면서 호기심 어린 눈으로 그의 몸을 훑고 또 훑으며 지나갔지만 기분은 갈수록 가라앉고 온 몸을 감싸고 고동치던 생명의 박동은 점차 생기를 잃어가고 있었다. 그는 가능하면 사람들의 눈을 피하여 수족관의 그늘진 구석에 몸을 감추고, 탐스런 꼬리조차 흔들 생각도 없이, 찬란했던 저녁의 개울의 풍경을 그리워하곤 하였다. 그러나 누구도 상관하지 않았고 가끔 누군가 작은 그물로 구석에서 그를 던져내어 수족관의 밝은 곳으로 옮겨놓았을 뿐 이었다.

어느 날 부터인가 그는 어떻게 하면 아무런 존재감을 느낌 수 없는 이 시장통의 수족관으로부터 탈출할 수 있을까를 골똘히 궁리하기 시작하였다. 그는 수족관 곁의 꽃가게에 진열되어 있는 꽃들을 향하여 먼저 신호를 보내보았다. 그러나 꽃들은 그처럼 눈이 없어서 그런지 전혀 그를 보지 못하였고, 유리 진열장 안에 갇혀 있거나 손과 다리를 사정없이 잘려 플라스틱 통 속에 잠겨 있어서 그가 보내는 조난신호를 수신할 감각의 안테나조차 제대로 작동시키지 못하고 있는 것 같았다. 며칠간의 수십 번의 시도가 실패로 돌아간 뒤 그는 절망하였다. 그는 온 몸의 생기가 모두 쏙 빠져나가는 참담한 마음으로 주인이 찾을 수 없는 가장 구석진 곳에 있는 소라 껍데기 속으로 숨어들었다. 그곳에서 그는 아무것도 먹지 않고 굶어죽을 작정이었다. 하루나 이틀 그곳에 숨어 있었을까? 주인은 다음 날 갑자기 수족관 대청소를 시작하였고 그는 수척해진 몰골로 다른 어항 속으로 옮겨졌으며 다음 날 다시 깨끗이 씻겨 진 옛 수족관으로 옮겨진 오후의 저녁 무렵, 또 다시 구석의 소라껍질의 구멍을 찾고 있는 그를, 사십대 초반의 중년의 남자가 손가락으로 가리킨 뒤, 그는 뜻밖에 그곳으로부터 구출(?)되어 다른 세상으로 떠날 수 있게 되었다.

그의 힘으로 한 탈출은 아니었으나 그는 너무 기분이 좋아 이사가는 비닐봉지 안의 물속에서 몸에 남은 온 힘을 다해 소리치고 환호하며 펄펄 뛰었다. 그를 데려가는 그 중년의 남자는 그의 이 자유의 기분을 알까. 아마 모를 것이다. 그러나 그 중년의 남자는 그가 좁은 비닐봉지 안에서 마구 팔짝 거리며 요동을 치자 비닐봉지를 자기 눈앞에 들어 올려 한참을 쳐다보더니 무슨 뜻인지 알 수 없는 미소를 머금고 비닐봉지를 몇 번 세차게 흔들어 대더니 빠른 걸음으로 어느 곳으론가 껑충껑충 걸어갔다. 그 남자가 그를 데려 갈 곳이 어디인지 그는 무척 궁금하였다. 옛날 같은 개울물 속이라면 얼마나 좋을까. 그곳에서 다시 하늘과 햇살을 만나고 물살과 놀며 저녁의 찬란한 황혼을 맞을 수 있다면 그냥 지금 이 비닐봉지 속에서 잠시 숨이 막혀 있어도 얼마든지 참을 수 있을 것 같았다. 그러나 분명한 것은 중년 남자의 행색으로 보아 또 다른 시장 통으로 옮겨가는 건 아니라는 것이었다. 적어도 이제는 자신을 생명으로 대하지 않는 구경꾼들의 무심한 눈앞으로는 가지 않을 것 같았다. 그것만으로도 그는 그의 자존심이 크게 회복되는 것 같아 비닐봉지 속에서 다시 한 번 온 몸을 흔들며 환호하였다.

새로운 우주

어동이가 투명의 비닐봉지에 실려 도착한 세계는 사각의 아늑한 공간이었다. 지겨운 수족관 속에서 그를 선택하여 새로운 세계로 데려 온 그 중년 사내가 그 방의 입구의 스위치를 올리자 그 공간의 아늑함은 밝은 조명 속에 더 빛을 발하기 시작하였다. 동서남북 네 개의 벽엔 다양한 색깔의 표지를 한 두껍거나 얇은 책들이 빼곡히 꽂혀있어서 그 공간의 아늑함은 더 그윽한 색조를 띠며 빛났다. 책장의 여기저기에 그렇게 보고 싶었던 하늘과 꽃과 나무들 그리고 개울의 물살들이 조그만 액자에 담겨 새로 온 어동이를 눈여겨보는 것 같았다. 그 곳은 어동이에게 참으로 이상한 공간이었다. 별로 넓지도 않은데 그곳에는 그에게 익숙한 자연의 생명체들이 생기를 띠고 그를 보고 있었고 아는 체를 하고 있었다. 천장에 밝게 켜진 등불은 수족관 속을 비추던 형광등의 창백한 빛이 아니었다. 자기 몸보다 훨씬 큰 예쁜 모자를 쓴 그 등은 아침의 햇살만큼이나 따뜻하고 밝아보였으며 수족관을 비추던 햇살처럼 그를 모른 체하지도 않고 있었다. 왜 그럴까? 참으로 신기한 일이다. 머리가 보기 좋게 약간 벗겨지기 시작하고 있는 중년의 사내는 오래된 갈색의 중후한 책상 앞에 발을 멈추더니 비닐봉지를 불빛 앞에 들어 올려 한참을 뚫어지게 쳐다보았다. 그리고 이제는 어동이도 느낄 수 있는 호감에 가득한 표정으로 벌쭉 웃더니 비닐봉지를 응접세트 앞 탁자에 조심스럽게 내려놓았다.

그는 방의 한 구석에 있는 세면대로 가서 웃옷을 벗고 비누로 깨끗이 손을 씻기 시작했다. 손을 씻은 후에는 넥타이를 풀고 무슨 큰 일을 시작하는 사람처럼 신중한 몸짓으로 책상 앞 안락의자에 앉아 책상을 이리저리 정돈하고 곧 일어서 다시 응접세트 앞 탁자로 와서 어동이가 든 비닐봉지를 귀한 물건을 다루듯 조심스럽게 들고는 다시 책상 앞의 안락의자로 돌아갔다. 책상의 앞자리 그의 손이 닿는 평면 위에 어동이의 몸이 든 비닐봉지가 가벼이 놓이자 어동이는 그가 새롭게 살게 될 세계를 투명한 비닐봉지 밖으로 한 눈에 볼 수 있었다. 책상의 왼 쪽으로 큰 유리창 문이 닫혀 있었고 두툼하지만 옅은 빛깔의 초록색 커튼 사이로 저녁 햇살이 애써 얼굴을 들이밀고 있었다. 이 중년의 신사는 커튼도 활짝 열지 않은 채 자신이 선택한 아늑한 불빛 아래서 자신이 치를 즐거운 행사를 즐기려는 것 같았다. 어동이는 그 책상의 왼쪽 모서리 부분, 햇빛이 가장 잘 드는 쪽에 분명히 그가 들어가 살게 될 둥근 유리 항아리도 보았다. 그 항아리는 청결하게 씻겨 진 채 삼분의 이쯤의 부분까지 맑은 물이 채워져, 간호사들이 입는 흰 까운같이 순결하게 흰 실로 짠 적절한 크기의 받침대 위에 넉넉한 자리를 잡고 앉아 있었다. 고귀한 청자 항아리를 모시듯 그 중년 신사는 그 항아리를 소중하게 씻고 닦아 청결한 물을 조심스레 채우고 그 안에 들어가 왕자처럼 살 주인을 새롭게 초빙해 온 것이 분명해 보였다. 항아리의 바닥엔 몇 가닥의 수초가 흔들리고 있었고 어동이에게 빨리 들어와 같이 놀자고 눈짓을 하는 것 같았다. 중년 신사는 비닐봉지를 묶은 끈을 세심한 배려를 다하여 풀더니, 자기 아기를 다루듯 항아리 앞으로 가볍게 어동이를 옮겨 비닐봉지를 열고 항아리 속의 물 한 방울 튀기지 않게 조심스레 그를 항아리 속으로 인도하였다.

항아리 속의 물의 온도는 섭씨 15도나 20도쯤, 어동이가 아주 좋아하는 개울물의 체온 같았다. 어동이는 그 둥근 항아리 속에 들어가자 마치 제 집에 돌아온 느낌을 받았다. '그래 바로 이런 곳이야, 내가 탈출하여 들어가고 싶던 곳이!' 그는 그 둥근 항아리 안에서 다시 네모난 실내의 공간을 차분하게 살펴보았다. 책상 앞면의 약간 낮은 책장 위에 걸린 그림 속에서, 산속의 초가집과 그 곳으로 물동이를 지고 가는 산노인의 모습이, 그 풍경의 아래쪽을 달빛 아래 번쩍이며 흐르는 넓고 긴 개울을 배경으로, 친근하게 어동이 앞에 다가왔다. '아, 그래 이제 이곳이 나의 우주이다.' 어동이는 가만히 마음속으로 그렇게 외쳐보았다. 하지만 참으로 신비한 일이다. 이 넓지 않은 네모난 공간과 이 속에 있는 모든 것들은 왜 이렇게 내 마음을 평안하게 하는 것인가. 이 수수께끼는 쉽게 풀리지 않았으나 그가 궁금해 할 때마다 그의 머릿속에 떠오르는 것은, 그가 수족관에서 구원되어 너무 흥분한 나머지 비닐봉지 속에서 마구 몸을 흔들 때 비닐봉지를 들어 올려 그를 물끄러미 지켜보던 중년신사의 불가사의해 보였던 미소였다. 그것은 그 신사가 그를 하나의 개체적 생명으로 대하고 있다는 증거처럼 보였고 그것은 어동이에게 갱생의 느낌으로 다가왔던 것이다.

어동이가 새로운 우주, 새로운 삶터로 구출되어 온지 여러 달이 지나면서 어동이는 그 중년 신사의 직업이 교수이며 문학을 가르치는 선생이고 시인이라는 사실을 짐작하게 되었다. 학생들은 그를 '서 교수님'이라고 불렀다. 이런 말들은 어동이가 들어있는 둥근 항아리에 전해지는 미세한 떨림의 크고 작은 파장을 통하여 그의 몸에 전달되었다. 처음에는 낯설었던 이 소리의 파장들이 여러 번 그의 감각을 자극하는 동안 다른 말보다 더 자주 비슷하게 울리는 파장을 어동이의 몸은 기억하게 되었고, 몇 달이 더 지나는 동안 '광장'이니 '객지'니 '을화', '토지'나 '지하', '귀향', '꽃' 같은 말도 몸으로 익히게 되었다. 너무 파장의 흔들림이나 색깔이 미묘하거나 복잡한 말들은 몸이 기억하기까지 오랜 시간이 걸렸고, 그런 말들 가운데는 '까뮈'나 '도스토예프스키' 같이 까다로운 말들이 들어있었다. '엘리엇'이라는 소리도 퍽 자주 들었지만 '사월은 잔인한 달' 이라는 말은 어동이의 지능으로는 아무래도 무슨 뜻인지 이해할 수 없었다.

서 교수 방에는 여러 사람들이 들락거렸지만 가장 많은 것은 아름다운 남녀 학생들이었다. 어동이는 당돌한 학생이나 수줍은 학생 모두를 다 좋아하게 되었다. 그들은 모두 한창 힘이 센 청춘들이었지만 어떤 학생은 자기가 가진 힘을 의식하지 못하거나 어떤 학생은 수줍어 그것을 꽁꽁 감추고 있었다. 그들이 방에 들어오면 방안의 온도가 몇 도쯤은 급히 상승하는 것을 그는 느낄 수 있었다. 책에만 늘쌍 코를 박고 있는 서 교수가 번쩍 생기 있게 고개를 드는 것도 그들이 들어왔을 때였다. 실내의 분위기는 금방 들뜨고 어동이의 몸은 높아진 온도와 정체를 알 수 없는 설렘으로 항아리의 표면 위로 붕 떠오르는 것 같았다. 어동이에게 학생들은 남학생이나 여학생이나 모두 아름다웠다. 그렇게 하나같이 잘 생긴 얼굴들이었다. 서 교수는 항상 학생들과 일 이 미터의 간격을 두고 오른 쪽이나 왼쪽 소파에 앉게 하였는데, 여학생은 약간 더 간격을 두고 앉게 하는 것 같았지만, 일단 이야기가 시작되면 그런 것은 모두 잊은 채, 서 교수나 학생 모두 서로에게 얼을 뺏기는 것 같았다. 서로 너무 할 이야기들이 많아 가끔은 조급했고 어느 때는 이야기가 마구 엉켜 그걸 푸느라 서로를 놀란 듯 마주보며 당황스런 미소를 교환하기도 하였다. 어동이는 그 열띤 수많은 이야기들의 내용을 제대로 알 길이 없었으나 어느 순간에는 같이 기분이 들떠서 괜히 항아리 안을 빙빙 돌곤 하였다.

찾아온 학생들을 만나거나 책을 읽는 시간의 틈틈이 서 교수는 어동이가 들어있는 항아리 속에 먹이를 넣어주거나 한 동안 씩 물끄러미 항아리 안을 들여다보곤 하였다. 때론 어동이와 눈을 마주치고 싶은 듯 시선을 그에게 고정하고 계속 쫓아다닐 때도 있었는데 그때마다 어동이는 수줍어 눈길을 이리저리 피하느라 바빴다. 그러면 서 교수는 그 알 수 없는 미소를 띠우며 어동이를 향해 어항의 가장자리를 손가락으로 쿡쿡 건드리곤 하였다. 그러는 사이 계절이 바뀌면서 항아리 안에 친구들이 하나 둘씩 늘어났다. 어디에선가 한 아이씩 서 교수가 비닐봉지에 담아들고 오는 것인데 어동이와 몸의 색깔이 비슷하거나, 색깔이 조금 달라도 꼬리나 지느러미의 모습이 약간씩 독특하게 생긴 아이들 이었다. 서 교수는 새 친구를 어동이의 우주 안에 밀어 넣어 줄 때마다 어동이에게 꼭 한마디는 하였다. '잘 데리고 놀아!' 그때마다 하도 서 교수의 표정이 진지해서 어동이는 늘 감동하곤 하였다. '그래 내가 자기 친구쯤 된다고 생각하는 거야!' 자연스러운 일이지만 어동이는 새로 들어온 아이들에게 텃새하나 부리지 못하고 상냥하게 보살필 수밖에 없었다. 새로 들어온 아이들은 사실 어동이의 우주 속에 가득 찬 정기에 눌려 기를 펴지 못하고 비실거렸고, 형님 아니면 오빠라고 부르며 어동이의 눈치를 살피곤 하였다.

이 세계 안의 어느 곳에나 먼저 그 곳에 자리를 잡은 자의 우선권은, 그가 그 곳에 살면서 주변에 뿌려놓게 되는 그의 독특한 정기와 그 정기의 색깔과 냄새 그리고 그것들의 축적된 두께와 무게에 근거를 두고 있는 것이다. 서 교수는 이 우선권이나 선점권에 근거한 항아리 속의 친구들 사이의 서열을 처음부터 의식하고 그것을 중시하는 것 같았고, 항아리 속의 친구들은 그래서 맨 처음 자리를 잡은 그, 어동이를 터줏대감으로 하여 상당한 간격을 두고 어년이, 어초, 어실이,

어뭉이, 어진이, 어라로 차례차례 식구를 불려나갔다. 항아리 속에 오래 살아온 순서에 따라 정해진 서열은 자연스러운 것이었고, 새 친구를 소개할 때마다 모든 식구에게 서 교수가 꼭 타이르는 '잘 데리고 놀라'는 처음이자 마지막 부탁은, 서로 명시적으로 다짐한 바는 없었지만 유리 항아리 속 친구들의 유일한 불문율이었다.

서 교수는 처음 어동이를 연구실에 데려올 무렵에는, 며칠에 한 번씩 연구실 옆 울타리 너머 민가에 있는 우물물을 물통으로 길어다 항아리의 물을 갈아주었다. 물을 갈아주기 전 그는 항상 어동이를 하늘색 바탕의 하얀 물그릇에 조심스레 담아 옮겨놓고, 둥근 항아리 안에 어동이가 염치도 없이 갈겨놓은 오물과 그의 몸에서 조금씩 떨어져나간 노폐물 그리고 어동이가 먹다 남긴 음식물 찌꺼기 등을 비워내었다. 그리고 부드러운 수건으로 항아리의 안과 밖을 두세 번 깨끗이 씻어낸 다음, 그가 손을 씻는 향기로운 비누로 항아리 속에 낀 더러운 때를 유리가 반짝일 때까지 맑게 씻어 헹구어 내었다. 그때쯤이면 어동이는 그 항아리 안에 다시 들어가고 싶은 욕망에 몸살이 날 지경이 되었다. 그러나 서 교수는 마지막으로 우물에서 길어 온 물로 항아리를 다시 한 번 헹구어 내기 전까지는 어동이의 소원을 모른 체 하곤 했다. 헹구어진 항아리가 십여 분 쯤 지나 약간 물기가 마를 때 쯤 서 교수는 우물에서 길어 온 물을 항아리에 가득 채우기 시작하였고, 물이 채워지고 물살이 만든 거품이 가라앉아 항아리 안이 우주가 완성된 처음 순간처럼 태초의 정적에 쌓일 때쯤 서 교수는 어동이를 두 손에 곱게 담아 그 새로운 우주 속에 소리 없이 밀어 넣어 주었다.

어찌 그 순간의 기분을 표현할 수 있을 것인가! 아마 어동이는 그의 느슨한 지느러미와 풍부한 표현력을 지닌 세 갈래의 꼬리와 부드러운 몸과 힘이 치솟는 머리로 그가 지을 수 있는 온갖 몸짓을 지으며 자신의 기쁨을 마음껏 표출하고 있었을 것이다. 그때쯤이면 어동이의 신이 난 꼬리는 거의 머리 부분에 닿을 만큼 구부려질 수 있었으며, 흥에 겨워 저절로 만들어지는 그때의 어동이 몸의 율동의 선의 오묘함은 아마 러시아의 어느 아름다운 무용수도 감히 흉내 낼 수 없을 것이다. 그럴 때의 서 교수는 그가 골똘히 책에 코를 박고 있을 때처럼 항아리 앞에 코를 박고 무아지경의 표정으로 어동이의 몸이 만들어내는 현란한 아름다움에 넋을 잃고 앉아 있곤 하였다. 그 순간 어동이는 서 교수에게 무슨 보답을 한 것 같은 기쁨에 가슴이 가득해지곤 하였다. 새 친구들이 늘어난 뒤에도 서 교수는 차별없이 어동이를 대하듯 그들을 다루었고, 새 물속에 들어가는 날은 모두 서 교수에게 감사의 표시를 하듯 아름다운 몸짓들을 연출하였다. 그때가 가장 좋은 날들이었다.

그러나 울타리 옆 시골스러운 마을이 어느 날 갑자기 사라지고 음식점이나 노래방, 당구장등 잡다한 가게들이 들어서기 시작하자 우물물을 먹던 즐거운 시절도 같이 사라졌다. 서 교수는 우물물 대신 신선한 산소를 공급해주는 장치를 항아리 안에 만들어 주었고 덤으로 물의 회전에 따라 빙글빙글 도는 풍차도 넣어주었다. 수돗물을 받아 하루쯤 삭인 뒤에 그 물을 항아리 안에 부어주곤 하였으나 우물물보다 신선하지는 못하였다. 그러나 이 시절만 해도 항아리 안의 친구들은 행복하였다. 그러나 그들이 하나씩 항아리를 떠나게 되는 비극적인 날들은 그들도 전혀 모르는 사이 서서히 그들 앞으로 다가오고 있었다.

고통

어느 때 부터인가 서 교수가 연구실에 머무는 시간이 조금씩 줄어들고 있다는 느낌이 어렴풋이 들기 시작하고 특히나 밤늦게까지 책과 씨름하는 시간이 슬며시 없어지기 시작했을 때 어동이는 왠지 마음이 불안해지기 시작하였다. 그것은 일정하게 지속되던 서 교수의 삶의 리듬이 깨져가고 있다는 것을 의미하였으며, 그 평안한 리듬에 기대어 평온을 유지하던 항아리 속 친구들에게 그것은 불안의 시작을 암시하는 것이었다. 방안의 공기는 분명치 않은 채로 조금씩 탁해지는 것 같았다. 아름다운 학생들이 찾아와도 예전의 설렘이나 흥분의 기운은 점차 줄어들고 있었고 마침내 어느 날 찾아온 과대표 학생과 크게 언성을 높인 후, 연구실에 찾아오는 학생들은 점차 보기 힘들게 되었다. 연구하다 늦어지면 그는 가끔 연구실의 소파에 길게 누워 밤을 보내는 날이 자주 있었지만 이제는 그런 일 대신 밤늦게 술에 취하여 들어와 곯아떨어지는 일이 가끔 생기기 시작하였다. 책에 빠져 있을 때 그가 얼굴을 찡그리며 쓰는 인상은 꽤 귀여웠지만 술에 취하여 늦게 들어온 날 이마에 쓰는 인상은 무섭고 섬뜩하기까지 하였다. 그는 무슨 일론가 학생들이나 자신과 힘든 싸움을 벌이고 있는 것 같았다.

어느 날은 밤늦게 그가 취하여 연구실로 들어온 날 전화벨이 울렸고 목소리의 주인공은 파장이나 음색 그리고 그가 대꾸하는 말투로 보아 그의 아내임이 분명하였다. 그는 자신의 안락이 부끄러워 집에 들어갈 수 없다고 말하였고, 그의 아내는 전쟁 중 조국을 위한 그의 부친의 순국을 이야기 하였다. 그 희생으로 당신의 가족이 치러야 할 의무는 다 한 것이 아니냐고, 아버지의 죽음 뒤 재기하기까지 그의 식구들이 치렀던 피나는 고생으로 당신 가족이 나라를 위해 해야 될 일은 다 한 것이 아니냐고 그녀는 말하였다. '제발 잠시라도 편히 살아요. 지금 일은 다른 사람들한테 맡겨요.' '당신 말이 맞아. 그런데 집에 가면 안락이 부끄럽고 끌려간 학생들 생각하면 숨이 막혀 술을 마시지 않고는 호흡도 제대로 할 수가 없어. 날 그냥 놔두라. 잠시만 봐주라!' 수화기를 소리 나게 내려놓은 서 교수는 소파에 죽은 듯 쓰러졌다. 잠든 그의 눈가에 눈물이 배어 있었다.

그런 일은 그 뒤로 몇 번 더 있었다. 어동이는 곰곰이 생각하기 시작했다. '안락이 왜 부끄러운가. 항아리 안의 내 안락도 부끄러운 것인가? 학생들을 끌려가게 한 원인은 무엇일까. 누가 끌어갔을까?' 스스로 둔하다고 생각하는 어동이에게 분명한 것은 서 교수가 안락과 투쟁 사이, 아내와 학생 사이에 끼어 괴로워하고 있다는 것이었다. 싸우지 말고 안락을 택하면 될 것 아닌가. 서 교수 집안은 지난 세대에 국가를 위하여 가장인 아버지를 조국에 바친 것이 아닌가. 그렇다면 지금 긴 고생 끝에 얻은 안락은 죄가 아닌 것이다. 그런데 저 공부벌레 서 교수는 끌려간 학생들 때문에 죄 없는 자신의 안락을, 안락의 현장인 집에 들어가는 일까지 모질게 접으면서까지, 부끄러워하고 있다. 금붕어를 친구로까지 대접해 주는 저 다감한 서 교수를 부끄럽게 만든 학생들의 연행은? 아! 어동이는 그때 생각이 났다. 자신이 아무 잘못도 없이 강제로 물탱크 차에 실려 그 천국같이 안락했던 개울물을 떠나던 순간이. 그 후의 순간들이 너무 고달파 그 순간의 절망과 슬픔을 반추할 틈도 없었지만, 어동이는 이제 끌려간 학생들을 생각하면 숨이 막히는 그래서 술을 마시지 않고는 숨도 쉴 수 없는 서 교수를 이해할 수 있을 것 같았다. 죄없이 끌려간 자기의 제자들이 그를 숨도 쉴 수 없이 마음 아프게 하는 것이었다. 그는 선한 사람이니까. 그래 그럴 거야. 어동이는 얼마 전 서 교수의 방에서 언성을 높이던 과대표의 말이 문득 생각났다. 그때는 그 말이 무슨 뜻인지 이해할 수 없었지만, 죄 없이 끌려갔다는 말과 그날 아름다운 그 학생의 말의 내용은 서로 관계를 가진 것 같았다. 그 학생은 그렇게 소리쳤다.

'교수님! 우리가 잘못하는 것입니까? 말씀해 주십시오. 우리들이 죄를 짓고 있습니까? 그렇다면 그 이유를 말씀해 주십시오. 위정자와 정부가 국가의 질서의 기본이 되는 헌법을 또 힘으로 바꾸려 하고 있습니다. 또 한 번 불법으로 국가의 권력을 장악하겠다는 것입니다. 그것은 민주주의의 기본을 흔드는 것입니다. 민주주의는 절차를 지키는 것이라고 배웠습니다. 그것을 깨뜨리려는 힘에 대항하여 저희는 거리에 나섰습니다. 마구 잡아다 감옥에 넣고 마구 두르려 패는 저 폭력이 저희라고 왜 무섭지 않겠습니까. 마음은 있어도, 돌보아야할 가족들이 있는 어른들을 대신하여 저희가 감히 나서고 있는 것입니다. 선생님이 어떻게 우리를 설득하여 강의실로 돌아오라 하십니까? 겁이 나시면 침묵이라도 하세요. 양심이 있으시다면 그렇게는 못하십니다. 교수님은 강의실에서 누구보다도 자유와 정의와 진리를 저희에게 감동적으로 가르쳐 주신 명 강의의 대명사이셨습니다. 그 가르침이 진실이라면 저희의 데모를 지지하는 서명 운동에 같이 해주시고, 저희들이 총칼 앞에 쓰러지지 않도록 튼튼한 기둥이 되어 주십시오. 선생님의 가르침이 만일 거짓이었다면 선생님은 학생들에게 거짓말을 한 죄로 강단을 떠나셔야 겠지만 처자가 있으시니까 강요하지는 않겠습니다. 그러나 최소한 침묵이라도 지켜주십시오!' 강의실로 돌아오라고 준엄하게 훈계하던 서 교수는 그 순간 입을 다물었고, 과대표 학생은 소리 나게 연구실 문을 닫고 나가버렸다.

어동이는 이제야 모든 것을 온전히 이해할 것 같았다. 그 학생이 연구실 문을 '쾅' 닫고 나가는 순간, 무슨 일이 있건 학생은 강의실에 들어와야 하며 교수는 필요한 경우 강제로라도 학생을 설득하여 그가 가르쳐야 할 것을 교수하여야 한다는 그의 평소의 신념은 크게 금이 갔던 것이다. 어동이가 느끼기에 서 교수의 성격이나 인품으로 보아 어떤 문제를 스스로 그가 옳다고 확신하기만 한다면 서 교수는 밤을 새워 강의 준비를 하듯 최선을 다하여 정직하게 그것을 밀어붙일 사람이었다. 그래 서 교수는 자신의 이 철저한 정직성, 포기하지 못하는 성실성이 무서운 것이다. 과대표 학생의 말은 구구절절이 옳은 말이었다. 그는 한 마디도 반박하지 못했다. 그러나 그가 그 옳음을 수용하고 학생들과 같이 거리로 나간다면 아마 그는 다시는 돌아오지 못할 것이다.

갑자기 며칠째 금주하며 연구실에 칩거하던 서 교수는 몇 시간이고 어동이의 친구들이 잘 놀고 있는 어항을 말없이 바라보곤 하더니, 어느 날 '양심상 휴강함'이라는 쪽지를 학과장에게 남기고 어디론가 증발해버렸다. 사표를 낸 것도 아니고 학생들을 연인처럼 사랑하고, 책을 떠나서 살기는 어려울 사람이기 때문에 그는 아마 얼마의 기간이 지나면 강단으로 다시 돌아올 것이다. 그러나 예전의 딜레마에 빠진 모습으로는 아닐 것이다. 거리로 나선 학생들의 맨 앞에 서서 펜과 몸으로 투쟁하는 열렬한 참여교수로 돌아오던지 아니면 철저하게 침묵하는 교수로 돌아올 것이다. 그러나 그의 결벽에 가까운 선한 정직성으로 보아 후자로 돌아오지는 못할 것이다. 어동이가 이런 짐작을 해보는 것은 그가 연구실을 떠나기 전 날, 탁자위의 메모지에 그가 흘려 쓴 낙서를 언뜻 보았기 때문이다. "시인이란, 산스크이트어로는 크란트 따르시, (내면에) 혁명의 눈을 가진 자라는 뜻이다."

파국

서 교수가 연구실에 나오지 않던 기간에도 그의 연구실의 항아리 속에서 어동이는 친구들과 함께 살아 있었다. 서 교수가 부탁을 해두었던지 학과의 근로 장학생 한 사람이 서 교수처럼은 아니었지만 어항에 먹이를 넣어주는 일과 항아리 청소를 게을리 하지 않았기 때문이다. 그러나 서 교수가 정상의 궤도를 이탈하여 자주 폭음을 하던 무렵부터 항아리 안의 친구들도 거의 기쁨을 잊어버리고 살고 있었다. 어동이는 자신이나 친구들의 평안과 행복이 서 교수의 미소와 자상한 배려에 근거를 두었던 것임을 뼈저리게 통감하였다. 서 교수가 삶의 생기를 잃고 우울해 하는 동안 어동이와 친구들은 그들이 본래 살던 옛 개천을 더욱 그리워하기 시작했고, 그것이 실현될 수 없는 허망한 꿈인 줄을 알게 되자 허탈해지기 시작하였다. 서 교수의 보살핌은 그때부터 형식적인 것이 되기 시작했고 벌쭉 웃는 그의 미소는 그리운 옛 일의 일부가 되어갔던 것이다. 서 교수가 없이도 물론 먹고 사는 일 자체는 크게 흔들림이 없었다. 얼마간의 시간이 지나자 어동이와 그의 친구들은, 놀랍게도, 거의 서 교수의 일을 잊기까지 하였다. 그러나 어느 때부터인가 서 교수의 연구실이, 네모난 조금 더 큰 물탱크처럼 사각의 답답한 상자로 지각되기 시작하였으며 어동이의 호흡은 답답해지기 시작하는 것 같았다.

처음 이 공간에 들어왔을 때 그렇게 실물처럼 반갑고 가까이 느껴지던 하늘과 강, 나무와 새들의 그림이나 사진도 점차 친근감이 사라져갔다. 이것들과 우리들을 공감으로 연결시켜 주던 서 교수의 넓은 가슴과 마음이 그곳에 존재하지 않는 것이 그 이유라는 것을 그들은 처음엔 알지 못하였다. 책장에 꽂힌 책들이 주는 여러 겹의 정감도 차츰 사라지고 있었다. 이렇게 주위의 사물들과의 관계의 사슬이 느슨해지거나 깨어지면서 어동이와 그의 친구들의 우주는 금세 둥근 물 항아리 안으로 축소되었다. 그것은 너무나 놀랍고 무서운 경험이었다. 온 우주를 담고 있는 것 같던 항아리는 이제 지름 오십여 센티미터의 좁은 공간으로 축소되어 느껴졌고, 그 안에서 어동이와 다른 여섯이나 되는 친구들이 그 동안 어떻게 그렇게 즐겁게 장난치며, 때로는 끝없이 서로의 꼬리를 물려고 큰 강물 속을 달리듯 쫓아다닐 수 있었는지 도저히 상상할 수 없을 지경이었다. 어동이와 그의 친구들을 돌보아 주는 학생의 배려가 조금만 소홀해져도 항아리 속의 산소의 양은 급격히 줄어들어 그들은 항아리의 수면 위로 입을 내밀고 신선한 산소를 보충하여야 하였고 그것마저 불가능하다면 그들은 모두 거기서 숨이 멎을 것 같았다. 그러나 아무리 투덜거리고 답답해한들 그들의 세계는 그 항아리 이상으로 커질 수 없었고 좁아도 그들의 우주는 바로 그 어항 안이 전부였으며 그것은 확연한 현실이었다.

넓은 개천 같던 그 항아리 속은 이제 너무 협소하게 느껴져 그들은 그 안에서 이제 술래잡기를 하거나 달리기 경주를 할 엄두도 내지 못하였다. 이전에 그 안은 넓은 운동장이었던 것인데, 이제 그들은 서로 몸이 부딪힐까봐 조심하기 시작했고 서로 조금만 몸이 부딪혀도 화를 내고 눈을 부라리기 시작하였다. 특히 사내 녀석들인 어초와 어뭉이는 매일 예전 같으면 아무것도 아닌 일로 말다툼을 하였으며, 일전불사의 위기로 치닫기까지 한 적도 있었다. 어초는 원래 몸도 다른 친구들 보다 크고 성격도 괄괄해서 다른 친구들에게 생기를 불어 넣어주고 심심할 땐 항상 재미있는 놀이를 생각해내거나 유쾌한 장난을 해서 모두를 웃겨주던 녀석이었는데, 서 교수의 우울증이 시작된 뒤로 그 녀석은 점차 말썽 만들기, 끄떡하면 화내기, 아니면 사소한 일로라도 큰소리치고 싸우기의 명수로 변해버렸다. 한마디로 녀석은 도무지 참을성이 없었다. 어년이는 어동이와 어초만 살던 딱딱한 어항 속에 첫 여자 아이로 들어와 항상 다정한 목소리와 여성적 배려로 항아리 안을 아늑한 우주로 변화시켜준 그들 우주의 어머니 같은 존재였는데, 요즘은 온갖 세세한 잔소리와 간섭으로 친구들을 은근히 못살게 굴고 있었다.

어실이는 활달하고 야무져서 부자 집 맏며느리 감이라고 모두가 사랑하고 미더워하였으나 지금은 깡그리 그 활기를 잃고 그들 중 가장 우울한 아이가 되어 항아리 안의 가장 으슥한 곳만 찾아다니고 있다. 어뭉이는 사내로서는 막내인데 처음에 들어왔을 때는 얼마나 먹새 통이 큰지 하루 종일 먹을 것을 찾아 항아리 안을 뒤지고 다녔지만 마음은 너무도 순하고 착하여 그를 보고 있노라면 괜히 즐거워지고 온 세상이 영원히 온통 평화로 가득한 것 같은 느낌을 주곤 하였다. 그러나 요즈음 어뭉이는 통 무얼 잘 먹지도 않고 축 처진 어깨를 하고 멍하게 창밖의 하늘만 쳐다보고 있다. 어진이는 재주꾼이었다. 몸매가 너무 아름다워 황홀할 지경이었는데 무용은 물론이고 특히 허리를 가끔 툭툭치는 꼬리 춤이 일품이었다. 그러나 지금은 춤도 추려하지 않고 몸매도 돌보지 않으며 어뭉이와는 반대로 무엇이든 마구 먹어대기 시작하여 그들 동네서 가장 살찐 뚱보가 되어있다.

막내 어라는 어릴 때부터 애교쟁이었다. 아무리 마음을 독하게 먹고 있어도 그 아이가 옆에 와서 옆구리를 간질이며 웃기만 해도 그들은 모두 마음이 해파리처럼 풀어져 그 아이가 하자는 대로 하지 않을 수 없게 되곤 하였다. 뒤에 곰곰이 생각해보면 상당히 손해를 본 경우가 많았지만 다음에 또 어라에게 걸리면, '오빠' 또는 '언니' 소리에 모든 경계심은 어디로 가고 그 아이가 원하는 것을 주지 않을 수 없게 되곤 하였다. 그러나 아무리 손해를 보아도 그들은 크게 섭섭해 하지 않았는데, 그것은 그 아이를 보는 것으로, 그 아이가 행복해 하는 것을 보는 것만으로 그들은 항상 모든 손해를 보상받은 듯한 느낌이 들었기 때문일 것이다. 그러나 어라 조차도 요즘은 언니나 오빠들에게 무엇을 요구하지도 않고 그 화사한 예쁜 웃음을 보여주지도 않는다. 가끔 '오빠, 나 늙었지?'라고 심각하게 물어봄으로써 우리를 슬프게 하였다.

그 동안 항아리 안의 환경은 조금씩 나빠지고 있었다. 어동이와 그의 친구들을 돌보아 주던 학생이 물을 갈아주는 일부터 소홀히 하기 시작하더니, 마침내 많은 식구들 몸에서 나오는 배설물과 오염물질들을 청소해주는 일을 한 번씩 거르곤 하게 되었다. 처음에 그들은 그것도 알아차리지 못하고 평소대로 배설과 방뇨를 했으나 어느 순간 항아리 안의 물의 오염이 견디기 어려운 정도가 되고 있다는 것을 모두가 온 몸으로 느끼게 되는 지경에 이르게 되었다. 그들은 서로 얼굴을 찡그리고 코를 막고는 했지만 그들을 돌보아 주는 학생이 어느 날 정신이 문득 들어 어항 안을 예전처럼 깨끗이 씻어주는 날 외에는 어항 안이 점차 살기 어려운 곳이 되고 있다는 자각으로 머리가 어지러워지곤 하였다. 그들은 배설을 참기로 서로 약속하고 그러기 위하여 먹기를 줄이자고 합의도 했지만 거기에는 항상 한계가 있어서, 오염의 속도를 약간 늦출 수 있긴 했지만, 마침내는 이곳이 살 수 없는 곳이 되리라는 두려움으로 될 수 있는 한 서로의 시선을 피하기도 하였다. 어느 주간에는 그들을 돌보아주는 학생이 꼬박꼬박 청소 날을 지켜주어 그들을 뛸 듯이 행복하게 해주는 날들이 있기도 하였다. 그러나 그런 순간은 그야말로 짧았고 그들의 항아리 안의 환경은 계속 나쁜 상태로 지속되고 있었다. 물의 온도는 상승하여 호흡하기 어려운 날이 잦아지고 그러면 그들은 그들 자신이 의식할 수 없이 난폭해져서 서로를 향해 나쁜 말들을 던지거나 마구 상대방의 꼬리를 물어뜯으려 맹렬히 쫓아다니기도 하였다.

그러던 어느 날 갑자기 어진이가 보이지 않는다는 어라의 다급한 목소리가 어항 안을 울렸고 그들은 구석구석 항아리 안을 뒤졌으나 어진이는 보이지 않았다. 자꾸 뚱뚱해지는 몸매를 거추장스러워하고 식탐을 조절하지 못하는 자신의 의지를 원망하더니 그는 맨 먼저 어동이와 친구들의 세계로부터 아무 말도 없이 홀로 탈출해 버린 것이다. 더 나은 세계를 알고 혼자만 도망갔다느니, 비관해서 투신했다느니 이야기가 분분하였으나 그것도 잠시 어항 안은 전에 없던 깊은 침묵에 빠졌다. 완전한 공황 상태였다. 어진이는 어디로 갔을까? 항아리 안의 세계보다 더 행복한 세계를 그 아이는 알고 있었을까? 그렇다면 왜 친구들은 놔두고 혼자만 떠났을까? 정말 이곳보다 더 나은 세상이 있을까? 비록 오염되고 있지만 이곳은 그들이 오랫동안 살아온 그들의 전 우주이고 텃밭인데 그들을 어느 세계에서 따뜻하게 수용해 준다는 말인가? 우주에는 인간에 의해 탐험되지 못한, 생명체가 존재함직한 많은 행성들이 있다는데, 그들에게도 그런 행성은 존재하는 것일까? 그렇지 않다면 이 위험해지는 항아리 안을 떠나 어디 가서 이 오염을 막아줄 화학약품이라도 구해 와야 하는 것 아닌가? 이곳을 뛰쳐나가 어디서 서 교수라도 찾아보아야 하는 것 아닌가?

어진이가 사라지고 정확히 사흘 뒤 어뭉이가 밤사이 갑자기 사라져 버렸다. 아무리 샅샅이 항아리 안을 찾아도 그는 보이지 않았다. 식욕을 잃고 멍하니 하늘만 쳐다보던 그 아이는 하늘 위에서 그가 살 수 있는 새로운 별이라도 찾아낸 것인가? 그렇다면 왜 혼자만 떠난 것인가? 그들은 어뭉이를 잃은 슬픔보다는, 그가 아무 말 없이 혼자만 떠난 것이 야속하기만 하였다. 그러나 바로 다음 날 새벽 어초가 보이지 않자 그들은 몹시 당황하였고 항상 떠들석했던 그의 빈자리로 인하여 어동이는 처음으로 눈물을 흘렸다. 식구는 이제 넷으로 줄어들었다. 어뭉이는 문득 그가 항아리 안의 배설물을 자기 몫이라도 덜어보려고 친구들을 위해 희생하는 마음으로 이곳을 떠나버린 것이 아닐까 하고 생각하였다. 왜냐하면 그는 요즘 화를 잘 내고 덤벙거리기는 했지만 원래 정이 많아 친구들을 위해 무슨 희생할 일이 있다면 아마 자진하여 가장 기꺼이 그 희생을 감당했을 친구였기 때문이다. 다른 친구들도 모두 같은 생각을 했는지 항아리의 구석에 박혀 눈물을 흘리고 있었다.

그날 저녁 무렵, 어실이가 사라졌다. 그녀의 활달한 성격이 어초를 닮아 어초가 유난히 가까이 하며 돌봐주던 아이였다. 가장 가까운 오빠의 죽음을 항아리의 가장 으슥한 구석에 숨는 것만으로는 감당할 수 없었던 것일까. 그녀는 황혼 무렵 어라와 놀다가 눈 깜짝하는 사이에 어항 밖으로 뛰쳐나갔다. 어디에 그런 힘이 남아 있었을까. 항아리를 뛰쳐나가 그들이 알 수 없는 다른 세계로 믿음직하게 탈출해 간 것일까? 아니라면 어항 밖의 세계가 눈에 보이는 데 어떻게 감히 물 밖으로 뛰쳐나갈 생각을 했을 것인가? 아직 햇빛의 잔영이 남아있는 저녁에 탈출을 감행한 것으로 보아 그녀는 분명이 오랫동안 자신이 탈출한 뒤에 갈 곳에 대한 확신이 서있었는지도 몰랐다. 아니면 어찌 그가 친구가 보는 앞에서 물 밖으로의 탈출을 감행해 낼 수 있었단 말인가?

어라는 그 날 밤 내내 어실이 이름을 부르며 울었다. 항아리를 자주 깨끗이 씻어주지 않는 도우미 학생을 저주했고, 서 교수를 원망했으며 배설을 참을 수 없는 자신을 원망했으며, 결국 오물을 배설할 줄 알면서도 자꾸 무엇을 먹고 싶은 자신을 미워하며 울었다. 어년이가 정성을 다해 달랬지만 어라의 울음은 오랫동안 멈추지 않았다. 어라는 바로 다음날 새벽, 걱정이 되어 그녀를 안고 잠들었던 어년이의 품을 빠져나가 흔적도 없이 사라져 버렸다. 어동이와 어년이는 너무도 마음이 아파 서로 부둥켜 안고 울고 또 울었다. 그 귀여운 미소와 어리광을 이제는 다시 볼 수 없으리라는 생각에 가슴이 칼로 베는 듯 아파왔다. 아무리 삶의 현실이 열악하다 한들, 아무리 아름다운 다른 세계에 대한 갈망이 강하다 한들, 이렇게 생명을 순식간에 버려도 되는 것인가?

상승, 그리고

어동이는 문득 어느 날 서 교수가 연구실에 찾아온 학생들에게 간절하게 들려준 까뮈의 작품 이야기가 떠올랐다. 자세히 기억나지는 않지만 서 교수는 그것이 '시지프의 신화'라고 말하였는데, 시지프는 어느 성의 성주였다고 하였다. 인간 중에서 가장 영특하여 신의 세계의 비밀까지를 모두 헤아릴 수 있었던 시지프는, 어느 날 지상의 물을 주관하는 신이 인간들에게 물을 공급해주는 일조차 잊어버리고, 갑자기 사라진 자기 딸을 찾아 정신없이 지상의 구석구석을 헤매고 다닌다는 것을 알게 되었다. 시지프는 이미 올림프스 신들의 왕인 제우스가 그 딸에 반하여 그녀를 몰래 납치해 간 것을 알고 있었다. 그러나 그는 때로는 잔인한 복수행위를 서슴지 않는 제우스의 진노가 무서워 감히 그 비밀을 가르쳐 줄 수가 없었다. 그러나 물을 주관하는 신이 인간들이 사는 지상에 물을 공급하지 못하게 되자 시지프가 다스리는 성안에도 물이 말라버려 음식을 만들어 먹거나 씻는 일은 고사하고 갓 태어난 어린 유아까지 몸에 붙은 오물을 청결한 물로 씻어주지 못하여 태어난 지 얼마 안 되어 병균에 감염된 몸으로 죽어갔다. 그리고 그 충격으로 아기의 어머니들까지 죽어가는 일이 발생하기 시작하였다. 이러한 슬픈 일들을 수없이 목격하게 된 성주 시지프는, 자신에게 닥쳐올 제우스의 분노와 형벌을 두려워하면서도 그들이 불쌍하여 마침내 물을 주관하는 신에게 그 비밀을 귀띔 해주고 자신은 제우스의 진노를 사서, 자신의 힘으로는 젖 먹은 기운까지 다해야 겨우 감당할 수 있는 큰 바윗덩어리를 코카서스 산의 정상까지 매일 굴러 올려야 하는 무서운 형벌을 받는다.

문제는 그 돌을 그가 갖은 고초를 이겨내며 산의 정상에 굴려 올리는데 성공한 순간, 그 돌이 저절로 산에서 굴러 내려간다는 데 있다. 산 속의 전갈과 해충들, 가시달린 나뭇가지들과 뾰족한 바위와 돌멩이들의 위험을 무릅쓰고 피와 땀에 온 몸이 범벅이 된 채 그가 그 커다란 돌을 산의 정상에 굴러 올리는 순간, 돌은 저절로 다시 굴러 내려간다. 그는 그것을 알면서도 또 다시 그 돌을 굴러 올리려 산 아래로 터덜터덜 걸어 내려가야 한다. 그 순간의 절망을 상상해 보라. 그 행위는 몇 십 번 몇 백번으로 끝나지 않는다. 그는 그것을 알고 있다. 그러면서도 그는 돌을 다시 굴려 올리고 또 다시 저절로 굴러내린 돌을 굴러 올리려 내려가야 한다. 영원히 계속될 이 형벌을 알면서도 그는 다시 굴러 올리고 다시 산 아래로 그 돌을 찾아 내려간다. 그러나 이 작품의 말미에서 까뮈는 우리에게 시지프의 절망만을 생각해서는 안 된다고 말한다. 그는 매 순간 절망하지만 그러한 절망의 상황이 다른 사람의 것이 아니고 바로 자기의 상황, 바로 자기의 세계라고 생각한다. 타인의 것이 아니고 바로 자기의 세계이기 때문에 시지프는 그것이 아무리 절망적이더라도 그것을 사랑해야 한다고 생각한다. 자기의 발을 무는 전갈, 온 몸을 쏘아대는 해충들, 발바닥을 찢고 들어오는 뾰족한 바위와 날카로운 돌멩이들, 온 몸에 흐르는 땀과 그리고 붉은 피, 이것들은 누구의 것도 아닌 바로 자기의 세계의 일부이다. 그는 이것들을 사랑하기로 한다. 마지막 장의 마지막 행에서 까뮈는 '우리는 시지프의 미소를 생각하지 않으면 안 된다'고 말한다.

어동이는 서 교수가 열정적인 목소리로 학생들에게 들려 준 이 이야기를 머리에 떠올린 순간 온 몸이 부르르 떨리는 경련을 느꼈다. 그는 어라를 잃은 슬픔에 잠긴 어년이에게 이 이야기를 들려주었고 그가 말을 마친 순간 어년이의 얼굴 표정에서 그가 느낀 것과 똑같은 전율을 발견하였다. 그들은 저절로 두 손을 꼭 잡았다. '우리는 견딜 것이다.' 아니 그들은 견뎌내지 않으면 안 된다. 둥근 항아리 안의 이 오염된 물이나 냄새, 점차 탁해지는 공기, 부족한 산소, 점차 높아지는 수온, 이것은 다른 존재의 세계가 아닌 어동이와 어년이의 세계이다. 둘 중의 하나라도 견디지 못하고 절망하여 죽는다면, 죽은 친구들과 살아남은 그들의 유일한 우주였던 항아리 안의 이 세계는 마침내 후손도 없이 사라질 것이다. 어동이와 어년이는 다시 두 손을 꼭 잡았고 깊이 포옹하였다. 이 포옹 속에서 그들은 둥근 항아리 안의 오염된 세계를 견디며 사랑하고 살아내야 한다는 결연한 의지를 확인하였다. 어동이에게는 언젠가 서 교수가 시인이기를 포기하지 않는다면 반드시 돌아오리라는 믿음이 있었고, 그를 의지하고 신뢰하는 어년이가 곁에 있었다. 견디다 쓰러지더라도 절대로 패배하지는 않을 것이라는 오기가 그의 아랫배에서 힘이 솟게 하고 있었다. 밤이 지나면 곧 새로운 새벽이 찾아오고 집중하여 동쪽을 쳐다보고 있으면 여명의 빛이 멀리서 그에게 먼저 손을 내밀 것이었다. 그러면 그의 생명을 세상으로 밀어 올렸던 눈부신 빛의 의지가 그를 다시 더 높은 곳으로 상승시킬 것이었다. 서 교수는 내일이라도, 아니라면 다음 날이라도, 그 다음 날이라도 반드시 돌아올 것이었다.

그러나 며칠이 더 지나고 어항의 물을 갈아 줄 도우미 학생이 더 이상 오지 않자 마음이 조급해지기 시작하였다. 기말시험 중인가, 방학인가, 아니면 그 학생이 학교를 그만 둔 것일까. 아무리 기다려도 그 학생이 오지 않자 어동이는 이제 더 이상 헤엄을 치는 것도 꼬리를 휘젓는 것도 그리고 숨을 쉬는 것조차 어렵게 되고 있다는 것을 알았다. 어년이도 마찬가지인 것 같았다. 그녀는 간신히 어동이 곁으로 몸을 움직여 와서 '어동아, 안되겠어. 이건 이제 의지의 문제가 아닌 것 같아. 숨이 쉬어지지가 않아. 어쩌다 숨을 내쉬고 다시 공기를 들여 마시면 더러운 오물들이 코로 입으로 막 들어와, 코가 꽉 막히는 것 같아. 우리의 의지로 되는 일이 아니야 도우미 학생은 이제 우리를 잊어버렸나봐. 그렇지 않다면 이렇게 오래 오지 않을 리가 없지. 이렇게 우리가 죽어가고 있는 걸 모를 리가 없을 텐데. 그 학생 혹시 무슨 일로 잡혀갔을까? 어동아 말해봐, 응?' 이라고 어동이의 대답을 재촉하였다. '나도 모르겠어. 내가 큰 소리로 수없이 불러 보았는데 대답이 없어. 우리한테 완전히 관심이 없어졌나봐. 우리 그 동안 그 학생에게 미움 받을 짓을 한 것도 없는데, 웬일일까? 아 나도 숨이 막히려고 그래. 어년아 이리와 내 손 꼭 잡아.' 어년이가 어동이의 손을 찾아 다정하게 꼭 쥐었다. '어동아 나 정신이 자꾸 희미해져. 눈이 감기고 어지러워. 네 얼굴이 잘 안 보여.' 어동이는 어년이의 손을 세차게 흔들었다. 어년이는 제 몸의 균형을 잡지 못하는 듯 흐느적거렸다. '아, 도우미 학생, 학생, 서 교수님, 서 교수님-' 어동이는 마구 그들을 구해 줄 이름들을 불러보았다. 대답이 없었다.

처음, 눈썹이 너무 간지러워 번쩍 눈을 뜨던 순간이 떠올랐다. 빛이 그를 화려한 광휘의 세계로 들어 올리던 눈부신 시간이 머리에 떠올랐다. 개울에서 같이 장난치던 물살소녀와 비가 많이 올 때 자기들 사이로 그를 숨게 하여 떠내려가지 않게 지켜주던 수초들도 떠올랐다. 서 교수가 물탱크에서 그를 손가락으로 가리키던 어느 저녁 무렵과 그가 자기를 귀한 보물을 다루듯 두 손으로 들어 올려 우물물로 채워진 어항 속에 한 방울의 물도 튀어 오르지 않도록 조심스럽게 넣어 주던 순간도 떠올랐다. 그리움이 물밀 듯 그의 가슴에 차올랐다. '서 교수는 안 오나봐, 학생도, 우리를 잊어버렸나봐!' 어동이는 어년이를 잡은 손에 힘을 주어보려고 했으나 소용이 없는 것 같았다. 다음 순간 그의 몸이 완전히 균형을 잃고, 그의 유일한 세계이고 우주였던 어항의 물위로 둥실 떠올랐다. 서쪽으로 넘어가는 저녁 햇빛이 닫혀진 커튼의 틈새를 통하여 희미하게 어항 위를 비추다 지나갔다.

■ 작가의 말

이 소설집은 1960년대 초반에 고등학교를 다녔던 한 젊은이의 모험과 좌절, 고뇌와 아픔, 환희와 절망 그리고 영원히 잃어버린 것에 대한 쓰라림을, 각기 다른 정황을 통하여 예술적으로 형상화하고 있는 단편들의 모음이다. 주인공의 뼈 속 깊이 각인된 정서의 편린들은 연대기적 순서에 따라 기술되어 있지는 않다.

70년대 후기와 80년대 초기의 대학 강단의 분위기와 그 분위기의 끝자락에 있던 한 시간강사의 정신의 굴곡을 다루고 있는 〈어느 시간강사의 노트〉로 시작되고 있는 이 작품집의 정신은, 어쩌면, 자기 손녀가 일본어 가르치기에 혈안이 되어있는 학교에 다니기보다 교회에 다니기에 더 열심인 것을 방치하는 화자의 외조부의 저항정신이 엿보이는 〈어머니의 초상〉에 그 뿌리가 닿아있다.

돈이 없어 대학을 포기하고 장기복무를 지원하여 군에 입대했으면서도, 좋아했던 소녀와의 무언의 약속을 지키기 위해 고달픈 신병훈련 기간동안 〈호밀밭의 파수꾼〉 원서를 씹어 삼키듯 읽고 또 읽는 〈월광곡〉의 주인공의 불굴의 의지나, 대학시절 담당교수로부터 화가로서 사형선고를 받고, 쓰러지지 않기 위해 공군장교가 되어 조국에 대한 사랑을 붙들고 버티지만, 예기치 못한 사고로 끝내는 자살하고 마는 〈오중위의 죽음〉이 보여주는 좌절은, 그 시대만의 꿈이나 절망은 아니다.

일년은 꼬박 공부에 매달려 죽어야 사는 지옥같은 고3 생활을 앞에두고 정말 하룻 밤쯤은 죽어라고 신나게 〈크리스마스 파티〉를 열고 싶은 갈망은 지금 고2의 학생들 모두의 보편적 정서이며, 바닷가 외진 시골마을에서 가난 때문에 중학교에 진학하지 못한 아이들에게 야학을 열어 마음껏 그들의 배우고 싶은 욕망을 채워주고 싶은 〈바닷가 공민학교의 추억〉이 불러 일으키는 간절한 희망은, 비록 소수지만, 오늘날의 순결한 젊은이들에게도 어느 순간 불현듯 느껴지는 건강한 꿈이기도 하다.

그러나 우리의 현실은, 많이는, 가까운 사람들의 타산적 이기심 때문에 자신의 꿈을 얼마쯤은 포기하고, 그 회한 때문에 퇴근 길에 포장마차 집에서 독한 소주를 들이키며 자신을 달래야 하는 〈성규형〉의 모습을 닮아있다. 스스로 감당하기에는 너무 벅찬 현실 앞에서 결국 휴강공고를 내고 연구실을 떠나야하는 서교수의 착잡한 삶의 거동을 지켜보는 '어동이'의 시선은, 바로 현실 앞에서 수없이 꿈을 수정해야 하는 가여운 우리 시대의 지식인들을 지켜보는 안타까운 대중들의 시선이다.

어동이는 물을 갈아주어야 하는 근로 장학생이 그의 바쁜 생활의 와중에서 그 일을 잊어버린 오염된 어항 속에서 '시지프'의 의지로 견디지만, 결국, 석양을 비껴가는 마지막 햇살 아래, 그의 유일한 세계이고 우주였던 어항의 물위로 둥실 뜨고 만다. 이러한 삶의 비극적 현실 앞에서 우리가 해야 한다고 생각되는 일은 너무 많은데, 자신만의 삶의 무게를 감당하기에도 벅찬 우리들 각자는, 해가 져가는 가을의 황혼을 비감에 젖어 그저 멍하니 바라보고만 있다.

실존의 어려운 상황 속에서 그저 더 높은 곳을 향한다는 일념으로 열심히 살아 온 것 외에, 이 혼돈의 세상을 위해 무슨 의미있는 일을 했었는지 우리는 자신이 없다. 헤밍웨이 소설의 주인공처럼 인간으로서의 최소한의 자존심을 지키려고 애썼던 것 말고 무어 내세울 것이 있을까?

그러나 가을의 단풍이 여전히 아름답고 화려한 것, 그리고 크리스마스 무렵이면 꼭 내릴 것 같은 첫눈에 대한 기대가 아직 우리의 마음 속에 남아 있다는 것은 얼마나 큰 행운인가!

2013. 12. 1.

이 미 루

크리스마스 파티 (개정판)

초 판발행 2011년 12월 5일
개정판인쇄 2013년 11월 25일
개정판발행 2013년 11월 30일

저 자 이미루
발행인 지병문
발행처 전남대학교출판부

등 록 1981년 5월 21일 제53호
주 소 500-757 광주광역시 북구 용봉로 77
전 화 062-530-0571~2
마케팅 062-530-0573
팩 스 062-530-0579
홈페이지 http://www.cnup.co.kr

가 격 10,000 원

ISBN 978-89-6849-065-1 (03810)

이 도서의 국립중앙도서관 출판시도서목록(CIP)은 e-CIP홈페이지(http://www.nl.go.kr/ecip)와
국가자료공동목록시스템(http://www.nl.go.kr/kolisnet)에서 이용하실 수 있습니다.
(CIP제어번호: CIP2013024913)